023
Retime

喜福會

The Joy Luck Club

譚恩美（Amy Tan）　著

高寶書版集團

三十週年新版序

我是現實主義者，不做稀奇古怪的夢想，因此很少失望。一九八九年三月，《喜福會》出版前，我告訴我丈夫，我的小說上架約六個月後就會被扔入碎紙機，銷聲匿跡。我聽說大部分作家的處女作都是這樣，沒道理我的書會賣得好，事實上銷量可能會更差，畢竟是一個不知名美國華裔作家寫的另類故事。在當時，非主流書籍會被冠上「民族特色」之名，讀者層落在特殊族群，主要是民族研究計畫的成員。《喜福會》的人物是由身為中國移民的母親和他們三十多歲的美籍女兒組成。多年來，這四對母女的關係中充滿了誤解與日積月累的傷痛。母親的期許與冀望為女兒帶來挫敗感，母親的忠告讓女兒感到母親不願接受真實的她。而母親也覺得女兒對自己一無所知，沒有從最深愛她的母親身上學到任何東西。

誰會願意花錢讀這樣的故事？過去三十年來，這個答案一直讓我覺得感激和驚訝：很多人。

我猜大多數讀者都認為這是一本變相的回憶錄。一名女性讀者向我坦承她和丈夫離婚的原因跟我一模一樣，但我的丈夫自一九七四年我們結婚以來，一直是同一個人；採訪記者問我教給女兒什麼重要的人生經驗，但我沒有小孩，只養了幾隻狗，也沒有好好訓練牠們；我寫了一篇西洋棋神童的故事，一家西洋棋雜誌便邀請我為棋賽殘局寫文章，但我只在十二歲時下過一次棋；人們以為我在唐人街長大，雖然我周遭的家族朋友皆來自一個名為「喜福會」的社團，但我其實是住在奧克蘭的混合住宅區，後來又搬到白人郊區。我可以繼續列舉諸如此類的例子，再一一反駁，但隱藏在這些故事背後深層的真相，確實完全忠於我的人生。譬如「遊戲規則」這個故事的重點並非在棋手本身，而是一個叛逆的孩子某天決定透過指責母親展示自己的力量，卻換來母親的沉默，把女兒當成空氣一樣對待。她看起來缺少身為母親的驕傲和對女兒的關愛，令女兒寸步難行，對自己及未來產生懷疑。我在寫這個故事的時候，並非想以這種角度為出發點，但當我寫至結尾時，不由得想起兒時的記憶：我躺在床上，眼睛盯著天花板，感到害怕且十分孤獨。我認得那個孩子，只是現在她不再孤身一人。我就在她身旁，全然與她感同身受。

我的每一本小說都帶給我意想不到的頓悟，都讓我內心震撼不已，並感到格外興奮。第一本書出自我人生中最強烈、奇妙的經驗，就像見到失散已久的親人走進家門一樣；然而，要找到能引起共鳴的真相，我必須做些塑造角色的基本工作，加入細微不同的設定。決定故事敘述的層次及橋段後，我又被曲折的情節和錯誤絆了一腳，每一頁至少都修改五十遍。我必須盡力賦予故事真實性，讓它不僅僅是個回憶，而是當前發生在我身上的事。小說是讓我對自己有深刻了解的門戶，當我第一次踏入這個領域時，我就知道我會寫小說度過餘生。

小說給我創作場景的自由，在我或母親的人生中添加細節，改變一些東西，營造最適合說故事的方式──這是終極的舊物拍賣。在真正的喜福會聚會期間，我坐在屋裡一張破沙發上，在麻將桌旁聊八卦。我重現一個鄰居女孩在浴室被媽媽毒打發出慘叫的情景，並在多篇故事中加入我父母對我的期望：勤練琴技成為職業鋼琴家；要很「美國」地懂得抓住機會，又不失中國人的性格；嫁給一個慷慨、善良、臉上沒有雀斑的男人。我把自己拒絕他們期望的情況也加入情節中，而我破碎的自尊心更隨著故事發展浮出表面。正如書中人物朱恩・吳，我確實經歷過一場極其糟糕的鋼琴演奏會，覺得非常丟臉，害怕自己潛力不再。雖然我母親未在戰時將兩名嬰兒遺棄路邊，但她的確把三個女兒丟給前夫扶養，在一九四九年搭最後一班船離開上海到美國，與她的愛人結婚，也就是我父親。我就像朱恩一樣，一直不知道這些同母異父姊姊的存在，直到母親在某次爭吵中脫口而出。我頓時感到無所適從，因為我不再是獨生女，而是四個女兒中的一個，只要母親找到理由，也可能將我拋棄。雖然我沒有在海中溺斃的弟弟，但「一半一半」這個故事是基於我母親與命運抗爭的決心構思出來的，因為當時我哥哥與父親在六個月內相繼因腦瘤過世。與我家族史最相近的故事源自於我的外婆，她在三十歲那年喪夫，並在一九二五年成為某個富豪的四姨太──地位最低的妾。我在寫「喜鵲」這個故事時，感覺她就在我身邊，幫助我理解為什麼安梅必須選擇自己的命運。

在整本小說中，我從母親豐富的人生經驗中汲取很多栩栩如生的細節，像是她脖子上足以致命的燙傷；她的外婆賦予她求生意志的智慧；我外婆從自己的手臂割下一塊肉燉犧牲湯；母親小時候住在有石柱和圓形車道的西式豪宅，與繼父的眾多妻妾和繼姊妹同住；一名患有肺結核的親戚在咳血後，手指扶在碗緣，將湯遞給母親喝；母親與外婆同床而眠感覺到的溫暖慰藉，蓋著最好的蠶絲被——這是今時今日所買不到的。

讀者會問這些衍生自我家族史的故事是否讓我的家庭成員勃然大怒，特別是我母親。正好相反，我的家人和親友都很驕傲能被寫進我的小說中，雖然很多時候他們並未出現。只有一個親戚反對——母親的繼兄，我外婆是他父親的妾。「寫這種東西毫無意義。」舅舅對母親說：「過去無法被改變。」母親憤慨激昂地回道：「她可以向世人述說我母親的遭遇——那是個無法抹去的汙點。她可以昭告天下，這就是她改變過去的方式。」

第一本小說出版時，我母親感到很驕傲，所有我對她造成的傷害似乎都一筆勾銷。她記得我從六歲起犯下的每個小錯，如今卻滿懷愛意地懷念我的劣跡。在我成為作家後，她就像薇芙莉．鍾的母親林冬一樣，會向陌生人炫耀：「這是我女兒。」她後來罹患阿茲海默症，我給她一箱書，讓她在聖誕節發給人們。她會走到每個人面前遞出一本書，問道：「你知道我女兒譚恩美嗎？」如果對方表示不認識，她就會把書拿回來。她一直是我最強大的後盾。她會抱怨人們沒有給我的「天馬行空」足夠讚賞，但我小時候卻被她認為是「閒人發夢」。她比任何人都清楚哪些情節是虛構、哪些是真實發生過的，以及故事靈感來源的事件和人物，她同時也是最先了解隱藏在這些故事背後的情感的人。

她很高興我真的把她的故事聽進去了，也能理解她一直向我傳達的訊息，才養成如今最好的性格。

但我筆下某些虛構的場景和細節卻讓她備感震驚。這些情節與她告訴我的有異，卻是我認為的事情真相，這使她相信這本書是由別人幫我代筆完成，亦即她的母親。比方說，她告訴我外婆喪夫後，成為一名富豪的正室。我在故事中把她設定為四姨太，地位最卑微的妾室。我詳盡描述她嫁進這個家的原因，和她如何教導女兒不要屈服於他人帶來的厄運。「我沒跟妳說過這些事。」母親說：「妳是怎麼知道真相的，她在這裡嗎？」她問。「妳可以告訴我，不要不好意思。」母親一直相信我有與鬼魂溝通的能力，我總是堅決否認。我四歲時，因為不想上床睡覺，就撒謊在浴室見到鬼。大多數母親都會安慰孩子，減輕他們的恐懼，她卻帶我進浴室，用激動而滿懷希望的語氣問：「她在哪？」從那時起，她就把我當作與自己母親溝通的橋樑。如今她讀了「傷疤」一文的草稿，總算掌握實證。這並非迷信或幻想，而是一個九歲失去雙親、傷心欲絕的女孩永生難忘的悲痛。

從兒時到長大成人，母親告訴我的關於她母親的故事有過無數版本，有些相互矛盾，但都建立在恥辱、憤怒、悲傷、叛逆及報復的基礎上。我的故事使這些情緒具有意義。小說就好比蓋革計數器，會不屈不饒地通往真相。

說故事是我母親抒發自身痛苦的途徑。她口中的過去和我的童年事實上遠比這本書中四對母女的經歷還更黑暗。我在整個童年都不幸作為這些悲慘故事的聽眾。我聽了數百遍，每個故事都有著同樣駭人的開頭：「我有沒有跟妳說過……？」不管她有沒有說過，她都會一個接一個說下去。像是身為孤兒住在豪宅大院的孤獨、她的婚禮和嫁妝清單、失去童貞的過程，她先是輕描淡寫地描述第一段婚姻，之後又毫不遮掩地全盤托出。她會拉著我跟她一起來趟回憶之旅，蜿蜒穿過一個個房間，描述誰在那裡，誰說了真話，誰又撒了謊，或者誰既貪婪又卑鄙。她能看穿一切，教我如何察覺徵兆。有時候她的故事來自最近經歷的怠慢或不公，她會在滔滔不絕數小時後，停下來問：「妳相信嗎？」我總是向她保證我相信，她對此保持合理懷疑，然後把更多細節和戲劇性融入她不斷重複的故事中，演繹出最駭人的情節。

我討厭那些故事。當時我並不知道我被賦予說故事的能力。直到三十三歲那年開始寫小說，我才明白我寫的故事源自不可動搖的執著和深刻的情感，並且急需被理解。過去曾經存在，進入故事了解真相的方法就是感同身受。

一九八六年，我和丈夫跟幾名朋友去考艾島度假，與世隔絕，包括電話答錄機。我在島上的日子就是海浪、日落、防曬乳和鳳梨汁。我躺在我們租屋門廊的吊床上看書，面向大海。其中一本書是露易絲．艾芮綺的《愛情靈藥》。書中易怒、意志堅定的角色使我想起我的母親，多層的故事性擁有相似堅持的基調，她的書在之後也影響了《喜福會》的整體架構。

待在這座度假樂園的第七天，我在一個停車場裡，一個朋友朝我跑了過來。她剛打開答錄機，收到來自我弟弟的急訊。我母親心臟病發作，被送到醫院的加護病房。電話是四天前打的，我感到很驚慌。當我走進電話亭時，突然有種預感母親已經不在了，一陣後悔的浪潮朝我湧來，令我難受不已。這些年來，我一直將母親視作吹毛求疵、需要關懷、總是自怨自艾的女人。她時常滿腔怒火，危言聳聽，哭著威脅要自殺。近年我不再頻繁地去看她，就算去看她，我也會將我們的對話限於安全的範圍，裝作愉快的樣子，如此她就無法影響到我。由於懼怕她已過世的事實，我憶起我們最近的一次交談。

「如果我死了，妳會記得什麼？」她問。

「很多事。」我回答。

「例如？」

我一頭霧水。「例如，就是妳知道，妳是我媽這件事。」

她用帶著哭腔的聲音，顫抖地說：「我想妳不太了解我。」那天我在停車場，跟無論哪個當差的神明許願：只要媽媽活下來，我會仔細聽她講述關於自己的故事，我會感謝她的忠告。為了真正了解她，我甚至會帶她去中國。電話在歷經無數次轉接後，我聽見母親快活的聲音。「恩美啊！妳在哪？」奇蹟發生了。「媽，妳沒事！」我喋喋不休地表示很晚才收到訊息……而後她打岔道：「噢，妳很擔心？」她聽起來很高興。結果她不是心臟病，而是因為在超市靠著櫃台對魚販大呼小叫弄傷了肋骨。掛了電話後，我繼續開心度假，但奇蹟乍現讓我想起自己做出的承諾。

我第一次去中國旅行時，母親整整七天都和我一起。她會碎碎唸，抱怨我花太多錢買紀念品，說與真正的中國人相比，我看起來多麼像奇怪的美國人。這趟旅程很糟糕，同時也很美妙。至少當她述說關於希望與傷痛的故事時，我能感同身受。那些故事始於中國——我們當前所在的地方——不論過去亦或現在。

母親在讀《喜福會》的初稿時，給我很高的評價：「很好閱讀。」她的確有好好讀過。我知道是因為之後她跟我說一名親戚虐待她的故事時，她頓了幾分鐘，然後說：「我不用跟妳說，妳也能理解，因為妳就像我一樣。」

——譚恩美

Chapter 3 美國翻譯

Chapter 4 王母娘娘

獻給我的母親及她母親的回憶。

妳曾經問我會記得什麼。

此書，還有更多。

喜福會

母親

吳宿願
許安梅
鍾林冬
瑩影・聖克萊爾

女兒

吳菁妹（朱恩・吳）
蘿絲・許・喬丹
薇芙莉・鍾
琳娜・聖克萊爾

Chapter 1

千里鵝毛

這位老太太記得，好幾年前在上海，她傻呼呼地花大把鈔票買了一隻天鵝。市場小販吹噓這隻鳥曾經是隻鴨子，終日引頸期盼，渴望變成一隻鵝，現在看哪！牠美得讓人不忍殺來吃。

後來，她帶著這隻天鵝遠渡千里重洋，翹首前往美國。路上，她輕聲對天鵝訴說：「在美國，我會生一個像我的女兒，但在那裡，沒人會說她的價值是以丈夫的打嗝聲是否響亮來衡量；在那裡，沒人會看不起她，因為我只會讓她學道地的美式英語。我會讓她衣食無憂，不再滿腹苦水！她會體會我的用心良苦，因為我會送她這隻天鵝——一隻成長得超乎期望的鳥。」

但當她來到這個國家時，移民官把天鵝從她懷裡拖走，徒留女人揮舞雙臂，只剩一根鵝毛作紀念。她不得不填寫一大堆表格，以至於忘了自己為何而來，又留下什麼。

現在她老了，生了個只會說英語，滿肚子可口可樂，沒吃過什麼苦的女兒。長久以來，老太太一直想把鵝毛送給自己的女兒，告訴她：「或許這根羽毛看起來一文不值，卻是來自遠方的禮物，乘載我全部的心意。」她苦苦等待，年復一年，直到能以流利的美式英語告訴女兒的那一天。

喜福會

吳菁妹

爸爸要我加入喜福會成為牌腳之一，替補媽媽的空缺。自從她兩個月前過世後，她在麻將桌的位置就一直空著。爸爸認為她是被自己的思緒扼殺了健康。

「她腦裡有一個新念頭。」爸爸說：「還來不及說出口就膨脹到極致，最後爆炸開來。那一定不是什麼好事。」

醫生說她死於顱內動脈瘤破裂，她喜福會的朋友說她像兔子一樣脆弱，事情做一半就走了。媽媽本該主辦下次喜福會的聚會。

她過世前一週曾打電話給我，聲音充滿活力，自信滿滿地跟我說：「妳林姨在喜福會煮了紅豆湯，下次我要煮芝麻糊。」

「少愛現了。」我說。

「我不是愛現。」她說兩種甜湯幾乎一樣——差不多，又或許她說的是不同——完全不一樣。

這是中文的一種表達方式，指雙面含意中較好的那一面。我永遠記不住從一開始就無法理解的事。

＊＊＊

一九四九年，媽媽在舊金山辦起了喜福會，剛好是我出生前兩年。爸媽正是在這一年帶著一個硬皮箱離開中國，裡面只裝了時髦的絲綢洋裝。媽媽上船後向爸爸解釋她沒時間收拾其他衣物，但他仍拚命翻開滑順的絲綢，找他的棉衫和毛呢長褲。

抵達舊金山後，爸爸要媽媽把那些閃亮的衣服藏起來。她身上穿著同一件棕色格紋旗袍，直到歡迎難民協會遞給她兩件美國女性穿都嫌大的二手衣。此協會是由一群頭髮花白的美國修女組成，他們全是第一華人浸信會的成員。由於收了禮物，爸媽推辭不了他們的邀請，去了教會，也不好拒絕這些老太太提出的具體建議，參加了每週三晚間的福音課，以改善英語能力，一直到後來週六晨間的詩班練唱。爸媽也因此與徐家、鍾家和聖克萊爾家熟識。媽媽能感覺到這些家庭的女人在中國有同樣難以啟齒的悲慘過去，並懷抱著無法用蹩腳英語表達的希望。至少，這些女人麻木的神情讓媽媽覺得熟悉。當她向他們透露喜福會的想法時，她注意到他們快速游移的眼神。

喜福會的想法來自媽媽的回憶，事情發生在她第一段婚姻嫁到桂林時，當時日本人尚未入侵中國，所以我認為喜福會是她在桂林的經歷。每當她覺得無聊，無事可做——碗盤洗了，富美家餐桌也擦了兩遍，爸爸坐在一旁看報紙抽寶馬菸，警告她不要打擾他的時候，她就會跟我說起這個故事。媽媽會搬出一箱素不相識的親戚從溫哥華寄來的舊毛衣，剪開毛衣底部，拉出一根曲折的毛線固定在厚紙版上。接著用某種節奏捲著毛線，開始娓娓道來。這些年來，她反覆地說同一個故事，唯獨結局隨著時間推移越趨黑暗，使她的生活蒙上一層連綿不絕的陰影，最終落在了我身上。

＊＊＊

「在親眼見識桂林的風光以前，我曾夢見那裡。」媽媽用中文開口說：「我夢到蜿蜒曲折的河流，兩旁山石嶙峋，河岸長滿了青苔，山頂白霧瀰漫。若能順流而下，吃青苔果腹，就有足夠的體力爬上山峰。即使失足滑落，也只會躺倒在一片柔軟的青苔上，哈哈大笑。一旦登上山頂，便能將所有景色盡收眼底，所感受到的幸福，也足以讓生活無憂。

「在中國，桂林是每個人夢寐以求的地方。我是到去了那裡，才發現我的夢想是多麼迂腐，想法多麼貧瘠。當我看到群山時，我笑得發起抖來。山頂看起來就像一顆巨大炸魚頭，試圖從一大桶油中跳出來。視線每越過一座山，我都能看到另一條魚的影子，一條接著一條。雲層逐漸飄移後，群山瞬間成了巨象群，緩慢朝我走來！妳懂我的意思嗎？山腳下有祕密洞穴，裡面是一整片懸岩，長成高麗菜、冬瓜、蕪菁和洋蔥的顏色及形狀。這些景色的古怪絢麗是妳意想不到的。

「但我去桂林不是為了欣賞美景，我前夫帶著我和兩名尚在襁褓的嬰兒到桂林，因為他認為那邊很安全。當時他是國民黨的軍官，他把我們安置在一個二層樓的小房子後，便往北去了重慶。

「我們知道日本人打贏了，就算報紙否認這件事。每天時時刻刻都有成千上萬的人湧進這座城市，擠在人行道上，尋找落腳的地方。這些人來自四面八方，不論貧富貴賤，上海人、廣東人、北方人；不只有中國人，外國人和各個宗教的傳教士也來了，當然還有自視甚高的國民黨軍官。

「整座城市變得魚龍混雜。要不是日本人，這群形形色色的人絕對會找理由吵起來。妳明白嗎？上海人和北水農民、銀行家和理髮師、人力車夫和緬甸難民，誰也看不起誰，即使大家共用一條人行道，一起上吐下瀉。我們都一樣髒臭，但每個人都在抱怨別人的味道難聞。妳說我？噢，我討厭美國空軍大兵，他們一直盯著我的臉發出調戲的聲音，使我羞得滿臉通紅。但最可怕的是那些北方農民，他們會用手挖鼻孔，又推又摸，把骯髒的病菌傳給別人。

「所以妳就知道，桂林對我來說很快便失去了吸引力。我不再去爬山，稱讚山有多漂亮，我只會想著日本人現在到了哪座山。我一手托著一個寶寶，坐在屋裡陰暗的角落，焦躁不安地等待。每當空襲警報響起時，我和鄰居會一躍而起，彷彿驚嚇的小獸般躲進深穴中。但人無法在黑暗中待太長時間，內心某些東西會開始消退，就像餓鬼一樣，瘋狂渴望光亮。我聽見外頭傳來爆炸聲。碰！碰！還有落石的聲音。我不再渴求高麗菜或蕪菁形狀的懸岩，只看見古老山丘垂直的斷層隨時會崩塌，把我壓在下面。妳能想像這種感受嗎？既不想待在裡面，也不願出去，什麼地方都不想去，只想消失？

「轟炸聲越來越遠後，我們走到外面，彷彿新生小貓步履蹣跚地重回那座城市。每次看見群山映襯著如火燒般的天空，沒有被炸開來，我都覺得很驚訝。

「我在某個夏夜有了辦喜福會的想法。那天非常熱，連蚊子都會被熱暈，濕熱的天氣會讓蚊子的翅膀變重。到處都很擁擠，沒有新鮮空氣。下水道傳出難以忍受的氣味，一直飄到我二樓房間的窗口，臭味無處可去，只能鑽進我的鼻孔裡。不管白天或晚上，我都一直聽到尖叫聲，不知道是哪個農民割開逃跑豬隻的喉嚨，或者某個軍官把擋路的農民打個半死。我沒有走到窗邊查看，看了有什麼用？也就是在那時候，我覺得我需要找事情做，幫助自己前進。

「我的想法是找齊四個女人，分別坐在麻將桌一側。我早已想好要找誰了，他們都跟我一樣年輕，臉上滿懷希望。其中一人是陸軍軍官的妻子，跟我一樣；一個是來自上海豪門、舉止文雅的女孩，她帶著少少的錢逃了出來；還有一個出身南京，我從未見過頭髮那麼黑的人。她生於一個低等家庭，但長得漂亮，為人親切，而且嫁得很好。跟她結婚的老頭死後，留給她富裕的生活。

「每個禮拜會由一個人主辦宴會，募集資金，並振奮精神。主辦人必須準備特製點心，以帶來各式各樣的好運——銀元寶狀的餃子、象徵長壽的長米粉、象徵生子的煮花生，當然也會準備福橘，祈禱生活充實甜美。

「多麼豐盛的美食呀！全是我們用微薄的津貼準備的。沒人注意餃子裡包的大部分都是黏稠的南瓜餡，橘子上有蟲蛀過的洞。我們吃得很省，並非不夠吃，而是一口也吃不下了，因為大家白天都已經吃得很飽。我們很清楚自己過著很少人負擔得起的奢靡生活。我們是幸運兒。

「填飽肚子後，我們會把一個碗裝滿錢，放在顯眼的地方，接著圍著麻將桌坐一圈。我的麻將桌是從家裡帶來的，是一種很香的紅木。並非你們說的那種花梨木，就叫紅木，質地非常好，英文沒有這個字。桌面有一層厚厚的墊子，麻將倒在桌上洗牌時，只會聽見象牙製的麻將互相碰撞的聲音。

「開始打牌後，大家都不說話了，只有碰牌或吃牌時會喊『碰！』或『吃！』。我們打得很認真，除了贏錢感受喜悅外，什麼也不想。但打了十六圈後，我們會再飽口福，這次是為了慶祝好運。我們會聊個通霄，懷念過去的美好時光，表達對美好未來的憧憬。

「噢，隨便一個故事都很精彩！大家都笑得要死。比方說，一隻公雞衝進屋內，盤踞在飯碗上尖叫，隔天牠就被切成塊，靜悄悄地裝在同一個碗裡！或是一個女孩分別幫兩名朋友寫情書，結果他們愛上的是同一個人。還有，一位腦袋不靈光的外國女士上廁所，聽見隔壁傳來鞭炮聲，便在馬桶上昏倒了。

「那時候很多人餓到吃老鼠，或到後來像老鼠一樣吃垃圾，所以人們覺得我們每個禮拜開宴會是不對的。還有人認為我們被惡鬼附身了，明明也失去親人，沒了家園和財產，與丈夫、兄弟姊妹和女兒至親分離，卻大肆慶祝。哼！他們會問我們怎麼還笑得出來？

「我們並非沒有心或瞎了、感覺不到痛苦。我們都很害怕，都有屬於自己的不幸，但絕望就代表期待找回失去的一切，或是讓本就難以忍受的痛苦延長罷了。假如妳的父母隨著房子一起燒死，妳還會掛念衣櫃裡最喜歡的那件暖大衣嗎？當妳看見電話線上掛著斷手斷腳，餓狗嘴裡叼著一隻嚼爛的斷手在街上跑來跑去，心裡有什麼感受？怎樣才算最糟？我們捫心自問，是要鬱鬱寡歡坐著等死？還是選擇自身的快樂？

「於是我們決定辦宴會，假裝每週都是過年。每一週，我們都可以將過去的不幸拋諸腦後，不去想不好的事。我們宴客、大笑、打牌，有輸有贏，彼此分享最棒的故事。每一週，我們都可以希望得到幸福，這股希望是我們唯一的喜悅，因此我們將這個小聚會命名為喜福會。」

媽媽以前常以快活的語氣結束這個故事，吹噓她打牌的技術。「很多次都是我贏，因為我運氣太好了，其他人都開玩笑說我學會了耍詐。」她說：「我贏了好幾萬塊，但我並不有錢，因為當時紙幣毫不值錢，連廁紙都比錢貴。想到一千元紙鈔還不能拿來擦屁股，我們笑得更厲害了。」

我一直以為媽媽的桂林故事只是中國的童話，因為結局總是在變。有時候她說她用毫無價值的一千元紙幣買了半杯的米，然後煮一鍋粥，用粥換了兩隻豬腳；兩隻豬腳後來變成六顆蛋，蛋又變成六隻雞。故事總是一變再變。

然後有天晚上，我求她買一台電晶體收音機給我，她沒答應，在我生了一小時的悶氣後，她對我說：「為什麼妳會覺得自己缺少從未有過的東西？」她便告訴我一個結局截然不同的故事。

「某天一大早，一名軍官來到我家。」她說：「叫我快去重慶找我丈夫，我知道他是要我逃離桂林。我很清楚日本人一來，軍官和他的家人會面臨什麼處境。我要怎麼走？當時沒有火車離開桂林。我那個南京朋友對我很好，她賄賂了一個男人，幫我弄來一輛原本用來運煤的手推車，還答應幫忙警告其他朋友。

「我把行李和兩個寶寶放到手推車上，在日本人進入桂林四天前，便推著推車前往重慶。途中，我從身旁倉皇逃離的人口中得知大屠殺的事，實在太可怕了。直到最後，國民黨仍堅持桂林是安全的，受到中國軍隊的保護。當天稍晚，桂林的街上灑滿了報紙，報導國民黨的勝利，報紙上卻躺了一排排的人——男人、女人和幼童，宛如砧板上的鮮魚。這些人從未失去希望，卻葬送了性命。聽見這個消息後，我的腳步越來越快，不斷問自己：他們是太笨了？還是太有勇氣？

「我往重慶的方向推著推車，直到車輪裂開為止。我扔掉了那張漂亮的紅木麻將桌，當時我的內心已麻木到哭不出來。我把圍巾用揹帶綁在身上，兩個寶寶各靠著我一邊肩膀；我的兩手各抓著一個包包，一邊放衣服，一邊放食物。我提著這些東西，直到雙手留下深刻的皺痕。在我雙手開始滲血，手滑得抓不住東西後，我終於先後把兩個包扔下。

「沿途，我看到其他人也做了相同的事，逐漸放棄希望。道路就像鋪著寶藏，一路上不斷增長價值。一綑綑上等的織物、書籍、古董畫和木工工具，然後是一籠籠渴得叫不出聲來的小鴨，再後來，銀甕橫倒在路上，那時大家早已累到無法為未來打算。我到重慶的時候，除了身上穿的三件花俏絲綢洋裝外，失去了一切。」

「妳說『一切』是什麼意思？」我倒抽了一口氣，驚訝地發現這個故事一直都是真的。「寶寶呢？」

她不假思索，只是用故事結束了的語氣簡短回答：「妳爸爸不是我第一任丈夫，妳也不是那些寶寶。」

＊＊＊

當我抵達今晚喜福會的聚會地點許家時，我首先看到爸爸。「她來了！從來不準時！」他說，而這是事實。其他人都到了——七名六、七十歲的家族朋友。他們抬頭對總是遲到的我微笑，我三十六歲了，仍是個孩子。

我渾身發著抖，試著克制激動的心情。我上次看見他們是在葬禮的時候。我陷入崩潰，整個人哭得抽抽搭搭的，他們現在一定在想，像我這樣的人怎麼接替媽媽的位置。一個朋友曾說我跟媽媽很像，我們有一樣纖細的手勢、少女般的笑聲和斜眼看人的習慣。當我害羞地跟媽媽說這件事後，她似乎覺得受到侮辱，就說：「妳根本一點也不了解我！怎麼會像我？」她說得沒錯，我怎麼能在喜福會代替媽媽呢？

「叔叔、阿姨。」我重複地向每個人點頭打招呼。我一直稱這些家族的長輩朋友叔叔、阿姨，接著走過去站到爸爸旁邊。

他正在欣賞鍾家最近中國行的照片。「妳看。」他禮貌地說，指著鍾家跟旅行團的人站在寬板台階上拍的照片。這張照片中沒有任何東西可以證明是在中國而非舊金山或其他城市拍的。但反正爸爸好像也沒在看照片，就好像每件事對他來說都大同小異，沒什麼特別的。他一直都有禮得恰到好處，對任何事都無動於衷，但形容一個人因為看不見差異而無動於衷的中文要怎麼說？我覺得媽媽的死對他的打擊就是這麼點大。

「妳看那張。」他說，指著另一張平淡無奇的照片。

許家的房子充滿了油膩的氣味，感覺空氣厚重。廚房太小，卻煮了太多中國菜，太多香味被薄薄一層看不見的油脂包覆住。我記得媽媽以前去別人家和餐廳時，會皺著鼻頭大聲說：「我感覺鼻子都被油膩給黏住了。」

我好多年不曾拜訪許家了，但這個客廳就跟我記憶中的一模一樣。安梅阿姨和喬治叔叔二十五年前從唐人街搬到日落區時，買了新家具。那些家具都還在，在泛黃的塑膠布下看起來幾乎跟新的一樣。同一張藍綠色粗花呢半圓沙發、硬楓木的殖民風小茶几、一盞有裂紋的仿冒瓷燈，只有廣東銀行贈送的年曆掛軸會每年更換。

我記得這些東西，是因為在小時候，只有當蓋著透明塑膠布時，安梅阿姨才讓我們摸她的新家具。每次喜福會晚間聚會的時候，爸媽都會把我帶到許家。自從我去作客以來，我就不得不照顧其他年幼的孩子，這麼多小孩，似乎總會有人撞到桌腳嚎啕大哭。

「妳要負責。」媽媽說，意思是如果有東西倒了、燒了、不見、壞掉或弄髒，我就慘了。不管是誰做的，我都要負責。她和安梅阿姨穿著奇怪的旗袍，有高挺的立領，胸前還有以絲線刺繡盛開的花枝。我覺得這些衣服對真正的中國人過於花俏，穿在美國人身上又太詭異。那時候，媽媽還沒跟我說她那段桂林的經歷前，我還以為喜福會是一種丟臉的中國習俗，就像三K黨的祕密集會，或電視上播的印地安人在戰前跳的咚咚舞。

但今晚的目的很明確。喜福會的阿姨們全穿著亮色上衣和便褲，搭配不同款式的耐用步鞋。我們都坐到餐桌前，籠罩在看起來像西班牙吊燈的光線下。喬治叔叔戴上一副雙光眼鏡，在宣讀記要中開始這次的聚會：

「我們的資本帳戶總共有兩萬四千八百二十五美元，每對夫妻六千兩百零六元，每人三千一百零三元。賣出一輛 Subaru 填補第三季和第六季的虧損。第七季買了史密斯國際公司一百股。感謝林冬和提恩．鍾的豐盛招待，紅豆湯尤其美味。三月的聚會取消，我們會再另行通知。很遺憾不得不與我們親愛的朋友宿願道別，並對坎尼．吳一家人深表同情。謹此敬告，喜福會會長兼祕書喬治．許。」

這就對了。我一直在想其他人會開始談論媽媽，他們之間美妙的友情，還有為什麼我會繼承她的精神出席這場聚會，成為牌腳之一，延續媽媽在桂林那個炎炎夏日發想的點子。

但每個人卻只是對記要的內容點頭表示贊同，就連爸爸的頭也例行地上下擺動，感覺媽媽的人生似乎因為新公事而擱置了。

安梅阿姨站了起來，慢慢踱進廚房準備食物。媽媽的摯友林姨則坐到那張藍綠色沙發上，雙手環胸，看著仍坐在餐桌邊的男人。我每次見到都覺得她身形越來越乾癟的瑩姨把手伸進針織包，拿出一小團藍色毛線。

喜福會的叔叔們開始討論彼此有興趣的股票，瑩姨的弟弟傑克叔叔對一間開採黃金的加拿大公司十分熱衷。

「這可以抵銷通貨膨脹帶來的巨大損失。」他說話時一副權威的口吻。他說著一口完美的英語，幾乎沒有口音。我認為媽媽的英語是最差的，但她一直覺得自己的中文說得最好。她說普通話會夾雜些微的上海話。

「我們今天不打麻將嗎？」我湊到瑩姨耳邊大聲問，她現在有輕微耳聾。

「晚一點。」她說：「要等午夜過後。」

「女士們，要開會了嗎？」喬治叔叔問。

大家一致把票投給加拿大那家金礦開採公司，我走進廚房，詢問安梅阿姨喜福會為什麼會開始投資股票。

「以前我們打牌都是贏家拿錢，但總是一樣的人贏，一樣的人輸。」她正在包餛飩，用一根筷子挑起加了薑的肉餡輕輕抹在薄皮上，然後單手旋轉一次，包成護士帽的形狀。「跟技術好的人打牌，運氣就不會來。所以很早以前我們就決定投資股票。投資股票跟技巧無關，連妳媽媽也贊成。」

安梅阿姨數著面前盤子上餛飩的量，一行八個，她已經做五行了。「四十個餛飩，我們有八個人，每人吃十個，還要再做五行。」她大聲地自言自語，繼續包起餛飩。「我們學聰明了，現在大家都能享受獲勝的滋味。藉由投資股票沾沾福氣，打麻將就變成娛樂，玩一點小錢，贏家拿錢，輸家把剩菜剩飯打包回家！如此一來，每個人都開心。聰明吧？」

我看著安梅阿姨做更多餛飩，她的手指動作十分靈活熟練，根本不需要動腦。媽媽對此一直以來都頗有微詞，因為安梅阿姨從沒想過自己在做什麼。

「她不笨。」媽媽有一次對我說：「但她很沒用。上星期，我幫她想了一個好辦法。我跟她說：『我們一起去領事館幫妳弟弟辦理文件。』她差點就要把手邊的事扔下直接去了。但後來她跟別人談過後，天曉得是誰？那人跟她說她可能會害她弟弟在中國惹上麻煩，還說美國聯邦調查局會把她列入黑名單，今後永遠都會被針對。那個人說：『如果妳要貸款房子，他們會拒絕妳，因為妳弟弟是共產黨。』然後我說：『妳已經有房子了！』但她還是不敢。」

「妳安梅阿姨一直東奔西走。」媽媽說：「卻不曉得原因在哪。」

我眼前的安梅阿姨是一個佝僂著身軀、七十幾歲的矮小婦人，胸部下垂，有一雙纖細筆直的腿。她的指尖扁平柔軟，是女人上了年紀的特徵。我很納悶安梅阿姨到底做了什麼讓媽媽一輩子都在批評她。話說回來，媽媽似乎總是對我、她所有的朋友、甚至爸爸都很不滿。總有什麼遺漏了，總有地方需要改善，總有哪裡不平衡；哪個人五行中某一行太過，哪個人某一行不及。

五行說來自媽媽個人對有機化學的解讀。她跟我說，每個人都是由五行組成。

火太多，脾氣容易不好，就像爸爸一樣。媽媽總是批評他抽菸的習慣不好，爸爸就會吼回去，要她閉嘴。但我想他現在很愧疚，因為他沒有讓媽媽把心裡話說出來。

木太少，就容易屈服於他人的想法，難以自立，正如安梅阿姨。

水太多，就容易隨波逐流，例如我。我大學起初攻的是生物學，後來轉讀藝術，之後兩個學位一個也沒拿到，就去了一間小廣告公司當祕書，然後成為文案企劃。

我以前常用「這不過是中國人的迷信」反駁她，這些全是根據實際情況拼湊出來的說法。我在二十幾歲時接觸到心理學，試著跟她解釋為什麼她不該常常批評別人，以及批評無法營造健康學習環境的原因。

「有一派學者認為……」我說：「父母不應該批評孩子，而是要用鼓勵的方式。妳知道，人會因為他人的期待有所提升，批評代表妳內心期待對方失敗。」

「這就是問題所在。」媽媽說：「妳從不提升，懶得成長，懶得符合別人的期待。」

「吃飯了。」安梅阿姨開心地宣布，端出一個蒸鍋，裡面是她剛包好的餛飩。桌上擺了好幾道菜，以自助餐的形式呈現，就像過去在桂林的筵席一樣。爸爸立刻就著超大鋁箔盒吃起炒麵，一旁放著幾包裝著醬油的小包裝袋。這炒麵一定是安梅阿姨在克萊門特街買的。餛飩湯因為加了香菜梗，聞起來很香。我首先被一大盤雜碎肉吸引，就是切成硬幣大小的烤豬肉，再來是被我統稱為手指糖的東西。那是一種薄皮糕點，裡面包著豬肉餡、牛肉、蝦子和不知名的內餡，媽媽常形容是「有營養的東西」。

這不是一場優雅的聚餐，每個人都彷彿餓壞了，用叉子叉起豬肉塞進嘴裡，一塊接著一塊。他們跟桂林故事中的女人相差甚遠，我總會幻想他們細嚼慢嚥地品嚐一桌子美味。

然後幾乎就像開動時一樣迅速，餐桌上的男人紛紛離座。這時候，女人們會把剩下的菜吃掉，隨即端著碗盤去廚房，放到洗碗槽裡。他們會輪流洗手，大力地搓洗。這個儀式是誰先開始的？我也跟著把碗盤放到洗碗槽裡，洗了手。他們接著聊起鍾家的中國行，移動到公寓後方的房間。途中經過另一個房間，以前是許家兒子共用的臥房。那張雙層床還在，樓梯早已磨損不堪。喜福會的叔叔們已在牌桌就定位了。喬治叔叔正在發牌，速度很快，彷彿在賭場學到了這個技巧。爸爸嘴裡叼著一根菸，又把他的寶馬菸盒在牌桌上傳了一圈。

我們走到後面的房間，以前是許家三個女兒的臥房。我們是兒時玩伴，大家早已長大成家，如今我卻回到他們的房間打麻將。除了聞到樟腦丸的味道，感覺沒什麼不同——蘿絲、露絲和珍妮絲可能等會兒就會走進來，頭髮用大柳橙汁罐上捲子，一屁股坐在同樣狹窄的床上。白色的雪呢絨床罩磨損嚴重，幾乎成了半透明。我和蘿絲以前會討論男生的問題，互相找出關鍵所在。房裡所有擺設都一樣，除了現在中間放了一張紅褐色的麻將桌。旁邊是一盞立燈——一個掛著三個橢圓形聚光燈泡的黑色長桿，像極了橡膠樹上的寬樹葉。

沒有人跟我說：「坐這兒，這是妳媽媽的固定座位。」就算其他人尚未就座，我仍看得出來靠近門邊的位置是空著的。這個感覺不一定跟椅子有關，而是方位。雖然沒人告訴我，但我知道她坐的是東邊的位置。

媽媽有一次跟我說，東邊是一切的起始，太陽升起的方位，以及風吹來的方向。

坐我左邊的人是安梅阿姨，她把麻將牌倒在綠色的毛氈桌面上，對我說：「來洗牌吧。」大家都把手放到牌上畫圈，麻將撞來撞去，發出「嘩啦」的沉著聲響。

「妳打得跟妳媽一樣，常常贏嗎？」坐我對面的林姨問，臉上沒有笑意。

「我只在大學跟幾個猶太朋友玩過。」

「啊！猶太麻將。」她語氣反感地說：「完全不一樣。」媽媽過去也常這麼說，卻解釋不出確切的原因。

「還是今晚我先不要打，我看就好。」我提議道。

林姨看起來很生氣，彷彿我是個頭腦簡單的小孩。「我們只有三個人怎麼打？就像三隻腳的桌子也無法平衡。妳瑩姨在先生去世時，找了她弟弟加入，現在妳爸爸找了妳來，所以就這麼定了。」

「猶太麻將跟中國麻將的差別在哪？」我問過媽媽，從她的回答我聽不出來規則是否有差，或者只是她對中國人和猶太人的態度不一樣。

「玩法完全不同。」媽媽用英語解釋：「猶太麻將只需要注意自己的牌，只需要用眼睛看。」然後她又換成中文：「中國麻將用的是腦，注重技巧。要注意其他人丟的牌，然後記下來。如果大家都玩得不好，就變成猶太麻將，又何必玩？一點技術也沒有，只是一直看別人出錯罷了。」

媽媽的解釋讓我覺得我們倆說的是兩種不同的語言。事實的確如此，我用英語問她，而她回我中文。

「所以中國麻將和猶太麻將差別在哪？」我問林姨。

「唉呀。」她裝出責備的語氣叫道：「妳媽沒教妳嗎？」

瑩姨拍拍我的手。「妳很聰明，看我們打，邊打邊學。現在幫忙堆牌，要堆四道牌牆。」

我跟著瑩姨的動作，但大部分時間都在看林姨。她堆牌最快，也就是說我只要觀察她的做法，幾乎就可以跟上其他人。瑩姨丟了骰子後，告訴我林姨是東風，而我是北風，就是最後一個拿牌的人。瑩姨是南風，安梅阿姨則是西風。之後開始拿牌，先擲骰子，再沿著牌牆數到骰子落點所指墩數。我把拿到的牌重新排列，組成三張的條子和筒子，幾對萬子，以及無法配對的單張牌。

「妳媽媽打最好，她是職業級的。」安梅阿姨慢條斯理地整理牌面，仔細地考慮每一張牌。

然後我們開始打牌，先觀察自己的手牌，以輕鬆緩和的步調抓牌，而後丟牌。這時阿姨們開始小聊，沒有很認真聆聽對方的話。他們用自己特殊的語言交談，一半用他們的破英語，一半是自己家鄉的方言。瑩姨講起她在大街買了半價的毛線；安梅阿姨炫耀起她為女兒露絲剛誕生的寶寶做了件毛衣。「她以為我去店裡買的。」她自豪地說。

林姨表示她拿了件拉鍊壞掉的裙子去退貨卻被店員拒絕很生氣。「我氣死了。」她仍然氣憤難平。

「但林冬，妳還在這邊呀，妳沒死。」瑩姨打趣地說，就在她笑的時候，林姨喊了聲「碰！」，緊接著喊「胡！」，隨即亮出手牌，邊算台邊笑瑩姨。我們又開始洗牌，牌桌逐漸變得安靜，我也越來越無聊，感到昏昏欲睡。

「噢，有一件事。」瑩姨大聲說，每個人都嚇了一跳。在這群阿姨中，瑩姨一直是最怪的一個，總是活在自己的世界裡。媽媽曾說：「聽妳瑩姨說話不難，難的是聽進去。」

「愛默生太太的兒子上禮拜遭警察逮捕。」瑩姨的語氣聽起來像是很驕傲自己是第一個說出這個大消息的人。「我在教堂聽陳太太說的，警察從他車上搜出很多電視機。」

林姨很快接口道：「唉呀，愛默生太太是個好人。」意思是愛默生太太不該有這麼糟糕的兒子，但現在我發現這句話也是說來安慰安梅阿姨的，她小兒子兩年前因為販賣偷來的車用音響被抓。安梅阿姨先是細細摩挲麻將牌，才打出去，面露悲傷的神色。

「現在在中國，人人都有電視可看。」林姨說，將話鋒一轉。「我那裡的親戚每家都有電視——不只黑白電視，連彩色電視都有！他們什麼都有，所以我問他們要買什麼回去時，他們沒說什麼，只說我們人去就好。但我們還是買了其他各式各樣的用品，像錄影機和 Sony Walkman 的數位隨身聽給孩子們。雖然他們嘴上說不用，但我想他們很喜歡。」

可憐的安梅阿姨把麻將牌搓得更用力了。我記得媽媽跟我說過許家三年前曾去了中國一趟。安梅阿姨存了兩千美元，全花在她弟弟一家的身上。她給媽媽看過她沉重的行李箱裡裝了什麼。一個裡面塞滿時思堅果焦糖巧克力、M&M's巧克力、糖霜腰果和即溶棉花糖熱可可。媽媽告訴我另一個包裡裝著最可笑的衣服：顏色鮮豔的加州風海灘裝、帽球帽、鬆緊帶棉褲、短夾克、史丹佛運動衫和船員短襪。

媽媽跟她說：「誰要這些沒用的東西？他們只想要錢。」但安梅阿姨表示因為她弟弟很窮，相較之下他們就很有錢，所以沒把媽媽的建議放心上，帶著沉重的行李和兩千美元去了中國。當他們的中國行終於抵達杭州時，所有住在寧波市的家人都來了。不只是安梅阿姨的弟弟，還有他妻子的繼兄弟姊妹、一個遠房表親、這名表親的丈夫和他的叔叔。他們都帶了自己的岳母和孩子，就連村中的朋友也來了，他們因為運氣不好，沒有住海外的親戚可以炫耀。

就像媽媽說的：「妳安梅阿姨去中國前哭了，她以為用共產黨的標準來看，她能讓她弟弟變得富有和快樂。但她回家後向我哭訴，每個人都伸手向她討東西，只有她兩手空空地離開。」

媽媽證實了她的懷疑。沒人想要運動衫等沒用的衣物。M&M's巧克力被扔到空中，沒了。當行李箱被搜刮一空後，許家的親戚就問他們還帶了什麼。

安梅阿姨和喬治叔叔受到了敲詐。除了價值兩千美元的電視機和冰箱外，還要負擔二十六個人在觀湖酒店一晚的住宿費，在餐廳訂了三桌為有錢外國人設置的宴會桌，為每個親戚準備三份特別的禮物，最後還用美金兌換五千人民幣，借一個表親所謂的叔叔買摩托車。那個人後來帶著錢跑了，再也沒有消息。隔天火車離開杭州時，許家人耗光了約值九千美元的善意。一個月後，安梅阿姨參加第一華人浸信會鼓舞人心的聖誕節聚，試圖以「施比受更有福」這句話安慰自己的損失。媽媽也贊同她的想法，她的這位老朋友至少有好幾輩子的福報。

現在聽林姨炫耀她中國家人的高尚品德，我發現她對安梅阿姨悲傷的表情不以為意。是因為林姨壞心眼，還是除了我，媽媽沒有把安梅阿姨那段貪心家人的丟臉故事告訴別人？

「那菁妹，妳現在有去學校嗎？」林姨問。

「人家叫朱恩，他們都叫美國名字。」瑩姨說。

「沒關係。」我說，而我沒騙人。事實上，現在美籍華人使用中文名甚至蔚為時尚。

「我已經畢業了。」我說：「那是十多年前的事了。」

林姨挑了挑眉。「我大概是想成別人的女兒了。」她說，但我立刻就知道她在說謊。我知道媽媽或許有跟她說我要回學校讀完學位的事，因為大概在六個月前，我們再次為了我半途而廢的事起爭執，因為我大學輟學，她希望我回學校完成學業。

而我一如往常跟媽媽說了她想聽的話：「妳說得對，我會看看。」

我一直以為我們在這些事上有著不成文的共識：她不是真心覺得我做不好，我真的會試著多尊重她的意見。但林姨今晚說的話再次提醒我：我和媽媽從未真正了解彼此。我們會逕自轉換對方的意思，我似乎很少聽進別人的話，媽媽則過於認真傾聽。難怪她跟林姨說我要回學校拿博士學位。

林姨是媽媽一生的摯友，同時也是死敵，總是不斷拿自己的小孩比較。我比林姨的寶貝女兒薇芙莉．鍾大一個月。我們還是嬰兒的時候，就被彼此的媽媽比較肚臍的皺褶、耳垂的形狀、膝蓋跌傷復原的速度、頭髮顏色的深淺及濃密程度、一年中穿壞幾雙鞋，到後來話題轉向薇芙莉在下棋上多有天賦，她上個月贏得多少獎盃，多少家報紙刊登了她的新聞，她又去了多少城市。

我知道媽媽討厭聽林姨提起薇芙莉的事，因為她沒辦法反擊。一開始，媽媽試圖培養我的潛能。她幫一位住在走廊盡頭的老退休鋼琴老師做家務，換取他幫我上鋼琴課，並讓我免費練習彈琴。當我沒能成為職業鋼琴家，或教會青年唱詩班的伴奏後，她最終對此做出解釋——我是屬於晚開竅的人，就像愛因斯坦在發明原子彈前，大家都認為他智商不足。

這一局贏的人是瑩姨，算好台後，我們又繼續打下去。

「你們知道琳娜搬去伍德賽德的事嗎？」瑩姨的語氣明顯帶著驕傲，她低頭看牌，並非跟特定某個人說話。她很快隱去嘴角的笑意，試圖表現出些微謙虛。「雖然在那一區不是最好的房子，目前要價還不到上百萬，但是個不錯的投資。比租房子好，不會被房東頤指氣使地趕走。」

所以我知道瑩姨的女兒琳娜跟她說了我被攆出俄羅斯山下區公寓的事。儘管我和琳娜仍是朋友，我們之間的交流卻自然而然地變得謹慎，但我們彼此少少的談話常以另一種幌子出現。還是老樣子，每個人說話總愛拐彎抹角。

「很晚了。」打完那圈後，我說。我準備起身，林姨卻把我按回椅子上。

「先別走，我們聊聊，重新認識一下妳。」她說：「我們很久沒見了。」

我知道阿姨們是在說客套話——事實上他們就像我渴望休假一樣，希望我早點離開。「不，我真的要走了，謝謝你們。」我說，很高興我還記得如何表現客套。

「但妳不能走！我們有很重要的事要說，跟妳媽有關。」瑩姨用她的大嗓門叫道。其他人一副坐立難安的樣子，似乎他們本來並未打算在這種情況下跟我說某個壞消息。

我坐了下來。安梅阿姨很快步出房間，隨即帶了碗花生回來，悄悄地關上門。所有人頓時安靜下來，彷彿沒人知道該從何開口。

最後是瑩姨打破了沉默。「我認為妳媽媽的死，是因為她心頭藏了件重要的事。」她英語說得結結巴巴，接著開始用中文，以冷靜的口吻，輕柔地說出整個故事。

「妳媽媽是個很堅強的女人，一個好媽媽，她愛妳勝過她的生命，所以妳可以理解這樣的母親永遠忘不了自己其他的女兒。她知道他們還活著，想在死前找到在中國的女兒。」

留在桂林的嬰兒，我心想，我不是那些寶寶，她用揹帶把他們背在肩上——她的其他女兒。我突然感覺自己像是回到當時遭遇空襲的桂林，我看見兩個嬰兒躺在路邊，從嘴裡抽出紅通通的拇指，哭著要人抱。有人帶走他們，他們安全了，而現在媽媽永遠丟下我，回到中國，她的孩子身邊。我幾乎聽不見瑩姨的聲音。

「她找了好多年，來來回回寫了很多信。」瑩姨說：「去年她拿到一個地址，她本來已經要跟妳爸說這件事了。唉呀，可惜呀，她等了一輩子。」

安梅阿姨接著用興奮的口氣打岔道：「所以我和妳阿姨們寫信去了這個地址。」她說：「表示有人——就是妳媽——想見見對方。對方回信了，就是妳的姊姊，菁妹。」

我的姊姊，我在內心重複一遍，第一次把這四個字組合在一起說出口。

安梅阿姨拿著一張薄如包裝紙的信紙，我看見整齊的直書，用藍色鋼筆寫成的中文字。有一個字渲染開來，是淚嗎？我雙手顫抖地接過信紙，訝異於我的兩個姊姊有多聰明，竟然懂得閱讀和書寫中文。

阿姨們都對我微微一笑，彷彿我本來就快死了，卻突然奇蹟似地生還。瑩姨接著遞給我另一個信封，裡面是一張一千兩百美元的支票，收款人是朱恩・吳，我簡直不敢相信。

「我姊姊寄錢給我？」我問。

「不是啦。」林姨假裝斥責道：「每年我們都會把打麻將贏來的錢存下來，去豪華餐廳辦一場盛大的聚餐。妳媽贏最多，大部分是她的錢，我們只補了一點進去。妳可以用這筆錢去香港，再搭火車到上海探望妳姊姊。更何況，我們吃太好，都這麼胖了。」她拍拍肚子證明。

「探望我姊姊。」我麻木地說。我對這個提議心生畏懼，試著想像我會看到什麼光景。我也對阿姨們為了掩飾他們的慷慨資助而編出年末聚餐這個謊言覺得難為情。我的眼淚一下湧了出來，又哭又笑，見識到他們對媽媽忠誠的情誼，卻難以理解。

「妳一定要去見妳姊姊，告訴他們妳媽過世的消息。」瑩姨說：「但最重要的是，妳得跟他們述說她的一生。雖然他們過去不認識自己的母親，但從這一刻起，他們必須要知道。」

「看我姊姊，跟他們說媽媽的事。」我說著點點頭。「要說什麼？我要怎麼跟他們說我媽的事？我什麼都不了解，她就是我媽。」

阿姨們看著我的眼神，就像是我當著他們的面陷入瘋狂。

「不了解自己的媽媽？」安梅阿姨難以置信地說：「妳怎麼能說這種話？妳骨子裡流的是妳媽的血！」

「跟他們說你們家在這裡發生的事，她是如何成功的。」林姨提議道。

「跟他們說她跟妳說過的故事、教妳的東西、妳從媽媽那邊繼承的想法。」瑩姨說：「妳媽腦筋很好。」

接著，我聽到更多的「跟他們說、跟他們說」，每個阿姨都絞盡腦汁地思考該傳達的東西。

「她的善良。」

「她的智慧。」

「她對家庭的責任感。」

「她的希望，她在乎的東西。」

「她煮的美味佳餚。」

「想想看一個女兒不了解自己的媽媽！」

我這才發覺他們都嚇壞了。他們在我身上看見自己的女兒，對他們帶來美國的所有真相和希望一無所知，也漠不關心。他們看見自己說中文時，女兒一臉不耐煩，覺得媽媽用破英語拚命解釋的樣子很蠢；他們看見「喜」和「福」兩個字對女兒來說意義不同，在美國出生養成的封閉思想認為「喜福」不是一個詞，根本不存在意義；他們看見自己的女兒將來會生下自己的孩子，沒有任何世代相傳的希望。

「我全都會跟他們說。」我簡短回答，阿姨們用懷疑的眼光看著我。

「我會記住她所有的事，告訴他們一切。」我更加堅定地說。他們這才慢慢展露笑容，一個一個拍著我的手。他們的臉色依然擔憂，彷彿有什麼失去了平衡，同時也對我的話即將成真抱持希望。他們還能說什麼？我又該如何保證？

他們繼續吃起煮花生，彼此聊著天。彷彿回到了少女時期，回憶過去的美好時光，並對未來抱持美好的憧憬：住在寧波的弟弟歸還九千美元外加利息，讓姊姊喜極而泣；一個小兒子將維修音響及電視的事業經營地有聲有色，把剩下貨品寄到中國；住在伍德賽德的女兒生下的寶寶，能像魚一般在豪華泳池裡暢泳——諸如此類的好故事，因為他們是幸運兒。

而我坐在麻將桌東方屬於媽媽的位置，位於一切的起始。

傷疤

許安梅

小時候在中國，外婆告訴我母親是鬼。並不是因為她死了，而是那時候，鬼代表我們禁止談論的人事物，所以我知道婆婆[1]是刻意讓我忘了母親，我才會對她的事一無所知。我記憶中的童年是在寧波市的一棟豪宅中度過，有寒冷的走廊和高高的樓梯。那是我舅舅和舅媽的獨棟別墅，我和弟弟跟著婆婆一起住在那兒。

但我卻常常聽說惡鬼擄走小孩的故事，尤其是固執己見、不聽話的小女孩。婆婆好幾次用大家都聽得見的音量說，我和弟弟是從一隻笨鵝肚子落下的兩顆蛋，不僅沒人要，拌在稀飯裡也不好吃。這麼說是為了嚇阻惡鬼把我們偷走，如此看來，我們也算是婆婆的心頭肉。

我是被婆婆嚇大的。自她生病以來，我就更怕她了。一九二三年，我九歲的時候，婆婆整個人

1 對外婆的暱稱。

腫得像熟透的南瓜，全身軟綿綿的，身上還散發腐敗難聞的氣味。她會叫我進去她飄散著惡臭的房間，講故事給我聽。「安梅。」她用我上學的名字叫我。「仔細聽好了。」隨即講起我聽不懂的故事。

其中一個故事說的是一個貪婪的女孩。她肚子越來越大，在拒絕透露孩子的父親是誰後服毒自殺。後來僧侶切開她的肚子，發現裡面長了一顆巨大的白色冬瓜。

「人若起貪念，身體裡就會長出讓他永遠飢餓的東西。」婆婆說。

還有一次，婆婆告訴我有個女孩不聽長輩的話。一天，她大力搖著頭，拒絕她阿姨簡單的要求，一顆小白球從她的耳朵掉了出來，腦漿也隨之流出來，宛如雞湯一般清澈。

「人若是想法太多，就會把腦子裡其他東西擠光光。」婆婆跟我說。

婆婆重病後，就不再說故事了，反而把我拉到身邊，談起母親的事。「絕對不要提她的名字。」她告誡道：「提她的名字就等於在妳爸爸的墳上吐口水。」

關於父親，我唯一知道的是那幅掛在大堂的巨大畫像。他是一個高大、不苟言笑的人，一直待在牆上無法動彈讓他很不高興。他不安的眼神跟著我在大宅裡四處游移，就連我位於走廊盡頭的房間，都能瞥見父親注視的目光。婆婆說他在看我有沒有任何不禮貌的行為，所以有時候我在學校朝別的小孩扔石頭，或粗心把書弄丟時，就會佯裝無知地快步通過父親的畫像，躲到房間角落，不讓他看見我的臉。

我覺得我們家的生活很不快樂，但我弟弟不這麼覺得。他騎著腳踏車穿梭在院子中，追雞和其他小孩，嘲笑尖叫得最大聲的人；在安靜的大宅裡，他會趁舅舅和舅媽去村裡拜訪朋友時，在他們最好的那張羽絨沙發上跳上跳下。

但後來我弟弟的快樂也消失了。在一個炎炎夏日，當時婆婆已經病得很重，我們站在門口看村中的出喪隊伍行經我們家的院子。隊伍剛經過我家大門，死者笨重的遺照便從支架上掉下來，砸在滿是塵土的地上。一名老太太尖叫一聲昏厥過去，我弟弟哈哈大笑，舅媽便甩了他一巴掌。

舅媽對小孩很沒耐心，罵他不孝，對祖先和家族不敬，跟我們的母親沒兩樣。她那張嘴堪比裁布的剪刀一樣惡毒，所以當我弟弟狠狠地瞪她一眼時，舅媽說我們的母親做事欠缺考慮，匆匆逃往北方，連嫁給父親帶來的嫁妝家具和十雙銀筷都沒帶走，也未曾到父親和祖先的墳前致意。當我弟弟指控是舅媽嚇跑母親時，她大吼我們的母親已改嫁一個名叫吳慶的人，那人早已娶妻，納了兩房妾，還生了其他壞小孩。

我弟弟跟著大吼，說舅媽是隻會說話的雞，卻沒有腦袋。她把我弟弟推去撞門，朝他的臉吐了口唾沫。

「你可以罵我，但你什麼也不是。」舅媽說：「你媽是個壞女人。她忤逆祖先，比豬狗還不如。別說是人，連鬼也看不起她。」

也就是在那時，我才了解婆婆跟我說的故事隱藏的寓意，我不得不為母親學到教訓。「假如妳失了顏面，安梅。」婆婆常說：「就像把項鍊丟進深井，唯一失而復得的方法就是跟著跳下去。」

現在我可以想像母親——一個思慮欠周的女人笑著搖搖頭，在夾另一塊清甜的水果前，把筷子在水裡涮過好幾遍，很高興能擺脫婆婆、牆上愁容滿面的丈夫和兩個不聽話的孩子。我覺得有這種母親很倒楣，也對她丟下我們感到悲哀。當我躲在房間一隅不再受父親監視時，就會冒出這些念頭。

＊＊＊

她到的時候，我就坐在樓梯最頂階。我知道那個人是我母親，即使我對她一點印象也沒有。她就佇立在門口，臉蒙上一層陰影。她的身材比舅媽高挑，幾乎趕上舅舅的身高；她的穿著也很古怪，像極了學校的修女，一身洋服和高跟鞋，搭配一頭短髮，顯得傲慢無禮。

舅媽很快地撇開視線，並未向她打招呼或請她喝茶。一個老傭人滿臉嫌惡匆匆地走了。我努力不要做出反應，但我的心臟就像蟋蟀抓撓著想逃出籠外。母親肯定聽到了，因為她抬起頭來，我看見自己的臉正注視著我，一雙歷經滄桑的眼睛睜得大大的。

舅媽的聲音從婆婆房間傳來，在母親靠近床邊時數落道：「晚了，來不及了。」卻無法阻止母親走向前。

「回來，別走。」母親輕聲對婆婆說：「我來了，妳女兒回來了。」婆婆的眼睛張了開來，但她的意識早已渙散不清，目光無法對焦。如果婆婆神智清醒的話，就會抬起雙手，把母親攆出門外。

我看著母親，那是我第一次見到她。她很漂亮，皮膚白皙，長了張鵝蛋臉，不像舅媽臉頰圓潤，也沒有婆婆削瘦。我注意到她細長白嫩的脖頸，正如婆婆口中那隻將我產下的鵝。然後我看見她彷彿鬼魂一般飄來飄去，將泡過冷水的布敷在婆婆腫脹的臉上。她凝視著婆婆的眼睛，發出輕微擔憂的聲音。我仔細觀察她的一舉一動，卻對她的聲音感到疑惑，像是來自某個被遺忘的夢境，十分耳熟。

下午，我回到自己的房間，她就站在那兒。我記得婆婆曾告誡我不要提她的名字，所以我站在原地，不發一語。她拉過我的手帶我到長沙發旁，自己跟著坐下，彷彿我們每天都這麼做。

母親開始將我的髮辮鬆綁，手畫弧線替我梳頭。

「安梅，妳有乖乖聽話嗎？」她問，嘴角掛著神祕莫測的微笑。

我用懵懂的表情看她，內心卻是顫抖不已。我的肚子裡長了一顆顏色黯淡的冬瓜。

「安梅，妳知道我是誰。」她的聲音蘊含了輕微的斥責。這次我沒看她，我怕自己的腦袋會爆炸，腦漿會從耳朵流出來。

她不再替我梳頭，我感覺她纖長細嫩的手指摩挲著我的皮膚，滑到我頸部平滑的疤痕上。在她摸著我的傷疤時，我動也不敢動。她似乎想藉由這個動作，讓我的皮膚想起過去的記憶。而後她垂下手，哭了出來，雙手環繞自己的脖子。她痛哭失聲，悲痛欲絕，我忽然想起那個曾出現母親聲音的夢。

＊＊＊

我四歲那年，下巴才到餐桌的高度。我看到年幼的弟弟坐在婆婆腿上，憤怒地嚎啕大哭。我聽見有人誇讚那鍋剛端上桌、顏色混濁的熱湯，還有人客氣地說著：「請用！請用！」

忽然間，聊天聲戛然而止，舅舅從椅子上站起來。每個人都轉過頭去，看見門口站了一個身材高挑的女人。只有我開了口。

「媽！」我叫道，匆忙從椅子下來。但舅媽賞了我一記耳光，把我推回椅子上。此時每個人都起身大吼，我聽見母親哭道：「安梅！安梅！」婆婆尖銳的嗓音響起，壓過所有人的聲音。

「這是哪來的鬼呀？不守婦道的寡婦，不過是排行第三的妾。妳要是帶走妳女兒，她就會步入妳的後塵，丟人現眼，永遠抬不起頭來。」

但母親仍喊著我的名字，要我過去她身邊，現在我很清楚地記得她的聲音——安梅！安梅！我可以越過桌子看見她的臉。我們之間隔了一個湯鍋，放在很重的煙囪管隔熱架上，慢慢地來回搖晃。在一聲怒吼下，這鍋滾燙混濁的湯向前翻覆，傾倒在我的脖子上，彷彿每個人都將憤怒發洩到我身上。

一個孩子不該記得如此劇烈的痛苦，但我的皮膚還保有當時的記憶。我只大聲哭叫了一會兒，因為我的肉很快就從內而外燒了起來，使我不能呼吸。

如此駭人的窒息感讓我沒辦法說話，我的視線模糊，眼淚不斷湧出，只為了減輕疼痛。但我能聽見母親哭喊的聲音，以及婆婆和舅媽的吼叫聲，然後母親的聲音便消失了。

當晚，我耳畔傳來婆婆的聲音。

「安梅，聽我說。」她的語氣跟斥責我在走廊跑步時一模一樣。「我們已經為妳做好壽衣和壽鞋，都是白棉的。」

她的話讓我心生恐懼。

「安梅。」她低語道，聲音柔和許多。「因為妳還小，壽衣很樸素。如果妳死了，妳的人生會很短暫，還會欠家人一筆債，我們不會為妳辦盛大的葬禮，也不會傷心太久。」

婆婆接著說出比我脖子上的灼熱感還叫人難過的話。

「妳媽媽也哭乾眼淚，離開了。妳要是不趕快好起來，她就會忘了妳。」

婆婆很有智慧，一下就把我從另一個世界喚回來找母親。

每晚我都哭得很慘，眼睛和脖子就像燒起來似的。婆婆會坐在我床邊，用一個刨空的大柚子裝冷水，澆到我的脖子上。她會一直重複澆水，直到我呼吸平復，安穩入睡。清晨，婆婆會用她尖銳得像鑷子的指甲剝掉我皮膚上的死皮。

兩年的時間使我脖子上的傷疤顏色變淡，表皮變光滑，我自此對母親毫無記憶。傷口就是如此，會自行癒合，保護受傷的部位。一旦癒合，就再也看不見藏在底下的東西，也忘了傷痛從何而來。

＊＊＊

我崇拜夢中的母親，這個站在婆婆床邊的女人並非我記憶中的母親，但我也喜歡上了她。不是因為她來找我，求我原諒她，她沒有那麼做。她不需要解釋是婆婆在我奄奄一息時將她趕出大宅，我知道；她不需要告訴我嫁給吳慶不過換來另一種不幸的生活，這我也清楚。

這便是我愛母親的方式。我在她身上看見真正的自己，就藏在這身皮囊下，深入我的骨子裡。

我在三更半夜去到婆婆房間。舅媽說婆婆快走了，我必須前去致意。我一身乾淨的洋裝，站在婆婆床尾，夾在舅舅和舅媽中間。我低聲啜泣了一會兒，沒有嚎啕大哭。

我看見母親站在房間另一側，悲傷地不發一語。她在熬湯，把草藥丟進冒煙的鍋裡。然後我看見她挽起袖子，拿出一把尖刀，把刀抵在自己手臂最軟嫩的部位。我想閉起眼睛，卻發現我做不到。

母親用刀從手臂割下一小塊肉，眼淚滑落臉頰，血濺到了地上。

她把自己的肉放進湯裡，遵循古老傳統在湯裡施了魔法，盡最後一次努力治療她的母親。她撬開婆婆為了鎖住靈魂而變得僵硬的嘴巴，餵她喝了那碗湯。但當天晚上，婆婆還是帶著一身病痛走了。

即使我還小，我還是可以看見割肉的痛苦和其中的價值。

這便是一個女兒尊重母親的方式，深刻入骨的孝心。割肉的痛苦不足掛齒，是必須淡忘的痛楚，因為有時候那是喚醒烙印在骨血中的情感唯一的途徑。妳必須剝掉外面那層皮，乃至母親的皮，還有母親的母親，直到一切蕩然無存。沒有傷疤，沒有皮，沒有肉。

紅蠟燭

鍾林冬

我曾為了信守父母的承諾犧牲自己的人生，但妳覺得不重要，因為妳從來不把承諾當一回事。雖然妳是我女兒，會答應過來一起吃晚餐，但如果妳突然頭痛、路上塞車，或電視剛好播了妳最愛的那部電影，妳的承諾就不再有意義。

妳沒來的那天我看了同一部電影。一個美國大兵答應會回來跟女孩結婚，她感動得熱淚盈眶，他說：「我保證！親愛的寶貝，我向來一諾千金。」隨即把她推上床。但他沒有回來，他的承諾跟妳口中的一樣廉價，只有十四K。

對中國人而言，十四K的黃金算不上真金。感覺看看我手鐲的重量，它肯定從裡到外都是二十四K的純金。

現在改變妳為時已晚，但跟妳講這些是因為我擔心妳的孩子。我怕有一天她會說：「外婆，謝謝妳送我這隻金手鐲，我永遠不會忘記妳。」轉頭卻忘了自己的承諾，將我這個外婆忘得一乾二淨。

在同一部戰爭片中，美國大兵回到家鄉，向另一名女孩下跪求婚。女孩的眼珠子左右游移，害羞不已，彷彿根本不曾想過這件事。忽然間，她垂下眼眸凝視著他。她發現自己是愛他的，對他的愛意濃烈到哭了出來。「我願意。」她說。兩人最後結為連理，共度一生。

我卻沒那麼好命。村裡的媒婆在我兩歲時造訪家中，這不是後來聽別人說的，我全都記得。時值夏日，外頭烈陽高照，塵土飛揚，我聽見院裡蟬鳴此起彼落。當時我們正在家中果園的樹蔭下乘涼。傭人跟著我的哥哥們摘樹上的梨子，我坐在母親溫熱濕黏的臂彎中，不停地揮舞雙手，因為在我面前有一隻頭頂有長羽毛、翅膀薄如紙的彩色小鳥。小鳥飛走後，我看見兩個女人朝我們走來。我之所以記得他們，是因為其中一個女人說話會發出像含著水的「噓、噓」聲。等我再大一點，我才認識到這是北京那邊的口音，聽在我們太原人耳裡相當奇怪。

兩人不發一語地觀察我的臉。發出含水聲的女人臉上塗著粉，被曬得有些融化；另一個女人的臉則像老樹幹般乾燥，她先看了看我，接著將視線轉向臉上塗粉的女人。

當然啦，現在我知道那個臉乾得像樹幹的女人是村中的老媒婆，另一個人是黃太太，後來我被迫嫁給她的兒子。有些中國人認為女嬰不值錢，其實是錯誤的觀念，這全取決於女嬰本身。就我個人而言，別人能在我身上看到價值。我的外表和味道都像一塊珍貴的蛋糕，甜美中帶有乾淨漂亮的顏色。

媒婆誇道：「土馬配土羊，這樁婚姻可謂天造地設。」她說著，拍拍我的手臂，我把她的手推開。

黃太太用她含水的聲音低聲說我的脾氣可能很壞。媒婆卻笑著回答：「不會啦，沒這回事。屬馬的人身體強壯，她長大後會努力工作，不遺餘力地侍奉妳度晚年。」

黃太太臉色陰沉地低頭看著我，彷彿能滲透我的想法，看穿我未來的意圖。我永遠忘不了她當時的表情，她睜大眼睛，仔細觀察我的臉，而後露出笑容。我看見一顆大金牙像炫目的太陽朝我閃了閃，其他牙齒跟著亮出來，好似要將我一口吞下。

這便是我與黃太太兒子訂親的經過，我後來發現他還是個嬰兒，小我一歲。他的名字叫天餘——天取「天空」之意，代表他很重要；餘代表「剩餘」，因為他剛出生時，父親身染重病，他的家人認為他將不久人世，天餘會作為他父親留在這世上的精神象徵。結果他父親活了下來，他祖母害怕鬼魅會將目標轉移到寶寶身上，反而將他帶走，便對他百般呵護照料，為他決定一切，將他慣得不成樣子。

但就算我知道我會嫁給一個很糟糕的丈夫，我自始至終都別無選擇。從這件事可以看出鄉村的家庭在思想上有多麼落後，我們總是最後拋開那些古老陋習的人。在其他城市，男人早有選擇自己妻子的權利，當然得在取得父母允許的情況下，我們卻沒有跟上這股新穎的思潮。我們永遠不會聽說哪個城市思想更先進，只會知道哪個更保守。傳言有兒子娶了惡妻進門，將他們年邁悲傷的父母扔到街上，因此太原一直延續著母親挑選兒媳的傳統。媳婦要能教出合乎體統的兒子，要懂得照顧長輩，在家族女性長輩仙逝很久以後，依然忠誠地打掃家族墓地。

自從我被許配給黃家兒子後，我的原生家庭便把我當外人對待。如果我多添了好幾碗飯，母親就會對我說：「看黃太太的女兒多能吃。」

母親這麼做不是因為她不愛我，她強忍著痛，逼自己說出違心之言，如此一來，她就不會期待不再屬於她的東西。

我其實是個很聽話的小孩，只是偶爾會露出不高興的表情——在天氣熱、覺得累或身體非常不舒服的時候。這時母親就會說：「臉真臭，黃家會不要妳，我們家的臉會被妳丟光。」我會繼續哭，露出更醜的表情。

「沒用的。」母親會說：「婚約已訂，我們不能毀約。」而我會哭得更用力。

我一直到八、九歲才見到我未來的丈夫。當時我所知道的世界就是我家位於太原郊區的院落。我家是一棟兩層樓的一般住宅，另外還有一棟較小的房子，裡面只有相鄰的兩間房，供我們的廚師、一名負責日常起居的傭人及其家人居住。我家的房子座落在一座小山丘上，被我們稱為「三步登天」，但這座山丘真的只是由汾河沖刷的泥土變硬層層堆積而成的。那條河流經我家院落東牆上方，父親說常常有小孩被河水沖走，也曾經淹沒整個太原鎮。夏天的河水是褐色的；到了冬季，水流在河道狹窄湍急處呈現藍綠色，寬闊的地方則會結冰，形成白茫茫的一片，寒氣逼人。

噢，我還記得過年時，我們全家去河邊抓了好多魚——滑溜溜的大魚還在結凍的河床睡覺就被抓了起來——非常新鮮，即使已經去除內臟了，扔進熱鍋時仍會甩頭擺尾地跳動。

也就是在那一年，我見到了我尚且年幼的丈夫。開始放鞭炮時，他放聲大哭——哇！——儘管他並非嬰兒，卻張大嘴嚎啕大哭。

後來，我在紅蛋儀式上看到他的身影。這是在男嬰滿月為其取名的儀式。他坐在自己祖母脆弱的膝蓋上，幾乎要把她壓垮。食物端到他面前他都不吃，總是把頭撇到一邊，好像那是很臭的醃菜，不是香甜的蛋糕。

所以我不像電視演的那樣對我未來的丈夫一見鍾情，在我看來這個小孩更像麻煩的表弟。我學會對黃家人有禮貌，尤其是黃太太。母親會把我推到黃太太面前，然後說：「妳要對媽媽說什麼？」我會一頭霧水，不知道她指的是誰。所以我會轉向我的親生母親說：「抱歉，媽。」再轉向黃太太，遞給她一個小點心，接著說：「媽媽，請用。」我記得有一次的點心是燒賣，一種我愛吃的餃子。母親告訴黃太太那燒賣是我特地為她做的，雖然我只在廚師裝盤後，用手指戳了戳冒著蒸氣的表皮。

我的人生在我十二歲時起了全面的變化。那年夏天下起了暴雨，流經我家中間的汾河淹沒整個平原，當年種的小麥全數摧毀，導致整片土地在未來好幾年內都無法耕種，就連我家位於山丘上的房子也變得不能住人。我們從二樓下來，看見地板和家具上都蓋著濕黏的泥巴，院裡到處都是連根拔起的樹木、破裂的牆塊和死掉的雞。面對這一團亂，全家人陷入了困境。

那時候，我們沒辦法跑去保險公司說有人造成這些損失，要求一百萬元的賠償費。在當時，走投無路是件不幸的事。父親說我們必須舉家南遷到上海附近的無錫市，母親的哥哥在那兒開了家製作麵粉的小工廠。父親表示我們全家要立刻搬走，除了我。我十二歲了，已經是能與家人分開，住進黃家的年紀。

路上泥濘不堪，多了許多巨大坑洞，沒有貨車願意開進我家的院落，我們只好將所有大型家具和寢具留在原屋，這些東西都成了我帶進黃家的嫁妝。這麼看來，我家還滿務實的。父親說那些家具作為嫁妝足夠了，綽綽有餘，卻還是阻止不了母親將她那塊玉璋塞給我——一條扁平紅玉串成的項鍊。她面無表情地為我戴上項鍊，我知道她內心其實很難過。「要守規矩，不要丟我們的臉。」她說：「到那邊後開心一點，妳真的很幸運。」

＊＊＊

黃家大宅同樣立於河道旁。我家遭洪水淹沒，他們家卻安然無恙，這是因為他們的房子位於河谷較高的位置。也就是在這時，我開始意識到黃家的地位比我家高，他們瞧不起我們，所以黃太太和天餘總是鼻子朝天看人。

穿過黃家大宅的木石拱門，一個佇立著三、四排低矮建築的大院即映入眼簾。其中幾間是儲藏室，其他則是傭人及其家人的住所。主宅就位於這些普通建築的後方。

我走近那棟房子，盯著這個我將度過餘生的家。黃家的房子已歷經好幾代，本身不算特別古老或出眾的建築，卻能看出它跟整個家族一起成長的痕跡。房子一共四層樓，以輩分分層，分別住著曾祖父母、祖父母、父母和小孩。整個建築的結構令人匪夷所思，因為當初蓋得很倉促，用了各種方法隔房間、鋪地板、加蓋側翼、裝潢，夾雜太多不同的風格。一樓是用摻著稻草的泥土將河礫石堆砌而成；二、三樓則使用光滑的磚材，包括一條外露的走廊，營造出宮塔的樣子；頂樓是灰色的牆板，加上磚瓦屋頂。為了使房子看起來氣派，通往前門的遊廊上有兩根紅色的大圓柱，木製窗框也漆成同色。更有人——大概是黃太太——命人在屋簷角加上代表帝王的龍頭。

屋內則是另一種偽裝。唯一有漂亮裝潢的房間是位於一樓的客廳，黃家用來接待客人的地方。客廳擺著漆著朱漆的雕刻桌椅，精美的靠枕上繡著古風的「黃」字，還有其他珍貴的東西作為擺設，以展現財富和古老的聲望。剩下的房間既樸素又不舒適，擠了二十名親戚，成天抱怨連連、吵鬧不休。我想，隨著家中人丁越來越多，房子就越顯狹窄擁擠，原本的房間都被重新隔成兩間。

我到的時候沒有歡迎儀式，黃太太沒有在一樓奢華的房間準備紅布條迎接我，天餘也沒有出現；反而直接把我趕到小孩通常不會去的二樓廚房。這裡是屬於廚師和傭人的活動範圍，當下我便明白自己的地位。

第一天，我穿著最好的純棉洋裝站在矮木桌前，開始切菜，手不住地發抖。我想念我的家人，感覺胃很不舒服，因為我深知這個地方就是我人生的歸宿。但我也下定決心要信守父母的承諾，絕不讓黃太太有機會指責母親丟臉，我不會讓她羞辱我的家人。

正當我這麼想時，我看見一名老女傭彎著腰跟我肩並肩站在同一張矮桌前，一邊去除魚的內臟，一邊用眼角餘光打量我。當時我在哭，但因為怕她告訴黃太太，我咧開嘴露出燦爛的笑容，大聲說：「我運氣真好，以後有好日子過了。」我下意識地揮刀，揮得離她鼻子太近，令她氣得大叫：「什麼笨蛋！」我立刻察覺這是一個不祥之兆，因為當我喊著我真幸運時，我幾乎要信以為真。

晚餐時分我看見天餘，我仍比他高出幾吋，他卻一副目中無人的樣子。我知道他會是怎樣的丈夫，因為他總是煞費苦心地把我弄哭。他抱怨湯不夠燙，裝作不小心地把湯灑出來。等我坐下開始吃飯後，他就要我再幫他盛一碗，然後他會質問我為什麼看他的時候臉那麼臭。

接下來的幾年，黃太太叫其他傭人教我如何縫枕套的尖角，繡出未來夫家的姓氏。一個妻子若不親自動手，要怎麼將丈夫的家庭打理得井井有條呢？這是黃太太教我學習新家務時常說的話。我不覺得黃太太有做過事，但她很擅長下命令和批評別人。

「教她正確的洗米方法，讓水流保持清澈，她丈夫不能吃髒水洗的米。」她會交代廚房的傭人。

還有一次，她叫傭人教我清洗尿壺：「教她自己低頭聞看看是否乾淨了。」我就是這樣學習成為一個服從的妻子。我學了一身好廚藝，吃之前就能知道肉餡是否太鹹；我會細緻的針法，讓整幅刺繡看起來就像一幅畫；黃太太也會假裝抱怨她換下的髒襯衫一下就洗乾淨了，害她每天必須穿重複的衣服。

一段時間後，我完全不覺得這樣的生活很糟糕。因為我早已被現實打得遍體鱗傷，分不出有什麼差別。有什麼比看到大家大口吃掉當天我幫忙準備的油亮蘑菇和竹筍更值得開心的呢？有什麼比為黃太太梳一百下頭後，她滿意地拍拍我的頭還更讓人心滿意足呢？看見天餘吃了一整碗麵，卻沒有抱怨味道或我的表情，會有多開心？就像妳最近看的美國電視劇，那些女人洗掉了污漬，看見衣服潔白如新，就高興得不行。

妳能明白黃家是怎麼幾乎讓我完全接受他們灌輸給我的想法嗎？我開始奉天餘為天，把他的想法看得比我的命還重要；我也把黃太太視為我的親生母親、我想討好的人，我應該毫無疑問地追隨、服從她。

十六歲那年，黃太太跟我說她預計明年春天抱孫。即使我不想結婚，我能住哪？就算我體壯如馬，我又怎麼逃得掉？日本人的足跡早已遍及全中國了。

＊＊＊

「日本人就像不速之客闖進來。」天餘的祖母說：「所以才沒什麼人來。」儘管黃太太制定了詳盡的計畫，我們婚禮的規模卻很小。

她邀請了全村的人，還有住在其他城市的親友。當時的婚禮沒有回覆是否參加這回事，受邀卻不出席是很失禮的。黃太太認為戰爭不會改變一個人的修養，所以我們的廚子和她的助手準備了上百道菜。我從家裡帶來的舊家具被擦拭乾淨，作為賞心悅目的嫁妝擺到客廳裡。黃太太遣人小心翼翼地把水漬和泥疤清掉，她甚至委託別人在紅幅上寫下祝賀的訊息，佯裝我親生父母為我捎來祝福的假象。她還租來一頂花轎，把我從鄰居家抬到婚禮現場。

即使媒婆選了良辰吉日，整年月亮最圓最大的時刻——八月十五日，婚禮當天依然不太順遂。就在婚禮開始前一週，日本人打來了。他們入侵山西省和其他與我們村莊接壤的省分，造成人心惶惶。婚禮當天——十五日的清晨下起了雨，一個不太吉利的兆頭。當外面開始閃電打雷時，人們誤以為是日軍轟炸來襲，不願離開家門。

後來我聽說可憐的黃太太為了等更多客人上門，等了好幾個小時，最後當她絞緊了手也沒有半個人出現時，她決定開始儀式。她能怎麼辦？她無法改變戰爭爆發的事實。

當時我人在鄰居家，他們叫我下樓坐紅轎時，我正坐在窗邊的小梳妝桌前。我邊哭邊沉痛地想起父母許下的承諾，不明白為什麼我的命運要由別人決定，為什麼我必須犧牲自己的幸福，讓別人快快樂樂地過日子。從我坐的位置，可以透過窗戶看到汾河混著泥土的褐色河水。我想過要跳進這條毀了我家幸福的河。人在感到絕望時，就會浮現稀奇古怪的念頭。

外面又開始飄起細雨。樓下的人再次出聲催促，我的想法頓時變得更堅定、詭異。

我心想：要怎樣才算是活生生的人？我會像河水變色般改變，卻仍是原來的我嗎？然後我看見窗簾被風高高吹起，外面雨越下越大，人們的腳步加快，還夾雜著喊聲。我笑了起來，意識到這是我第一次目睹風的力量。我看不見風的流動，卻能看見風吹過流經整個鄉村的河流，使人們大聲呼喊，匆忙動身。

我擦了擦眼淚，看向鏡子，眼前的景象讓我嚇了一跳。我穿著一件漂亮的紅裙，但我看見的是更有價值的東西。我很強壯、純粹，內心深處藏有別人無法窺視的真摯想法，沒人可以將其奪走。因為我就像是一陣風。

我抬起頭，對鏡中的自己自滿地笑了笑，拿起那塊有刺繡的紅色喜帕罩住臉，將我的想法掩蓋起來。但在頭巾底下，我仍未忘記我自己。我向自己保證：我會永遠記得父母的願望，但我也永遠不會忘記自己。

當我抵達婚禮現場時，頭上蓋著喜帕，看不見前方任何東西。但只要低頭，就能看見兩側的景象。來的人非常少，我看見黃家的人——那群老是抱怨地方太小太擠的親戚，如今面對寥寥無幾的賓客卻一臉尷尬；有手拿小提琴和長笛的表演者、還有少少的村民為了免費的一餐而來，實在勇氣可嘉。我還看見傭人及其子女站在人群中，肯定是為了讓儀式看起來更熱鬧被叫來充人數的。

有人牽著我走過一段路，我就像盲人似地邁向自己的命運。但我已不再害怕，因為我能看穿自己的內心。

一名高官負責主持儀式，說了很長一段關於哲學家與美德典範的話題，然後我聽見媒婆提到我們的出生年月日，以後會生活和睦，並且多子多孫。我把蓋著喜帕的頭往前傾，看見她攤開一條紅絲巾，拿出一根紅蠟燭給大家看。

那根蠟燭兩端各有一根燈芯，一端用金色字體刻著天餘兩個字，另一端則是我的名字。媒婆點燃蠟燭兩端，說道：「婚姻即刻生效。」天餘拉下我的蓋頭，對他的朋友和家人微笑，看都不看我一眼。他讓我想起以前看過一隻年輕孔雀，彷彿只要揚起仍然很短的尾羽，就擁有了整個庭院。

我看見媒婆把點燃的蠟燭放到一個黃金支架上，交給一名臉色緊張的助手。這名助手必須從婚宴看著蠟燭一直到隔天，不讓兩端任何一端燭火熄滅。到了早上，媒婆會將結果公布於眾——一小塊黑灰，然後宣布：「這根蠟燭兩端持續燃燒並未熄滅，代表這樁婚姻絕不會破裂。」

我仍記得，那根蠟燭等於我們的婚姻關係，意義比天主教絕不離婚的誓言更重大。那代表了我不能離婚，也不能改嫁，即使天餘死了也一樣。那根紅蠟燭會將我、我的丈夫和他的家人永遠綁在一起，沒有反悔的餘地。

當然媒婆隔天清晨便宣布結果，表示她完成了工作。我卻知道事情的真相，因為我整晚沒睡，為我的婚姻傷心落淚。

＊＊＊

婚宴結束後，為數不多的賓客圍上來將我們簇擁到了三樓，進到小臥房裡。大家互相開著玩笑，躲在床底嬉鬧，媒婆帶著小孩在被褥間翻找紅蛋。幾個年紀與天餘相仿的男生讓我們坐在床邊，拱我們接吻，所以我們都羞紅了臉。半開的窗外傳來鞭炮聲，立刻有人起鬨我該假裝害怕，投入丈夫的懷抱。

所有人離開後，我們肩並肩地坐著，好一會兒沒說話，仍在聽外頭傳來的笑聲。待嘈雜漸息，天餘說：「這是我的床，妳睡沙發。」他把枕頭和一條薄毯扔給我。我太開心了！等他睡著後，我悄悄爬起來走出門外，下樓走到一片漆黑的庭院裡。

外面的空氣充斥著又要下雨的味道。我一邊哭，一邊赤腳走在地磚上，感覺腳下傳來的濕熱。透過院子，我看見媒婆的助手出現在一個燈火通明的窗口。她坐在桌前，昏昏欲睡地盯著那根紅蠟燭，它放在特殊的金色托架上燃燒。我靠著一棵樹坐下，凝視自己命運受人掌控的一刻。

後來我一定不小心睡著了。我記得我被轟隆的雷聲嚇醒，就在那時，我看見媒婆的助手從屋裡跑了出來，嚇得像雞怕被抓去宰似地亂竄。噢，所以她也睡著了，我暗想，她以為日本人來了。我哈哈大笑。整個天空亮了起來，又打了幾聲響雷，她跑出院子，沿著那條路往下跑。她衝得又快又猛，路面的卵石都被她踩得飛濺起來。她想跑到哪裡去啊，我心想，仍笑個不停。然後我看見那根紅蠟燭的光被微風吹拂，閃了一下。

我想也沒想地站起身來，我的腳帶著我穿過院子，跑向點著燈的窗口。我希望——我向佛祖、觀世音菩薩和月亮娘娘祈禱——蠟燭熄滅。燭光顫了一下，火焰稍微減弱，但兩端仍好好地燒著。我的喉頭哽著一口氣，帶著滿滿的希望。代表我丈夫那端的燭火終究還是熄滅了。

下一秒，我便因為恐懼而發起抖來。我以為會突然憑空出現一把刀砍下我的頭，或是天空的雲會散開，刮起一陣大風把我捲走，但什麼也沒發生。當我恢復理智後，我心虛地快步走回房間。

翌日，媒婆自信滿滿地在天餘、他父母和我面前宣布：「我的工作完成了。」她說著，把燒剩下的黑灰倒在一塊紅布上。我看見她的助手面露羞愧和悲痛的表情。

＊＊＊

我學著去愛天餘，但並非妳想的那樣。起初，我只要想到有天他會壓在我身上跟我行房，就覺得很噁心。每當我走進我們的臥房時，都會瞬間汗毛直豎。然而第一個月，他完全沒碰我。他睡他的床，我睡我的沙發。

在他父母面前，我繼續扮演順從妻子的角色，就像他們教我的一樣。每天清晨，我會吩咐廚師現殺一隻雞，再煮到清澈的雞精被燉出來為止。接著我親自將雞精過濾到碗中，不摻一點水。我把這碗雞精端給他當早餐，喃喃表示希望他身體健康。每晚我會煮一種特殊的滋補湯，叫做頭腦湯，不僅味道好，還放了八種食材，具有延年益壽的功效。這碗湯非常討我婆婆的歡心。

但那卻不足以延續她高興的心情。一天早晨，我和黃太太坐在同一個房間裡刺繡。我想起自己的童年，關於我養過的一隻寵物青蛙，我把牠取名為大風。黃太太似乎坐立難安，彷彿腳底在癢似的。我聽見她深呼一口氣，猛地從椅子上站起來，走向我，賞了我一巴掌。

「賤人！」她叫道：「如果妳不想跟我兒子睡覺，我就不供妳吃穿。」那時我才知道我丈夫是怎麼騙我婆婆以防挨罵的。我頓時怒火中燒，但我什麼也沒說，謹記父母的承諾，做個順從的妻子。

當天晚上，我坐在天餘的床上等他碰我。但他沒有，我鬆了口氣。隔一天晚上，我筆直地躺在他身旁，占了一半的床，他依舊沒碰我。再過一個晚上，我脫下了睡袍。

那時我才發現藏在天餘冷漠外表下的是什麼。他很害怕，把臉轉過去不看我。他對我毫無慾望，但他的恐懼讓我覺得他對任何一個女人都不感興趣，他就像個尚未長大的小男孩。後來我不再害怕，甚至開始對天餘改觀。並非妻子愛上丈夫，更像是姊姊保護弟弟那樣。我穿回睡袍，躺在他身旁摩挲他的背，心裡很清楚我不再需要感到害怕。我就這樣跟天餘睡在一起，他從不碰我，我又可以睡在舒適的床上。

過了好幾個月，我的腹部依然平坦，胸部也沒有脹大，黃太太再次勃然大怒。「我兒子說你們做過很多次了，我的孫子呢？問題肯定出在妳身上。」之後為了不讓她兒子播下的種子太容易流失，她把我鎖在床上。

噢，妳覺得整天躺在床上很好玩？但我告訴妳，這比坐牢還慘。我覺得黃太太想抱孫想到有點神智不清了。

她叫傭人把所有尖銳的物品拿出房外，認為剪刀和小刀會阻斷黃家傳宗接代。她禁止我縫紉，要我一心一意祈禱懷孕就好。一名親切的年輕女傭一天會進來我房間四次，讓我喝一種味道很苦的藥，期間一直跟我道歉。

我很羨慕這個女孩，因為她可以走出門外。有時候我從窗口看見她，我會想像我就是她，站在院裡跟四處遊歷的鞋匠討價還價，與其他女傭聊天，或用尖細的嗓音嬌嗔地斥責英俊的送貨小夥子。

我的肚子毫無動靜地過了兩個月，一天黃太太把老媒婆請來。媒婆仔細地觀察我的面相，看我的八字；最後，媒婆得出一個結論：「情況顯而易見，女人要想懷孕只有欠缺某種元素才行，妳媳婦生來有木、火、水、土四種元素，缺了金，這是好兆頭。但她結婚時，妳給她戴上金手鐲和金飾，她現在具備了所有元素，包括金。因為五行過於平衡導致她無法懷孕。」

這對黃太太來說是個好消息，沒什麼比拿回她的金飾和珠寶就可以讓我順利懷孕更令人高興的事了。我也很開心聽見這個消息，因為當我把身上的金飾全拿下來後，感覺身體變得更輕，更自由了。人們說這是缺金的徵兆，會產生獨立的念頭。從那天起，我開始思考該怎麼逃離這段婚姻，又不會打破我對家人的承諾。

其實很簡單，只要讓黃家人認為是他們主動不要我的就行了。如此一來，他們就會先宣布這樁婚姻契約無效的消息。

我花了好幾天擬定計畫，觀察周遭的人，他們臉部表情代表的意思，一切便準備就緒。我選擇一個吉日實施我的計畫，農曆三月初三，也就是清明節。在這天，為了祭拜祖先，每個人都必須保持思緒清明，大家會在清明節前往祖墳祭拜。他們會帶鋤頭去除草，用掃帚把碎石掃到一旁，並帶來餃子和橘子作為祭品。噢，這不是一個悲傷的日子，反倒像是野餐，但對渴望抱孫的人而言卻有著特殊意義。

那天清早，我嚎啕大哭吵醒了天餘和這個家的所有人。黃太太過了好一陣子才來到我房間。「她又怎麼了？」她從自己的房間喊道。「誰去叫她閉嘴？」但直到最後，我仍哭個不停。她衝進我房間，提高音量訓斥我。

我一手緊摀住嘴巴，另一手擋在眼前。我的身體痛苦地掙扎，彷彿正經歷可怕的痛楚。我裝得很像，因為黃太太看見我的樣子後，像隻受驚的動物般退怯。

「怎麼了，女兒？快跟我說。」她叫道。

「噢，我不敢想也不敢說，我怕。」我喘著氣，持續哭道。

等我哭夠了，我便說出一件不可思議的事。「我做了一個夢。」我說：「祖先前來找我，跟我說他們想看看我的婚禮，我和天餘就在夢裡重現婚禮的場景給祂們看。我們看見媒婆點燃蠟燭，交給她的助手看顧。祖先們非常高興，很高興……」

在我又啜泣起來時，黃太太露出不耐煩的表情。「但後來，那個助手把蠟燭放著離開了房間，突然一陣風吹來，蠟燭就熄滅了。祖先變得極其憤怒，他們大吼這樁婚姻注定要失敗！他們說天餘那端的燭火熄滅了！祖先說如果這段婚姻持續下去，天餘就會死！」

天餘的臉色瞬間變得慘白，但黃太太只是皺起眉頭。「這笨丫頭做這什麼惡夢！」她隨即喝令所有人回床睡覺。

「媽媽。」我輕聲換住她，聲音嘶啞。「別走！我好怕！祖先說如果事情沒解決，他們就會開始鬧事。」

「真是胡說八道！」黃太太叫道，回過頭來看我。天餘跟著她的動作，同樣眉頭深蹙。我知道他們就要落入我的陷阱，像極了兩隻將頭探向鍋內的鴨子。

「他們知道妳不會相信我說的話。」我語氣自責地說：「因為他們知道我不願離開這段舒適的婚姻。所以祖先說了，他們會製造一些預兆，讓我們知道這段婚姻出現了裂痕。」

「妳的笨腦袋想這什麼亂七八糟的事。」黃太太嘆了口氣，但她仍忍不住問道：「什麼預兆？」

「我在夢裡看見一個長鬍子、臉上有一顆痣的男人。」

「天餘的爺爺？」黃太太問。我點了點頭，回想我在牆上看到的畫像。

「他說預兆有三。一是他在天餘的背上畫了一個黑點，這個點會越長越大，最後吞噬掉天餘的血肉，就像我們祖先死前臉被吃掉一樣。」

黃太太很快地轉向天餘，拉起他的襯衫。「唉呀！」她叫道，因為黑點真的出現了。這五個月來，我和天餘作為姊弟共寢時，那顆指尖大小的痣總會映入眼簾。

「祖先還碰了我的嘴。」我拍拍臉頰，像是感到痛似地。「他說我的牙齒會一顆一顆地脫落，直到我終於忍不住結束這段婚姻。」

黃太太撬開我的嘴巴，看見後面有顆四年前就掉落的爛牙留下的洞，倒抽了一口氣。

「最後我看見祂在一個女傭身體裡灑下種子，祂說這個女孩只是假裝家境不好，其實身上留有皇室的血，然後……」

我頭躺到枕頭上，彷彿失去說下去的力氣。黃太太推了推我的肩膀催促道：「祂說了什麼？」

「祂說那個女傭是真正與天餘精神契合的妻子，而祂種下的種子就是天餘的孩子。」

到了上午，他們將媒婆的助手拖到家裡，從她嘴裡問出可怕的供詞。

後來他們仔細搜索一番後，查到我很喜歡的那名年輕女傭。每天我都會從房間窗口看到她，每當那個送貨的英俊小夥子過來時，她的眼睛都會睜得大大的，戲弄的聲音也隨之變小。之後我看見她的腹部越來越圓，臉色也因為害怕和擔憂越來越差。

所以妳可以想像他們要她坦承自身的皇室血統時，她有多麼高興。我聽說後來她對能嫁給天餘這個奇蹟感到十分震驚，她變得非常虔誠，命令傭人不只一年掃墓一次，而要每天都去。

＊＊＊

故事到此結束了。他們並未太苛責我，黃太太得到了她的金孫，我則收拾行李，拿到一張前往北京的車票，以及足夠的錢飛往美國。黃家只要我答應對這段注定失敗的婚姻細節守口如瓶。

這是一個真實故事，關於我如何信守承諾，犧牲自己的人生。看看我現在身上戴的金飾，妳的兩個哥哥出生後，妳爸爸給了我這兩個鐲子，後來我又有了妳。每隔幾年，我自己存了一些錢後，會再買其他鐲子來戴。我知道自己的價值，永遠都是二十四K的純金。

但我絕對不會忘記清明節那天，我卸下身上所有的鐲子。我仍記得終於知道自己真正想法，並遵循自己內心的那天。那一天，我還是個年輕姑娘，頭上蓋著紅色喜帕，我向自己許諾絕不會忘記我是誰。

能再次變回那個年輕的女孩，揭開蓋頭，看見自己內心的想法並感覺身體恢復輕盈，真好！

月亮娘娘

瑩影．聖克萊爾

這些年來，我一直閉緊嘴巴，不讓內心的慾望溢出來。因為我沉默太久了，現在我女兒聽不見我的聲音了。她坐在豪華的游泳池畔，只聽她那台 Sony Walkman 數位隨身聽、她的無線電話，還有她重要的丈夫問她為什麼家裡有木炭，卻沒有打火機油。

這些年來，我一直隱藏我真實的個性，像影子般來去無蹤，抓不住也摸不著。由於太過無聲無息，現在我女兒看不見我的存在了。她看見待買清單上的東西、支票簿餘額不足，以及工作桌上的煙灰缸歪了。

我想告訴她，我們都迷失了方向。什麼都看不見，也不被看見；什麼都聽不見，也不被聽見。無人知曉。

我並非突然間喪失自我。這麼多年來，我把臉孔抹去，洗掉過去的傷痛，正如石雕被水沖刷磨平一樣。

我到現在還記得有一次我邊跑邊叫，再也站不住。那是我最早的記憶：向月亮娘娘許願。我不記得當時許了什麼願，因此那段往事多年來一直埋藏在我記憶深處。

但現在我想起來了，也能憶起當天的所有細節，就像我清楚地看見我女兒和她愚昧的人生。

一九一八年秋天，我四歲那年的中秋節，無錫的天氣異常燠熱，簡直熱得要命。農曆八月十五日清早，我睡醒後，發現床上的草蓆因為流汗變得濕黏黏的，整個房間散發一股悶熱潮濕的青草味。

早在夏天的時候，傭人們便把窗戶拉上竹簾遮陽，將床鋪上編織草蓆，這是我們在連續幾月的濕熱中唯一的床褥。院裡滾燙的地磚也鋪著縱橫交錯的竹蓆。入秋後，並未帶來涼爽的清晨與傍晚，附著在窗簾背面未散去的餘熱使我房間的尿壺飄出刺鼻的氣味。這股味道滲入枕頭中，摩擦我的後頸，讓我的臉腫了起來。所以那天早上我醒來時，覺得很難受。

我還聞到另一個味道從外面飄來，一種苦甜參半的強烈香氣。「那是什麼臭味呀？」我問我的阿嬤[2]，她總能在我睡醒時立刻來到我床邊。她就睡在隔壁小房間的窄床上。

「我昨天跟妳說過了呀。」她說，把我從床上抱起來坐在她膝上。我動了動迷糊的腦袋，努力回想睡前她跟我說的話。

2 並非指奶奶或外婆，而是由大戶人家聘請來照顧小孩及打理家務的一種職業，由女性擔任。

「我們要驅五毒。」我昏昏欲睡地開口，扭著身體從她溫暖的腿上下來。我爬上一個矮凳，俯瞰下方庭院，看見一個綠色線圈捲曲成蛇的形狀，尾巴湧出滾滾黃煙。幾天前，阿嬷把那條蛇從一個彩色盒子拿出來給我看，上面畫有五毒的圖案：游泳的蛇、跳躍的蠍子、飛速爬行的蜈蚣、懸吊的蜘蛛及彈跳的壁虎。阿嬷解釋，小孩只要被這五種生物咬到一下，就會一命嗚呼。所以我很慶幸我們抓到了五毒，焚燒牠們的屍體。當時我並不知道那個綠色線圈只是一種用來驅蚊子和果蠅的焚香而已。

那天，阿嬷沒有給我穿純棉的薄外套和寬褲，而是拿出一件厚重的黃色絲綢外套，以及縫有黑色滾邊的裙子。

「今天可沒時間玩。」阿嬷說，把夾襖翻開。「妳媽媽幫妳新做了一件虎衣，讓妳在中秋節穿……」她抱起我，讓我穿上褲子。「今天是很重要的節日，現在妳長大了，可以參加慶典了。」

「什麼是慶典？」我問阿嬷，她把夾襖套在我的襯衣外。

「慶典是一種適當的表現方式，我們要做很多事，神明才不會降下懲罰。」她說，幫我繫緊盤扣。

「什麼懲罰？」我大著膽子問。

「妳問題真多。」阿嬷叫道：「妳不用知道，只要乖一點，看妳媽媽怎麼做。燒香、拜祭品、鞠躬。不要丟我的臉，瑩影。」

我噘著嘴低下頭，注意到袖子上有一圈黑色滾邊，上面用金線繡了一小朵牡丹花。我記得看見母親拿著一根銀針穿進穿出，輕輕繡出花葉及藤蔓，任其在衣料上綻放。

接著我聽見庭院裡傳來說話的聲音，我踩上椅凳一探究竟。某個人在抱怨天氣熱：「……摸摸我的手臂，被熱氣蒸到骨頭都軟了。」有很多北方的親戚來我家過中秋節，要在這裡待上一週。

阿嬤用寬齒梳幫我梳頭，我在梳到打結處時，假裝從椅凳上跌下來。

「瑩影，站好！」她叫道，一如既往地哀嘆，我踩著椅凳笑得東倒西歪。她像拉馬韁一樣，猛地挽起我的整頭頭髮。為了不讓我再次掉下椅凳，她迅速將頭髮拉向一側綁成一根髮辮，同時編進五條彩色絲綢，接著把辮子緊緊纏繞成一個髮苞，剪掉鬆散的絲線後，便有了整齊的流蘇。

她讓我轉過身，欣賞自己的手藝。我悶在明顯為涼爽天氣縫製的絲綢夾襖和褲子裡，頭皮因為阿嬤炙熱的目光而發熱。到底是什麼日子值得如此折騰？

「很美。」即使我皺著眉頭，阿嬤仍這麼說。

「今天有誰要來？」我問。

「大家。」——就是所有的親戚。她高興地說：「我們要一起遊太湖，妳爸媽租了艘船，船上還有一位名廚。晚上的慶典妳就可以見到月亮娘娘啦。」

「月亮娘娘！月亮娘娘！」我開心地蹦蹦跳跳。新學到的詞讓人很興奮，我驚喜地唸了幾遍後，拉著阿嬤的袖子問：「月亮娘娘是誰呀？」

「嫦娥。她住在月宮裡，今天是唯一能見到她並實現心願的日子。」

「什麼是心願？」

「心願是內心渴望卻不能說的祕密。」

「為什麼不能說？」

「這是因為……因為如果妳說了……就不再是願望，而是自私的慾望。」阿嬤說：「我不是教過妳——考慮自己的需求是不對的。女生永遠不能要求，只能傾聽。」

「那月亮娘娘要怎麼知道我的願望？」

「唉！妳問太多問題了！妳可以向她許願，因為她不是普通人。」

終於心滿意足後，我立刻說：「那我要跟她說，我再也不想穿這些衣服了。」

「噢！我剛不是說過了嗎？」阿嬤說：「妳跟我說了以後，就不是心願了。」

＊＊＊

在早餐期間，大家似乎都不急著去遊湖，一個人放下筷子，另一個人又接著吃。吃完早餐，大家一直在閒聊，我越來越擔心，漸漸變得不高興起來。

「……秋月暖兮，鵝影歸。」父親吟誦起一首他解自古代石碑的長詩。

「下一行的第三個字磨損了。」他解釋道：「其含意歷經好幾世紀的雨水沖刷，幾乎要永久失傳。」

「啊，不過還好。」叔叔的眼睛閃過一絲精光。「你是研究古代歷史和文學的學者，能找到辦法解決問題的啦。」

父親用一句詩回答他：「霧花漫兮……」

母親在教姑媽和其他老太太如何混合各種草藥和昆蟲製成香脂。「用這個按摩這兒，這兩點的中間。用力揉到皮膚發熱，可以緩解疼痛。」

「唉！但我腳水腫怎麼按？」一個老太太嘆氣道：「從內到外都很疼，肉太軟根本碰不得！」

「都是天氣太熱害的。」另一個老姑媽抱怨道：「把我們的肉烤得乾乾脆脆的。」

「眼睛都燒起來了！」姑婆大聲說。

每當他們開啟一輪新話題時，我就會嘆氣。阿嬤終於注意到我的動作，給了我一塊兔子形狀的月餅。她說我可以坐在庭院裡，跟我同父異母的妹妹分享，也就是我的二妹和三妹。

一塊兔子月餅輕易就能讓一個小孩忘記坐船的事。我們三人馬上走出房間，一穿過月洞門進入內院，便爭先恐後地邊跑邊叫，看誰先跑到石椅那邊。因為我是大姊，所以我坐在有遮蔭的地方，比較涼爽，妹妹們則曬著太陽。我把兔子耳朵剝開各給他們一塊。耳朵部位只有餅皮，沒包甜餡或蛋黃，但我妹妹年紀還太小，不知道什麼好不好。

「姊姊比較喜歡我。」二妹對三妹說。

「是我。」三妹對二妹說。

「不要吵架。」我對他們說。我吃掉兔子的身體，用舌頭舔了舔唇瓣，把黏在嘴上的豆沙餡舔掉。

我們互相幫對方拍掉餅屑。吃完點心後，四周逐漸安靜下來，我又開始變得焦躁不安。我忽然看見一隻翅膀透明、身體紅色的大蜻蜓，便跳下長椅跑去追蜻蜓，我的兩個繼妹也跟著我跳上跳下的，在蜻蜓飛走時，把手伸到空中。

「瑩影！」我聽見阿嬤喊道，二妹和三妹一溜煙地跑掉了。阿嬤站在院裡，母親和其他人紛紛走進月洞門。阿嬤衝向我，彎下腰幫我撫平身上的黃色外套。「新衣服！弄得一塌糊塗！」她苦惱地叫道。

母親微笑地走向我，幫我把亂翹的髮絲往後撥，塞進我盤起的髮辮裡。「男生可以到處跑、追蜻蜓，因為這是他們的天性。」她說：「但女生要文靜，妳若靜下來很長一段時間，蜻蜓看不見妳，就會主動飛過來，躲在妳的陰影下乘涼。」老太太們紛紛表示贊同後，留我一個人站在炎熱的庭院裡。

當我動也不動地站在原地時，我觀察我的影子。一開始只是一塊陰影，落在地磚上方的竹蓆上；長了一雙短腿和長臂，以及跟我一樣盤起的辮子。我搖搖頭，它也搖了起來。我們互相揮舞雙臂，並抬起一隻腳。我轉身走開，影子就跟在後頭。我很快地轉過身，它便面向我。我抬起竹蓆看看影子是否會裂成兩半，它卻跑到竹蓆下方的地磚上。影子本身的聰明伶俐讓我開心地尖叫出聲。我跑到樹蔭下，看著我的影子追著我，而後消失。我喜歡我的影子，這個黑暗的我擁有跟我相同的焦躁個性。

然後我再次聽見阿嬤的喊聲：「瑩影！時間到了，準備好要去遊湖了嗎？」我點點頭，隨即跑向她，我的影子先我一步。「慢點，跑慢點。」阿嬤輕斥道。

全家早已站在門外，興奮地聊個不停。每個人都盛裝打扮，爸爸穿著一件棕色的新禮服，看似普通，卻明顯出自上等真絲的編織與做工；媽媽的外套和裙子顏色正好與我的相反，是黑色絲綢搭配黃色滾邊。我的兩個繼妹與他們的母親，也就是父親的妾室，都穿著粉紅色上衣；我哥哥的藍色外套上面，繡有類似佛祖長壽如意的圖案。就連老太太們也穿上最貴重的禮服參加慶典——媽媽的姨媽、爸爸的媽媽和她那些表親，還有叔公的胖妻子，她至今仍保有前額剃髮的習慣，走起路來猶如涉越濕滑的小溪，走沒幾步便一臉害怕的樣子。

傭人們已打包好行囊，把當天所需的用品放到人力車上：裝滿粽子的編織籃——粽子是用荷葉包裹的糯米飯，有些包烤火腿，有些加了糖蓮子；用來燒茶的小爐子；另一個籃裡裝著杯子和碗筷；棉布袋裡裝了蘋果、石榴和梨子；冰過的陶罐裡則是醃肉和蔬菜；一整疊月餅盒，每盒各裝了四排月餅；當然還有午睡用的睡墊。

隨後每個人都爬進人力車，年紀較小的孩子跟他們的阿嬤坐在一起。出發前一刻，我掙脫了阿嬤的掌控，跳出車外，爬進母親坐的那輛車。阿嬤很不高興，因為這樣太放肆了，而且阿嬤愛我勝過她自己。在她丈夫死後，她放棄了自己當時仍是嬰兒的兒子，來我們家做我的保母。但我被她寵壞了，她從未教我考慮她的感受，所以我只把阿嬤當作某種安慰，就像夏天的扇子或冬天的火爐，只有在失去後才懂得感激與眷戀。

我們抵達湖畔後，沒有涼爽的風吹來，讓我很失望。人力車夫汗流浹背，嘴巴微開，像馬一樣氣喘吁吁。棧道上，我看著家族的男人和那些老太太走上我家租的大船。那艘船看起來很像浮在水面上的茶屋，有一座露天涼亭，比我家院裡的還大，立著好幾根紅柱，還有一個尖尖的瓦頂。在那後面，看起來是一個帶有圓窗的花房。

輪到我們上船時，阿嬤緊緊抓著我的手，越過跨在船上的木板。但我一踏上甲板，便把手掙脫開來，跟我的二妹、三妹跑開了。我在大人各色系的絲綢褲腳間穿梭，跟兩個妹妹一較高下，看誰先跑到船的另一頭。

我喜歡這種東倒西歪、幾乎站不穩的感覺。懸掛在屋頂和欄杆上的紅燈籠晃了晃，彷彿微風輕拂。我和妹妹手指滑過涼亭裡的桌椅，沿著木欄杆裝飾圖案的線條走，把臉放在欄杆間的空隙俯瞰湖面——還有更多祕密等著我們發現呢！

我用力推開那扇通往花房的門，穿過一個寬敞的房間，看起來像是休息區，兩個妹妹嘻嘻哈哈地跟在後頭。穿過另一扇門，我看見廚房的夥計。一個男人拿著一把大剁肉刀轉過身看見我們，喊了一聲，我們害羞地笑了笑，退出門外。

我們在船尾見到一群蓬頭垢面的人：一個男人把一根棍子伸進高聳的煙囪管裡，一個女人在切菜，還有兩個外貌粗野的男孩蹲在船邊，抓著看起來像是繩子的東西，另一端連著一個金屬絲網籠，沉在水面下。他們看都不看我們一眼。

回到船頭後，我剛好目睹船駛離棧道的畫面。媽媽和其他女士已坐在涼亭的長椅上，不停地朝自己搧風，輕拍彼此的頭驅趕蚊子；爸爸和叔叔倚著欄杆低聲嚴肅地交談；哥哥和一群堂兄弟找了一根長竹棍，戳著湖水，彷彿這樣能使船走得快一點；傭人們圍坐在前頭，燒水煮茶，將烤白果去殼，取出籃裡的食材準備午餐，製作冷菜。

即使太湖是中國最大的湖泊之一，當天湖面上卻感覺擠滿了船：划艇、腳踏船、帆船、漁船，以及像我們一樣的畫舫船。所以我們常會看到其他遊客俯身向外，將手拖在沁涼的湖水中，不然就是睡在布蓬或油傘下，與我們的船擦肩而過。

忽然間，我聽見有人叫道：「啊！啊！啊！」然後我心想，終於開始了！我跑到涼亭，看見所有親戚哄堂大笑，用筷子夾起仍活碰亂跳的蝦子。牠們蠕動著帶殼的身軀，一排小巧的腳豎了起來。所以水下的網箱裝的就是淡水蝦呀。父親夾了隻蝦子沾著辣豆腐乳放進嘴裡，咬了兩口便吞下去。

然而，興奮感一下就沒了，那個下午似乎跟在家裡沒什麼兩樣，飯後一樣昏昏欲睡。大家喝著熱茶，再聊些睏倦的話題，阿嬤便要我在墊子上躺下來。每個人都在一天中最熱的時刻安靜入睡。

我坐起來，看見阿嬤還在睡，歪歪斜斜地躺在她的睡墊上。我閒晃到船尾，那群相貌粗野的男孩正把一隻長脖子的大鳥從竹籠裡放出來，粗厲的鳥叫聲不絕於耳。鳥的脖子上戴了一個金屬環，其中一人緊緊抓住那隻鳥，用手臂圈住鳥的翅膀。另一人則將一根粗繩綁在金屬頸環的扣環上。他們接著放開那隻鳥，牠拍著白色的翅膀俯衝而下，在船緣上方盤旋，隨即停在波光粼粼的湖面上。我走到船邊看著那隻鳥，牠一隻眼睛警惕地盯著我，驀地潛進水裡消失了蹤影。

其中一個男孩把一個空心蘆葦製成的船筏扔到湖上，跳進水裡，靠著船筏漂浮。不一會兒，那隻鳥也浮出水面，嘴裡卡著一條大魚，不斷扭動頭部不讓魚掙脫。牠跳上船筏，試圖把魚吞下肚，但因為套著頸環，當然無法吞下。水裡的男孩一下便從鳥嘴裡掏出魚，扔向船上的男孩。我鼓起掌來，那隻鳥再次潛進水裡。

接下來的一個小時，在阿嬷和其他人熟睡期間，我如同一隻饞貓潛伏一旁，看著那隻鳥抓了一隻又一隻的魚，全數落入船上的木桶裡。水裡的男孩對另一個人大喊：「夠了！」船上的男孩又朝著高處另一個我看不見的人吼道。隨著洪亮的叮噹聲和蒸氣聲響起，船再次開動。站在我旁邊的男孩跟著躍入水中，水裡的兩個人都上了船筏，蹲在中間，像極了兩隻棲息在樹上的鳥。我向他們揮揮手，很羨慕這種無憂無慮的生活。他們很快地漂遠了，成為在水面上晃動的一抹黃點。

其實冒險這麼一次就夠了，但我沒有回去，彷彿陷入一場好夢。果不其然，我轉過身，就看見一個愁眉苦臉的女人蹲在魚桶前。她拿出一把鋒利的細刀，開始剖開魚肚，拉出血淋淋的內臟，往後扔進湖裡，接著用刀刮下魚鱗，魚鱗宛如玻璃碎片般在空中飛舞。然後有兩隻雞的頭被剁掉了。一隻大鱷龜伸長了脖子想咬住棍子——哐的一聲——牠的頭掉了下來。一團黑漆漆的淡水鰻在鍋裡瘋狂地扭動。後來女人帶著所有東西，一聲不吭地進了廚房，就沒什麼可看的了。

直到那時，我才發現我的新衣服佈滿了點點血跡，沾著魚鱗、鳥羽和泥屑。真不知道當時我在想什麼！聽見船頭有人醒來的聲音後，我驚慌失措地把手浸在那碗龜血裡，把血塗滿我的衣袖、褲子和外套的前半部。其實我當時想的是：把衣服塗滿紅色就可以遮蓋血跡，而且只要我不動，沒有人會發現。

阿嬤找到我時，我就是這個模樣：一個渾身是血的亡靈。現在我的腦海裡仍會響起她的聲音，她驚恐地尖叫，奔過來看我身上是否完好無缺，有沒有哪裡多出一個洞。當她檢查我的耳朵、鼻子，數了手指頭，什麼也沒發現後，她對我破口大罵，用的是我從沒聽過的字眼，但她說話的語氣和方式聽起來很糟糕。她扯開我的外套，脫掉我的褲子，她說我聞起來令人作嘔，看起來也很噁心。她的聲音並非因憤怒而顫抖，而是害怕。「現在妳媽會很高興把妳丟掉。」阿嬤深感懊悔地說：「她會把我們兩人都趕到昆明去。」當時我真的很害怕，因為我聽說昆明是一個很遙遠的地方，人煙罕至。而且那裡是一個荒原，周遭環繞著猴子居住的石林。阿嬤讓我一個人站在船尾哭，穿著一件白棉襯衣和虎頭鞋。

我很希望母親快來找我。我想像她看見我的髒衣服，上面還有她辛苦繡上的小花，我以為她會來到船尾，溫柔地斥責我，但她沒有。噢，我是有聽見腳步聲，卻只看到我的兩個繼妹把臉貼在門窗上。他們睜大眼睛看著我，用手指著我笑，很快地跑掉了。

湖水變成了深金色，而後轉紅，然後是紫色，最後成了一片漆黑。天色漸暗，紅燈籠照亮了整個湖面。我聽見人們說笑，一些聲音來自船頭，其他則從兩旁的船傳來。然後我聽見廚房木門開開關關的聲音，空氣中瀰漫著濃郁的香氣。涼亭傳來叫聲，帶著難以置信的驚喜：「唉！看這個！還有這個！」我很想過去那裡。

我在船尾晃著腿，聽著前頭擺宴的聲音。雖然已經晚上了，外面依然很亮。我看見我的倒影——我的腿、倚在欄杆上的手和我的臉。在我的頭頂上方，我看到外頭如此明亮的原因，一輪明月倒映在水面上，明晃晃的巨大月亮看起來就像太陽。我可以找到月亮娘娘，告訴她我的心願。但就在那時，大家肯定也看到了月亮娘娘，因為鞭炮聲響了起來，而我失足掉進水中，就連自己的落水聲也聽不見。

涼爽的湖水讓我很驚訝，所以起初我並不驚慌，就好像失去重力的睡眠一樣。我期待阿嬤能馬上出現，把我拉上船。但就在我嗆水那一刻，我知道她不會來了。我在水下使勁擺動手腳，凶猛的水流淹沒我的鼻子，湧進我的喉嚨和眼睛，讓我掙扎得更厲害。「阿嬤！」我試著叫出聲，我很氣她拋下我，覺得她不應該讓我在原地痛苦地等待。然後一個黑影從我身旁掠過我，我知道那是五毒之一——水蛇。

牠纏住我，像海綿一樣擠壓我的身體，讓我呼吸艱難，將我甩到空中，下一個瞬間，我便落到一張滿是鮮魚的繩網中。水從我的喉嚨湧出來，我邊哭邊咳嗽。

我轉過頭，在月光的烘托下，看見四個人影。一個濕淋淋的形體爬上了船。「太小了嗎？要扔回去？還是拿去賣點錢？」渾身濕透的男人氣喘吁吁地說。其他人哈哈大笑，我不再發出聲音。我知道這些人是誰。我和阿嬤在街上經過這些人時，她會用手把我的眼睛和耳朵摀住。

「別說了。」船艙裡一個女人斥責道：「你們嚇到她了，她把我們當作人口販子呢。」隨後用溫柔的語氣問我：「妳從哪裡來的，小妹妹？」

渾身濕透的男人彎下腰看我。「噢，是個小妹妹呀，不是魚！」

「不是魚！不是魚！」其他人咯咯地笑道。

我渾身顫抖，怕到哭不出來，空氣中散發危險的氣味，混雜著火藥和魚腥味。

「別理他們。」女人說：「妳是從別艘漁船摔下水的嗎？哪一艘？不要怕，指給我看。」

在水面上，我看到划艇、腳踏船、帆船，還有跟這艘類似的漁船，有一個長長的船頭，中間則是一個小船艙。我仔細地找著，心臟跳得很快。

「在那裡！」我說，指著一艘掛滿燈籠的畫舫船，船上傳來人們歡笑的聲音。「那裡！在那裡！」我哭了出來，不顧一切地想回到家人身邊得到安慰。漁船迅速向前划，朝飄著食物香味的地方前進。

「欸！」女人朝那艘船大吼：「你們有人不見嗎？一個小女孩不慎落水？」

從畫舫船上傳來幾聲叫喊，我緊張地搜尋阿嬤和爸媽的臉。一群人擠在船的一側，傾身向前，對著這艘船指指點點。全是不認識的面孔，有一張張笑得紅潤的臉，還有極大的嗓門。阿嬤在哪？為什麼母親沒有來？一個小女孩從人群的腿縫擠了出來。

「那不是我！」她叫道：「我在這裡，我沒有掉到水裡。」船上的人哈哈大笑，隨即把頭撇開。

「小妹妹，妳搞錯了。」女人在漁船開走時對我說。我沒回答，再度發起抖來。我發現根本沒人在乎我不見，我看向水面上數百個搖晃的燈籠，鞭炮聲響了起來，耳邊充斥著更多笑聲。船划得越遠，世界就變得越大，我感覺自己永遠迷失了。

女人一直盯著我。我的辮子鬆了，襯衣泡了水變得灰撲撲的，鞋子也掉了，赤裸著一雙腳。

「現在怎麼辦？」一個男人悄聲說：「沒人要領回她。」

「也許她是個乞丐兒。」另一個男人說：「看她穿的衣服，看起來跟坐在破木筏上討錢的小孩很像。」

我滿心恐懼，或許他說得沒錯，我成了一個乞丐兒，跟家人失散了。「啊！你沒長眼睛嗎？」女人生氣地說：「你看她皮膚那麼白，腳底板那麼嫩。」

「那把她放到岸上？」男人回答：「她真有家人的話，他們會去找她的。」

「大晚上的！」另一個男人嘆道：「總有人在假日晚間落水，喝醉的詩人和小孩子。還好她沒有溺斃。」他們像這樣來回地聊天，船慢慢靠向岸邊。一個男人用長竹竿推著船，讓我們穿過其他船中間。把我從水裡撈上船的男人用他那雙滿是魚腥味的手將我抱到岸上。

「下次小心點，小妹妹。」女人在船划遠時說。

我站在棧道上，在身後月光的照射下，再次看見自己的影子。這一次影子變短了，彷彿縮水似的，樣子狼狽不堪。我帶著影子跑到路旁的灌木叢藏了起來。從我躲藏的地方，我聽見人們走過的交談聲、蛙鳴和蟋蟀的叫聲，然後是長笛、叮鈴鈴的鐃鈸，以及聲音嘹亮的鑼鼓聲。

透過灌木叢枝葉間的縫隙，我看見前方有一群人，在他們前方搭了一個舞台，台上升起一輪明月。一個年輕人從舞台旁衝出來，告訴台下群眾：「現在月亮娘娘將以傳統影戲的方式，唱出自身悲傷的故事。」

月亮娘娘！我心想，這個神奇的詞彙使我忘了自己的處境。接著又是一陣鐃鈸和銅鑼聲，一個女人的身影映襯著月亮出現在台上。她梳著自己披散的頭髮，開口說話，聲音甜美而哀戚！

「住在月宮。」她嘆道，用纖纖長指梳過髮絲。「是我的命運及懺悔。我的丈夫住在太陽上，每天日夜交替，我們彼此交錯卻從未見面。唯有在這個夜晚，即中秋之夜，我們得以相見。」

人群向前靠近，月亮娘娘彈起琵琶，開始吟唱出她的故事。

在月亮的另一側，出現一個男人的身影。月亮娘娘張開雙臂環抱他——「噢！后羿，我的丈夫，射日英雄！」她吟唱道，但她的丈夫似乎沒有注意到她。他凝視著天空，隨著天空泛白，他的嘴巴開始張大，看不出來是出於恐懼還是喜悅。

月亮娘娘的手緊掐著自己的喉嚨，重重地跌落在地，蜷起身子哭道：「東方的天空出現了十個太陽，造成大旱！」當她唱出這句話時，這位神射手用他的魔法弓箭射下九個太陽，每個都爆裂開來，滲出鮮血。「沉入波濤洶湧的大海中！」她高興地吟唱，我能聽見這些太陽劈啪作響，渾身冒煙而死。

就在此時，一位神仙——王母娘娘——飛向這位神射手。她打開一個盒子，拿出一顆金燦燦的球。那不是初生的太陽，而是一顆仙桃，擁有長生不老的力量！我看見月亮娘娘假裝忙著刺繡，視線卻一直跟著她的丈夫，她看見他把仙桃藏在一個盒子裡。這位神射手舉起他的弓發誓禁食一年，以證明他擁有足夠耐心獲得永生。在他離開後，月亮娘娘毫不猶豫地找出仙桃吃下去！

她一吃下仙桃，身體立刻飄了起來，隨即飛升——跟王母娘娘飄逸的姿態不同，而是像翅膀破掉的蜻蜓般搖搖晃晃。「我因自己的放縱而升空！」在她哭喊的同時，她的丈夫也衝回家中，吼道：「竊賊！妳這個竊取生命的妻子！」他一把抓起他的弓，瞄準自己的妻子，然後——隨著鑼聲響起，天空暗了下來。

歪伊！歪伊！——台上的天空亮起來時，哀戚的琵琶聲再次響起。有如太陽般明亮的月亮旁，站著那個楚楚可憐的女人。她一頭長髮拖地，正在拭去臉上的淚水。自上次她見到自己的丈夫已過了永恆，因為這就是她的命運——永遠迷失在月宮中，尋求自己內心的慾望。

「因為女人屬陰。」她悲傷地哭道：「內心黑暗，充滿了毫無節制的渴望；男人屬陽，光明的真相能照亮我們的心靈。」

當她吟唱的故事結束後，我淚流滿面，絕望讓我渾身顫抖不已。即使我不能完全理解她的故事，卻能明白她的悲傷。那一刻，我們兩人都失去了世界，再也找不回來了。

隨著鑼聲響起，月亮娘娘彎腰一鞠躬，平靜地看向舞台側面。觀眾頓時掌聲如雷，先前那個年輕人走了出來，宣布道：「大家稍等！月亮娘娘同意滿足這裡的每一個人一個心願……」群眾激動不已，紛紛提高音量說話。「但需要捐一小筆錢……」年輕人接著說。大家都笑了起來，低聲抱怨幾句，開始散去。年輕人喊道：「這是一年一度的機會！」但沒人搭理他，除了躲在灌木叢的我和我的影子。

「我有話要說！我要許願！」我邊喊邊赤腳向前跑。但那個年輕人沒注意到我，逕自走下舞台。我持續朝月亮的方向跑著，為了向月亮娘娘許願，因為現在我知道自己想要什麼了。我從舞台後方，像隻蜥蜴般飛快地衝向月亮的另一面。

我看見她腳步頓了一下。她很漂亮，整個人在十幾盞煤油燈的照耀下閃閃發光。然後她甩著那頭烏黑的長髮，開始走下階梯。

「我要許願。」我低語道，她依然沒有聽見我的聲音。所以我走上前，直到看清月亮娘娘的臉。她的臉頰凹瘦，有一個泛油光的大鼻子，長了一口暴牙，眼睛佈滿血絲。她疲倦地扯掉頭髮，那身長裙從肩上滑落。在我的心願從唇瓣脫口而出時，月亮娘娘看向我，變成一個男人。

＊＊＊

這麼多年來，我一直想不起來那晚我究竟想向月亮娘娘許什麼願望，以及我是怎麼被家人找到的。這兩件事對我而言似乎是一場幻覺，因為我不相信我的願望真的實現了。即使我被找到了——阿嬤、爸爸、叔叔和其他人當晚後來沿著水道大喊我的名字——我從不相信我的家人找到的是同一個女孩。

而這些年來，那天發生的事我全忘了：月亮娘娘用歌聲訴說令人同情的故事、那艘畫舫船、戴著頸環的鳥、繡在我袖子上的小花，以及驅除五毒。

但現在我年紀大了，每一年都越來越接近生命的盡頭，同時感覺更接近一切的開端。我想起那天發生的所有事情，因為這些在我生命中發生過很多次。我經歷同樣的天真、信任、焦躁，以及驚奇、恐懼和孤獨，一步一步喪失自我。

我全想起來了。而就在今晚——農曆八月十五日這天——我也想起了多年以前向月亮娘娘許的願望。我希望能被找到。

Chapter 2

二十六道鬼門關

「不要騎腳踏車到轉角。」母親告誡七歲的女兒。

「為什麼？」女兒抗議道。

「因為這樣我就看不到妳，妳跌倒哭了，我也聽不見。」

「妳怎麼知道我會跌倒？」女兒抱怨道。

「《二十六道鬼門關》這本書上說：出了家門，所有不好的事都可能發生。」

「我不相信，我要看那本書。」

「那本書寫的是中文，妳看不懂，所以妳要聽我的話。」

「那內容呢？」女兒追問道：「告訴我是哪二十六道鬼門關。」

母親卻靜靜地坐著織東西。

「哪二十六道？」女兒吼道。

母親仍然沒有回答。

「妳不說是因為妳不知道！妳什麼都不懂！」女兒奪門而出，跳上腳踏車。因為急著離開，她還沒騎到轉角便跌倒了。

遊戲規則

薇芙莉・鍾

早在我六歲時，媽媽就教我凡事不露聲色，沉著以對，能讓我在與人爭執時達到目的，贏得他人的尊重。當時我們都未曾想到，有朝一日這甚至能用在西洋棋對弈上。

媽媽在我嚎啕大哭、拉著她的手往那家賣袋裝酸梅的雜貨店去時，罵道：「不准哭。」回家後，她對我說：「智者不會逆風而行。中文有一句話說：風從南來，即向北去。最強的風是看不見的。」

下個禮拜，我們再去到那間賣有禁忌糖果的雜貨店時，我不哭也不鬧。媽媽拿好要買的東西後，默默地從架上拿了一包酸梅，跟其他商品一起放到櫃檯上。

媽媽每天都會告訴我們一些人生道理，希望讓我和哥哥們長大後改善生活。小時候，我們住在舊金山的唐人街，就跟其他華人小孩一樣，我不覺得我家很窮，也會在餐廳及古玩店後巷玩耍。我總是吃滿滿一碗飯，一天三餐，每餐有五道菜，首先上桌的是一道有許多詭異食材的湯，我根本不想知道裡面加了什麼。

我家住在韋弗利街上一間溫暖乾淨的二房公寓，樓下開了一家中式的小烘焙坊，專做蒸糕和廣式點心。清晨巷弄仍一片靜謐時，就能聞到他們將紅豆煮成糊狀的甜香味。等到天光微亮，整個公寓都會瀰漫著濃郁的炸芝麻球和甜咖哩雞可頌的味道。我躺在床上聽爸爸準備出門上班的聲音，三聲咔嗒聲後，將門鎖上。

沿著那條街道走過兩個路口，會看到一個小型的沙地遊樂場，有鞦韆和看得出來常常使用、滑道中間已被溜到發亮的溜滑梯。遊樂場四周擺著長木椅，一群老人坐在上頭，用金牙嗑瓜子，把瓜子殼灑到一群咕咕叫的鴿子中間。但對我們而言，最好的遊樂場卻是那條漆黑的街道，每天都充滿了謎團與冒險。我和哥哥會偷偷躲在一家中藥行外，看老李為病患抓取適當的蟲殼、藏紅色的種子和一種尖形的葉子，放到一張硬白紙上。傳說他曾治癒一名差點死在祖先詛咒下的婦女，這種病讓全美最好的醫生都避之唯恐不及。中藥行旁邊是一家影印店，專門印刷舊式壓花喜帖和春聯。

從那條街再過去一段路是平園魚市。前方櫥窗有一個水槽，擠滿了垂死掙扎的魚和烏龜，在那片濕濕滑滑的綠色瓷磚上翻爬扭動。還有一塊手寫告示提醒遊客：「本店賣的是食物，不是寵物。」店內，魚販把魚除去內臟，一身白色工作服濺上斑斑血跡。客人各自選好自己要的貨，扯著喉嚨大喊：「給我最新鮮的。」魚販會說：「都很新鮮。」客人較少的日子，我們會在站在一旁看著板條箱裡的活青蛙和螃蟹，有人會警告我們不要把手伸進洞裡。還有好幾箱魷魚乾，以及一排排冷凍蝦、魷魚和滑溜溜的鮮魚。我每次都會被比目魚嚇到，比目魚身體扁扁的，眼睛長在同一側，讓我想起媽媽跟我說過的故事：一個粗心的女孩跑到熙熙攘攘的大街上，被一輛計程車撞到。「被壓扁了。」這是媽媽的原話。

街道轉角處開了家只有四個桌子的茶餐廳，名叫康城。前面有一個凹進去的樓梯間，通向一扇標有「商人」兩個字的門，我和哥哥相信晚上惡徒會從這扇門出來。遊客不會到康城用餐，因為那家餐廳只提供中文菜單。有一次，一個白人帶著一台沉重的相機，讓我和我的玩伴在餐廳前擺姿勢。他要我們站在落地玻璃窗前，讓他捕捉窗內一隻脖子綁著沾了湯汁的繩子、頭部懸晃的烤鴨。拍完照後，我建議他到康城吃晚餐。當他笑著問我康城賣什麼料理時，我大聲地說：「內臟、鴨賞、章魚和雞胗！」說完，我和朋友拔腿就跑，穿過街道，一邊發出尖銳的笑聲，躲在中國寶石公司的入口處。我的心臟怦怦地跳個不停，希望他會追上來。媽媽把我的名字取作跟當時住的那條街名同音——薇芙莉．潔．鍾，這是我的本名，用在美國的重要文件上。但我的家人都叫我妹妹，因為我是家中老么，唯一的女兒。每天早晨上學前，媽媽會抓著我又黑又多的頭髮，緊緊綁成兩條辮子。一天，當她用一把硬齒梳梳著我那頭頑強的頭髮時，我突然冒出一個惡作劇的念頭。

我問她：「媽媽，中國酷刑是什麼？」媽媽搖搖頭，嘴裡咬著一根小髮夾。她用水把手掌沾濕，梳順我耳朵上方的頭髮，夾上髮夾，讓髮夾緊密地貼著頭皮。

「誰跟妳說的？」她問，對我的惡作劇毫不知情。我聳了聳肩，回道：「班上某個男生說中國人會施酷刑。」

「中國人會做很多事。」她簡短回答：「中國人會做生意、製藥、畫畫，不像美國人一樣懶散。我們是會施酷刑，最好的酷刑。」

得到西洋棋當禮物的其實是我哥哥文森。我們去了第一華人浸信會位於街尾的教堂，參加年度聖誕節派對。修女把另一個教會成員捐贈的禮物收集起來放進聖誕袋中，所有禮物都沒有寫名字，依照性別和年齡分成好幾袋。

一個教友穿上聖誕老人的服裝，戴著黏了棉球的紙鬍子。唯一覺得他真的是聖誕老人的小孩年紀還太小，不知道聖誕老人不是中國人。輪到我時，聖誕老人問了我年紀，我認為這個問題別有玄機。根據美國人的年齡我七歲，但從中國人的算法看來我八歲了。於是我跟他說，我是一九五一年三月十七號出生的，他似乎很滿意我的回答。他接著嚴肅地問我這一年有沒有當個乖小孩、是否相信耶穌並聽父母的話。我知道這些問題的唯一答案，便以同樣嚴肅的表情點點頭。

見過其他孩子的禮物後，我知道選大的禮物不一定比較好。一個跟我同齡的女孩拿到一大本聖經人物的著色書，另一個不那麼貪心的女孩得到一小瓶玻璃罐裝的薰衣草淡香水。搖動盒子發出的聲音也很重要。一個十歲男孩選了一個搖起來哐啷作響的禮物，拿到一個錫製小地球儀，上面開了個投錢的孔。他肯定以為裡面裝滿錢幣，但當他發現只有十分錢時，他的臉色隨即垮了下來，毫不掩飾地露出失望的表情。他媽媽拍了下他的腦袋瓜，將他領出教堂大廳，為她兒子態度差、拿到這麼好的禮物還不知感恩向大家道歉。

我看著袋裡，很快地掂量剩下禮物的重量，設想裡面裝的是什麼。我挑了一個小巧、有點重量的禮物，外面包了一層閃著光澤的銀箔包裝紙，還繫著一個紅緞帶。那是一個十二包裝的 Life Savers 牌糖果。我利用派對剩下的時間把這些糖果口味按我個人的喜好一再地排列順序。我哥哥溫斯頓的選擇也很聰明。他的禮物是一堆複雜的塑膠零件，根據盒子上的說明，正確組裝後將得到一艘真實二戰潛艇的袖珍模型。

文森拿到西洋棋組，這在教會的聖誕派對上是非常得體的禮物，但我們之後發現那副西洋棋明顯不是新的，一顆黑色的兵和一顆白色的騎士不見了。媽媽親切地感謝那位不具名的捐贈者，直說道：「太珍貴，真是破費了。」這時，一個滿頭白髮的老太太朝我們家人的方向點點頭，低聲說：「聖誕快樂。」

回到家後，媽媽便叫文森把那盒西洋棋丟了。「她不想要的東西，我們也不要。」她說，硬是把頭撇向一邊，帶著緊繃而驕傲的微笑。我的兩個哥哥卻把她的話當耳邊風，早就把棋子拿出來排好，看起一角捲曲的規則說明書。

整個聖誕節期間，我都在看文森和溫斯頓下棋。棋盤上似乎有著錯綜複雜的祕密，等著有人破解。那些棋子比老李解開祖先詛咒的魔法草藥還更吸引人。我的兩個哥哥表情嚴肅，使我確信下棋這件事事關重大，遠遠超過避開康城前面那扇印有「商人」二字的門。

「讓我玩！讓我玩！」我在每盤棋的空檔哀求道。通常我一個哥哥會靠回椅背，因為贏棋而鬆了口氣；另一人則氣呼呼的，心有不甘。文森一開始不願讓我玩，但當我提出用我的 Life Savers 軟糖代替不見的棋子後，他妥協了。他選了野櫻桃口味作為黑子的兵，白子騎士則是薄荷口味的。贏家可以把兩顆軟糖吃掉。

媽媽在廚房裡灑著麵粉，將麵團滾成圈狀製作蒸餃作為當天晚餐，文森指著每一顆棋子，向我說明遊戲規則。「我和妳各有十六顆棋子。一個國王、一個皇后、兩個主教、兩個騎士、兩個城堡和八個兵。小兵只能前進一格，除了第一步可以前進兩格。但吃對方棋子時要像這樣走斜的，唯獨開棋就能吃掉對方棋子的情況例外。」

「為什麼？」我邊移動小兵，邊問：「為什麼兵不能走更多步？」

「因為它們是兵。」他說。

「可是為什麼吃對方棋子時要走斜的？為什麼沒有女人和小孩的棋子？」

「天為什麼是藍的？妳又為什麼每次都要問這麼多笨問題？」文森反問道：「這是一個遊戲，是遊戲就有規則，又不是我編的。喏，妳看，書上有寫。」他拿著一個兵戳著其中一頁。「兵，ㄅㄧㄥ。妳自己看。」

媽媽拍了拍手上的麵粉。「給我看看。」她平靜地說。她迅速地翻面，不看上面的英文字，似乎沒有特別要找什麼。

「這是美國人的規則。」她最後下了結論。「對外來人來說，一定要了解規矩。如果不知道，別人就會說『太可惜了』，然後叫妳回去。他們不說原因，妳就會按照他們的規則過活。他們會表示他們不知道，要妳自己去找答案，但他們一直都知道。所以妳最好接受，自己去找答案。」她露出滿意的笑容，轉身就走。

後來我找到所有問題的解答。我讀了規則說明書，遇到不懂的字就查字典。我去華埠公立圖書館借書來看，研究每一顆西洋棋，試圖吸收每顆棋子蘊含的力量。

我探索開局的走法，了解一開始爭奪中心區域的重要性，兩點間最短的路線是走直線；我學會中局的技巧，明白對手間的交戰就像碰撞想法，技術較好的人對攻擊及擺脫陷阱都有清晰的計畫。我學到殘局必須要能綜觀全局，懂得計算對手可能走的每一步，還要有耐心。任何優缺點在強大的棋手看來都很明顯，對於疲憊的對手而言卻很模糊。我發現要掌握整場比賽必須按兵不動，在一開始就觀測到殘局。

同時，我也知道為什麼不該向別人透露「原因」，保留一點知識在棋賽上將成為一大優勢，以備未來不時之需。這就是西洋棋的力量，一個展現祕密的遊戲，卻不能言說。

我喜歡從棋盤六十四個黑白方格中發現祕密。我用手詳細地畫了一個棋盤，釘在床旁的牆上。

每晚我都會盯著棋盤好幾個小時，在腦內想像與人對弈。很快我不再輸掉任何一盤棋或Life Savers軟糖了，但我卻失去了對手。文森和溫斯頓還是覺得放學後戴著霍帕隆・卡西迪[3]的牛仔帽在街上閒晃更有趣。

一個春天寒冷的午後，我繞到街道盡頭的遊樂場，看到一群老先生，兩個人面對面坐在一張摺疊桌前下西洋棋，其他人抽菸、吃著花生在旁觀戰。我跑回家抓起文森的西洋棋盒，用橡皮筋把它跟棋盤綁在一起。我還仔細挑選兩條作為獎勵的Life Savers軟糖。我回到公園，走近一個正在觀戰的男人。

「要玩嗎？」我問。他面露驚訝的表情，看到我臂彎下的棋盒時笑了笑。

「小妹妹，我已經很久不玩娃娃囉。」他和藹地笑道。我很快地把盒子放在他旁邊的長椅上，用行動展現我的反擊。

結果老伯——他讓我這麼叫他——下棋的技術比我哥哥好太多。我輸了好多盤比賽和軟糖。但幾個星期後，隨著輸了好幾條軟糖，我知道了新的祕密。老伯教了我一些下棋的戰術：東西夾擊、落井下石、不期而會、沉睡衛兵的驚喜、刺殺國王的卑微僕人、行進部隊的眼中沙以及無血雙殺。

3 Hopalong Cassidy，作家Clarence E. Mulford在一九〇四年創作的虛構牛仔英雄。

他還告訴我西洋棋禮節的重點。要將吃掉的棋子排列整齊，把棋子當作俘虜好好對待；喊「將軍」時切勿驕傲，以免背地遭人針對；輸棋後不要把棋子丟到棋盤上，因為道歉後妳得自己撿回來。那年夏天結束時，老伯已經把他知道的所有西洋棋知識傳授給我了，我的技術也更上一層樓。

每到週末，就會有一小群華裔和遊客聚在一起看我一個一個地擊敗對手。我在外面跟人比賽時，媽媽會跟這些人一起看我下棋，她會驕傲地坐在長椅上，用中國人謙虛的態度跟我的仰慕者說：「她運氣好。」

一個看過我在公園下棋的男人向媽媽提議帶我去參加當地的西洋棋競賽。媽媽親切地笑了笑，沒有回答。我非常想去，但沒有表現出來。我知道她不會讓我跟陌生人下棋，所以在我們走回家的途中，我小聲地跟她說我不想參加比賽，他們用的是美國人的規則，如果我輸了，會丟我們家的臉。

「妳自己裹足不前才丟臉。」媽媽說。

我的第一場比賽開始時，媽媽跟我一起坐在第一排等待上場。我不時抬起腳，避免接觸折疊椅冰冷的金屬椅面。當叫到我的名字時，我跳了起來。媽媽打開放在她腿上的東西，那是她的玉璋——一塊有著太陽火焰的紅色玉石。「代表好運。」她輕聲說，把玉璋塞到我裙子的口袋裡。我轉向我的對手，一個來自奧克蘭的十五歲男孩。他看著我，皺了皺鼻子。

比賽開始後，男孩就從我眼前消失，整個房間黯然失色，我只看見我所執的白子和他在另一頭的黑子。一陣微風拂過我的耳畔，帶來只有我聽得見的祕密。

「風從南來。」它低語道：「不帶一點痕跡。」我看見一條清晰的路徑，可避開棋盤上的陷阱。觀眾開始鼓譟，從房間角落傳來「噓！噓！」的聲音。風越吹越強。「從東邊扔沙分散他的注意力。」騎士上前準備犧牲，風沙沙作響，越來越大聲。「吹呀吹呀，他看不見，他的眼睛受到蒙蔽。讓他遠離風的路徑，變得容易擊倒。」

「將軍。」我的聲音隨風呼嘯而過，風聲減弱變成輕微的喘息聲──我的呼吸。

媽媽把我的第一座獎盃跟附近街區道場贈送的新塑膠西洋棋擺在一起。她用一塊軟布擦拭每一顆棋子，對我說：「下次吃多一點子，輸少一點。」

「媽，比賽跟被吃多少顆棋無關。」我說：「有時候需要犧牲棋子才能前進。」

「輸少一點更好，看看是否有必要。」

下一場比賽我又贏了，掛著勝利笑容的人卻是媽媽。

「這次只輸八顆棋，上次十一顆。我不是說過了?輸少更好！」我雖然生氣，卻無法回嘴。

我繼續參加更多比賽，每次比賽場地都離家很遠。各等級的比賽我都戰無不勝。我家公寓樓下那間中式烘焙坊在櫥窗裡展示我越來越多的獎盃，擺在早已生灰塵、沒人買的蛋糕中間。我贏得重要的地區錦標賽那天，櫥窗內放了一大塊鮮奶油蛋糕，還有一張紅卡寫著：「賀薇芙莉．鍾，唐人街西洋棋冠軍。」自此，花店、墓碑雕刻店及殯儀館紛紛提出要贊助我參加全國錦標賽。就在那時，媽媽決定我從此不用洗碗，我負責的家事都由文森和溫斯頓包辦。

「為什麼她可以下棋，我們就要做所有家事？」文森抱怨道。

「這是美國新規則。」媽媽說：「妹妹下棋，絞盡腦汁獲勝；你去下，還不如扭毛巾。」

我九歲那年成為全國西洋棋冠軍，但要晉升特級大師還差四百二十九分。當時我被吹捧為「美國的偉大希望」，一個西洋棋神童，還是個女生。我的照片登上《生活》雜誌，旁邊是鮑比．費雪[4]的名言：「女性不可能成為特級大師。」標題寫著：「換你了，鮑比。」

雜誌拍攝那天，我綁著一頭整齊的辮子，夾著鑲有水鑽的塑膠髮夾，去一個高中大禮堂下棋。大廳裡迴盪著帶痰的咳嗽聲，椅腳的橡膠套在剛剛打蠟的木頭地板上滑動，嘎吱作響。我的對手是一個美國人，年紀與老伯差不多，差不多五十五歲吧。我記得我每走一步，他油亮的額頭似乎都在冒汗。他穿了一件深色西裝，味道有些難聞，一邊口袋塞著一條白色的大手帕，他抬手下一步棋前，都會拿出手帕擦手。

我穿著一件亮潔的粉白兩色洋裝，蕾絲的領口讓我脖子發癢，那是媽媽為了這個特殊場合縫上去的。我會雙手交叉撐著下巴，手肘嬌嫩的位置輕輕撐在桌上，媽媽教我在鏡頭前擺出這個姿勢。我來回擺動我的漆皮鞋，就像小孩坐校車不耐煩的樣子。然後我會放慢動作，抿起嘴唇，拿起一顆棋子

4 Bobby Fischer，前世界西洋棋冠軍。

猶疑了會兒，而後堅定地下在另一個威脅點上，向我的對手投以勝利的微笑。

我不再在韋弗利街的巷弄下棋，從此不去有鴿子和老先生聚集的遊樂場。我會去上學，放學直接回家鑽研新的祕密，棋盤上隱蔽的優勢，以及更多逃脫手法。

但我發現在家下棋很難專心，因為媽媽會在我鑽研棋藝時站在我身後。我想她認為自己是我的守護盟友，她會緊抿著唇，我每走一步棋，就會從鼻子發出輕輕的哼聲。

一天我跟她說：「媽，妳站在那裡我沒辦法練習。」她便回到廚房，把鍋碗瓢盆弄得鏗鏘作響。等到不再發出聲響時，我便從眼角餘光瞄到她站在門口。「哼——！」只有這一聲是從她發緊的嗓子發出來的。

爸媽為了讓我練習下棋做了很多讓步。有一天我抱怨跟哥哥共用一個房間太吵無法思考，之後我的兩個哥哥就睡在客廳面向街道的床上。我說我沒辦法把飯吃完，吃太飽會影響我研究戰術，剩半碗飯不吃也沒人管我。唯獨一件事我逃不掉，就是在沒比賽的週六，我必須陪媽媽去市場。媽媽會一臉驕傲地帶著我逛街，我們會進去好幾間店，卻很少買東西。「這是我女兒，薇芙莉・鍾。」只要有人看過來，她就會向路人介紹我。

有一次，我們離開一家店後，我小聲說：「我希望妳不要這樣到處跟別人說我是妳女兒。」媽媽停下腳步，很多人大包小包地從我們身旁擠過，不斷撞到我們的肩膀。

「唉呀，妳覺得跟媽媽在一起很丟臉？」她瞪著我，把我的手捏得更緊了。

我垂下視線。「不是這樣，只是太明顯了，我覺得很難為情。」

「當我女兒很難為情？」她的聲音充滿了憤怒。

「我不是這個意思，我也沒這麼說。」

「妳什麼意思？」

我知道這時候多說無益，但我聽到自己開口：「妳為什麼要拿我來炫耀？如果妳想炫耀，幹嘛不自己學下棋？」

媽媽危險地瞇起眼睛，她沒有吭氣。

我感覺風輕拂過我滾燙的耳朵，我掙開媽媽緊抓著我的手，轉過身，撞到一名老太太，使她手上那袋雜貨散落一地。

「唉呀！笨丫頭！」媽媽和對方同時喊道。一顆顆橘子和錫罐頭掉在人行道上。當媽媽彎腰幫那個老太太撿起滾了一地的食物時，我跑走了。

我在街上狂奔，穿梭在人潮中，就連媽媽刺耳的叫聲傳來也不回頭。「妹妹！妹妹！」我跑進一條小巷，經過一家拉著黑色窗簾的店鋪，商人正在清洗窗戶的汙垢。我又衝進陽光下，跑到人潮擁擠的大街上，很多遊客在挑小飾品和紀念品買回家。我接著鑽進另一條黑暗巷子，到另一條街，又進到另一條巷子。我跑到腳痛了起來，發現自己無處可去，也沒有人在追我。我無處可逃。

我直喘著粗氣。外面很冷，我坐在翻過來的塑膠水桶上，旁邊是一疊空箱子，我兩手撐著下巴陷入沉思。我想像媽媽先是快步走過一條又一條街找我，然後放棄，回家等我。兩個小時後，我兩腳發痛地慢步回家。

整個街道靜悄悄的，我看見我們的公寓亮著黃光，宛如黑夜中的老虎眼睛。我爬著十六階的樓梯，安靜地一步一步往上走，避免發出任何聲響。我轉了門把，門是鎖著的。我聽見椅子移動的聲音，腳步聲很快走來，鎖頭咔嗒了三聲，門打開了。

「妳也該回來了。」文森說：「妳麻煩大了。」

他回到餐桌旁，一盤大魚吃得只剩骨頭，帶肉的魚頭還連著看似在往上游、徒勞地逃跑的骨頭。我站在原地等待處罰，聽見媽媽沙啞的聲音。

「我們不要管她，因為她也不管我們。」

沒人轉頭看我，只有牛骨筷子挖飯到嘴裡時，敲到碗壁發出清脆的聲響。

我走回房間關上門，躺在床上。房間光線昏暗，天花板充斥著隔壁公寓晚餐燈光映出的影子。

我的腦海浮現一個六十四格的黑白棋盤，對面坐著我的對手，瞇起一雙憤怒的眼睛。她面帶勝利的微笑。「最強的風是看不見的。」她說。

她的黑棋跨過棋盤，慢慢地一格一格往前進，我的白棋尖叫著，倉皇間從棋盤一個一個落下。

當她的棋子靠近我時，我感覺身體變輕了。我浮到空中，飛出窗外，飛到高出小巷，超越磚瓦屋頂。

我被風捲向夜空，直到看不見下方所有東西，只剩我一個人。

我閉上眼睛，開始思考我的下一步。

隔牆的聲音

琳娜・聖克萊爾

小時候，媽媽告訴我曾祖父曾經將一個乞丐處以極刑，男人死後又回來奪走他的命，不然就是曾祖父在一個禮拜後死於流感。

我時常在腦海幻想那名乞丐生前的最後一刻。我看見劊子手脫掉男人的上衣，把他帶到空曠的院子裡。「這名逆賊判死刑。」劊子手宣讀道：「處以凌遲。」但他尚未舉起利刃將他折磨至死，這名乞丐便被發現心神早已支離破碎。幾天後，曾祖父從書本抬起頭來，看到這個男人像碎花瓶被匆忙拼湊的模樣出現在他面前。那鬼說：「當刀落在我身上時，我以為那會是我經歷過最痛苦的時刻，但我錯了，糟糕的在另一邊。」男人的亡魂隨即用他參差不齊的雙臂抱住曾祖父，把他拖進牆裡，讓他親眼瞧瞧。

有一次我問媽媽他真正的死因，她答道：「他走得很快，當時臥病在床，兩天就走了。」

「不是啦，我是說另一個人。他是怎麼被殺的？他們先削他的皮嗎？他們有用切肉刀切碎他的骨頭嗎？他有尖叫嗎？他有感覺自己正在被千刀萬剮嗎？」

「噢！為什麼你們美國人滿腦子只有這種變態的念頭？」媽媽用中文叫道：「那人死了都快七十年了，怎麼死的很重要嗎？」

我一直覺得知道自己會碰到什麼最差的情況很重要，又該怎麼避免，才能不被糟糕的事情所吸引。因為即使我還小，我也能感覺到圍繞在我們家四周不為人知的恐怖，追著媽媽直到她躲進內心陰暗的角落。即使如此，他們也能找到她。多年來，我目睹他們將她一點一點吞噬，最終消失成為亡靈。

印象中，媽媽陰暗的一面是從奧克蘭家中的地下室冒出來的。當時我五歲，媽媽試圖把它藏起來，不讓我知道。她用木椅把門擋住，又用鏈條和兩種鑰匙鎖把門鎖起來。地下室變得非常神祕，讓我耗費所有精力想打開那扇門。直到有一天，我終於用我的小手把門撬開時，隨即落入一個黑暗深淵。等我不再尖叫後，我才發現媽媽的肩上沾了我的鼻血，那時媽媽才告訴我，地下室住了一個壞蛋，所以我絕對不能再闖進去。她說他住在那兒好幾千年了，他很邪惡，而且飢腸轆轆，要不是媽媽及時救了我，那個壞蛋就會在我的體內種下五個種，把我們煮成一餐六菜吃了，將我們的骨頭吐在骯髒的地上。

自此以後，我開始看見可怕的東西。我用我中國人的眼睛看見這些東西，這是我遺傳自媽媽的部分。我在沙坑挖洞時，看見惡魔在坑底狂熱地扭動身軀；我看見閃電出現眼睛，專門襲擊小孩；我看見甲蟲背後出現小孩的臉，一下就被我騎著三輪車壓扁了。等我更大了些，我能看見學校的白人女孩看不見的東西。操場的吊環分成兩半，把晃來晃去的孩子扔到外太空去；繩球在一群嬉笑的朋友面前，把一個女孩的頭打飛。

我沒有把我看到的東西告訴任何人，媽媽也一樣。多數人都不知道我有一半的中國血統，可能是因為我姓聖克萊爾。人們第一眼見到我時，會覺得我長得像爸爸——一個美籍愛爾蘭人——骨架大卻有著精緻的五官。但倘若他們近看，並且略知一二，就能看出我的中國特徵。我臉的輪廓不像爸爸稜角分明，而像海灘的鵝卵石般更圓潤。我沒有他稻草般的金黃頭髮或白皮膚，但我的膚色更慘白，就像原本顏色深，卻因為陽光照射而褪色。

然後是眼睛。我這雙眼睛遺傳自媽媽，單眼皮，彷彿在南瓜燈籠上用小刀快速地劃了兩刀。我以前常常用手把眼睛往中間推，讓眼睛變圓一點。不然就是用手把眼睛撐開，讓眼白露出來。但當我頂著那樣的臉在家裡走動時，爸爸會問我怎麼看起來這麼嚇人。

我有一張媽媽的照片，看起來也很可怕。爸爸說這張照片是在媽媽離開天使島移民站那天拍的。她在那裡待了三個星期，等待他們處理完她的文件，確定她的身分是戰爭新娘、離鄉背井、學生還是華裔美國人的妻子。爸爸說當時他們沒有關於白人娶中國女性為妻的處理方式，所以最後決定把她的身分歸為離鄉背井，迷失在移民類別中。

媽媽從未提起她在中國的生活，但爸爸告訴我他救她於水深火熱中，那是她說不出口的悲慘過去。爸爸自顧自地在她的移民文件上為她命名：貝蒂．聖克萊爾，刪去她的本名顧瑩影，也填上錯誤的出生日期，一九一六年，而非一九一四年。所以他大筆一揮，媽媽便失去了自己的名字，也從虎年變成龍年出生。

從這張照片可以看出媽媽為什麼看起來流離失所。她抓著一個貝殼狀的大包包，一副若是不注意就會被別人搶走的樣子。她穿著一件及膝旗袍，兩側皆有稍微開衩；上身是一件西裝外套，墊肩設計、寬大翻領和超大的布鈕扣，笨拙地罩住媽媽嬌小的身軀。那是媽媽結婚時穿的禮服，是爸爸送她的禮物。穿著這身服裝，她看起來既不像來旅遊，也不像要出遊。她下巴微歛，可以看見她頭髮分線的地方，從左眉上方畫出一條整齊的白線，越過頭頂的黑色地平線。

即使她低著頭，保持謙卑的態度，眼睛卻睜得大大地凝視相機。

「為什麼她表情這麼恐怖？」我問爸爸。

爸爸解釋道：因為他說了「笑一個」後，媽媽很努力睜著眼直到閃光結束，總共十秒鐘。

媽媽很常出現這種表情，彷彿在等待某件事發生，一臉害怕的模樣。只是後來她不再有力氣睜大眼睛。

＊＊＊

「不要看她。」我們走在奧克蘭華埠的街上時，媽媽對我說。她抓著我的手，把我拉靠近她。當然我還是看了。我看見一個女人坐在人行道上，靠在一棟建築前。她的臉很年輕，卻有著歲月爬過的痕跡。一雙呆滯的眼睛彷彿好幾年不曾入睡了。她手腳的指尖是黑色的，彷彿浸過墨汁一般，但我知道那是潰爛的症狀。

「她做了什麼呀？」我輕聲問媽媽。

「她認識了一個壞男人。」媽媽說：「不小心懷孕了。」

我知道這是騙人的，媽媽編了很多故事警告我，讓我避開一些未知的危險。任何事物在媽媽眼裡都很危險，就連其他中國人也一樣。在我們住的地方和附近的商店街，大家都說廣東話或英語。媽媽來自無錫，離上海很近，所以她說普通話，摻雜一點點英語。爸爸只會幾句普通的中文，堅持要媽媽學英語。所以他們兩個一直用情緒、手勢、表情和沉默溝通，她說英語的時候，偶爾會夾雜中文的猶豫和無力。「說不出來。」所以爸爸會逕自解讀她的意思。

「我想媽媽是想說她累了。」他會在媽媽變得情緒化時，低語道。

「我想她是說我們是全美最棒的一家人。」他會在她煮了一道香噴噴的料裡時，大聲說道。

但媽媽會在只有我們兩個人的時候跟我說中文，說一些爸爸無法想像的事情。雖然我聽得懂她的話，卻不是很明白她的意思，兩個想法常常毫無關聯。

「妳除了上學回家外，絕不能到處亂跑。」媽媽在覺得我長大了，可以自己上下學時告誡我。

「為什麼？」我問。

「有些事妳不懂。」她說。

「為什麼？」

「因為我沒有告訴過妳。」

「為什麼？」

「唉呀！問那麼多！因為這些想法太可怕了。不認識的男人會把妳從街上綁走，賣給別人，讓妳懷孕，然後妳會把肚裡的寶寶殺死。等有人發現寶寶遺棄在垃圾箱裡，會怎麼樣？妳會被抓去關，然後死在牢裡。」

我知道這不是事實，但我也會編造謊言，避免將來發生不好的事。通常是在我必須為她翻譯永無止盡的表格、說明、學校通知和電話通知的時候。「什麼意思？」當我們在雜貨店，一個男人在她打開罐子聞味道時對她大吼時，她問我。我覺得很丟臉，所以我跟她說中國人不能進那家店。當學校寄了小兒麻痺疫苗通知回家時，我告訴她時間、地點，又騙她說所有學生都要使用金屬便當盒，因為他們發現牛皮紙袋可能會攜帶小兒麻痺病毒。

＊＊＊

「我們要進軍國際了。」爸爸自豪地表示。這件事發生在他在某個服飾經銷公司晉升為銷售主管的時候。「妳媽媽很開心。」

我們的確向前邁進了，橫越海灣前往舊金山北灘的山丘上，搬進一個義大利社區。那裡的人行道很陡，我每天放學回家時，都要傾斜著身體爬坡。那年我十歲，我希望可以把過去所有恐懼留在奧克蘭。

我們的公寓大廈有三層樓高，每層有兩間公寓。大廈外觀才剛翻新不久，最近新塗上一層白灰泥，外面有一整排金屬逃生梯。但公寓內部很老舊，打開帶有窄窗的前門，進入一個充滿霉味的大廳，瀰漫著每個住戶生活的氣味。每一戶都在門鈴旁放上自家姓氏：安德森、喬蒂諾、海曼、里奇、索奇，以及我們家的聖克萊爾。我們住在二樓，樓下會有飯菜香飄上來，樓上的腳步聲也會傳到樓下。我的房間面向街道，每到夜晚，我會在一片漆黑中幻想別人的生活。汽車努力爬上陡峭、霧氣繚繞的山丘，猛地踩著油門，轉著方向盤。一群開心的人們大聲嚷嚷，笑得氣喘吁吁。「快到了嗎？」一隻米格魯瞬間站起來，開始狂吠。幾秒後，消防車的鳴笛聲響了起來，一個女人生氣地制止：「山米！壞狗狗！不要叫！」隨著這些安慰的猜想，我很快便睡著了。

媽媽不喜歡那間公寓，但起初我沒看出來。我們剛搬進來的時候，她忙著把一切安頓好，擺設家具，拿出碗盤，把照片掛在牆上。整理家裡花了她大約一個星期的時間。不久後，有一天我和她走到公車站時，一個男人使她亂了分寸。

那是一個滿臉通紅的華人男子，彷彿迷路般踉蹌地走在人行道上。他游移不定的目光瞄到我們，很快地站直身子，張開雙臂吼道：「找到妳了！蘇絲・黃，我的夢中女郎！哈！」他雙臂和嘴巴同時大開，開始衝向我們。媽媽瞬間放開我的手，彷彿渾身赤裸似地抱住自己，毫無反擊能力。在她放手的同時，我開始放聲尖叫，看著這個危險的男人衝過來。我持續叫著，直到兩個男人笑著抓住眼前的男子，搖著他的身體說：「喬，拜託住手吧，你嚇到這個可憐的女孩和她的女傭了。」

當天稍後，在我們搭上公車，進出商店，採買晚餐要用的東西期間，媽媽一直在發抖。她緊緊握著我的手，捏得我手很痛。她在收銀機前放開我的手，從包包拿出皮夾，我趁機跑去看糖果。她很快地抓回我的手，我這才知道她有多愧疚先前沒有好好保護我。

我們買完東西回到家，她把罐頭和蔬菜拿出來放好。然後彷彿有什麼不對勁似的，她把一種罐頭從架上取下，跟另一種罐頭調換位置。接著她腳步輕快地走進客廳，把一面大圓鏡從面對門口的牆上取下來，掛到沙發旁邊的牆上。

「妳在做什麼？」我問。

她用中文小聲說著像是「事情不太對」之類的話，而我以為她說的是擺設看起來的樣子，並非感覺。然後她開始移動大型家具：沙發、椅子、茶几和一卷金魚的中國畫軸。

「發生什麼事了？」爸爸下班回來後，問道。

「她想換個好看的樣子。」我說。

隔天，我放學回家後，看見她又重新布置家裡。所有東西都移到不同位置，我感覺得出之後將會發生什麼可怕的事。

「妳幹嘛這麼做？」我問，害怕她會告訴我真相。

她卻用中文低聲說了些我聽不懂的話：「當事物違背妳的本性時，妳就會失去平衡。這棟房子地基太陡了，不好的風會從上方吹來，把所有力量吹到山丘下，讓妳再也無法前進，會一直往後退。」

接著她指向公寓的牆壁和門。「妳看這個門多窄呀，好像脖子被掐住似的。因為廚房面向廁所，所以運氣會被沖走。」

「但那是什麼意思？失去平衡會怎麼樣？」我問媽媽。

後來爸爸向我解釋：「妳媽媽只是展現了築巢本能。」他說：「所有母親都會這樣，妳長大後就會知道。」

不知道為什麼爸爸從來不擔心。難道他看不見嗎？為什麼只有我和媽媽看得到更多？

幾天後，我發現爸爸說的沒錯。我放學回家，走進我的臥房時便看到了。媽媽重新布置我的房間，我的床不再靠窗，被移到了牆邊。本來放床的地方，現在擺著一個二手的嬰兒床。所以那個潛在的危險其實是鼓起來的肚子，這就是造成媽媽失衡的原因。媽媽懷孕了。

「看吧。」我和爸爸看著那個嬰兒床時，他對我說：「這是築巢本能。巢就在這裡，寶寶出生後就睡這。」他看著嬰兒床，想像寶寶睡在上頭，感覺很開心的樣子。但他沒看到我後來看見的一切。

媽媽開始碰撞東西，她會撞到桌角，彷彿忘記肚裡懷著一個寶寶，像是故意找麻煩似的。她沒有提及懷孕的欣喜，只有說覺得身體很重，事情失去平衡，彼此不和諧。所以我很擔心寶寶，因為他被卡在媽媽的肚子和我房間的嬰兒床之間。

我的床被移到牆邊後，夜晚的想像也跟著起了變化。我不再聽見街上的鬧聲，而是來自牆的另一邊，隔壁公寓傳來的聲音。前門門鈴暴露了那家人姓索奇。

剛移床位的那個晚上，我隱約聽見有人大吼的聲音。一個中年婦女？還是年輕女生？我把耳朵緊貼著牆面，聽見一個女人憤怒的聲音，接著另一個聲音傳來，一個女孩的吼聲，聲音尖銳許多。然後那個聲音轉向我，就像消防車鳴笛轉進這條街一樣。我聽見模糊的指控聲：憑什麼我要說！……妳為什麼要一直煩我？……那妳滾出去別回來！……妳最好死一死！……那妳去死啊！

隨後我聽見刺耳的聲響，碰撞、推擠還有吼叫聲，緊接著啪！啪！啪！殺人了！有人被殺了。尖叫和咆嘯聲混在一起，一個母親高舉著劍在女兒頭上，開始把她切成碎片。首先是辮子，然後是頭皮，眉毛、一根腳趾、大拇指、她臉頰的肉、鼻樑，直到一點也不剩，陷入一片靜默。

我躺回枕頭上，心臟因為剛才聽到的情況及自己的想像急遽跳動。有個女孩在剛剛被殺了，我沒辦法阻止自己不去聽，也無法阻止事情發生，所有可怕的一切。

然而，到了隔天晚上，那個女孩再次出現，伴隨著更多尖叫及毆打聲，她的生命再次陷入危機。

這種情況一直持續，夜復一夜，隔牆的聲音告訴我這就是最差的情況：不知何時結束的恐怖。

偶爾我會聽見這家人過大的音量從走廊對門傳出來。他們的公寓位於往三樓的樓梯旁，我們家則靠近下去大廳的樓梯。

「如果妳滑欄杆摔斷腿，我就折斷妳的脖子！」一個女人吼道。她剛吼完便傳來腳步踏在樓梯上的聲音。「還有別忘了去拿妳爸爸的西裝！」

我對他們駭人的生活很熟悉，所以第一次看到本人讓我嚇了一跳。當時我一手抱著書，正在關門。我一轉身，便看見她在離我幾步遠的地方朝我走來，我叫了一聲，手上的東西散落一地。她偷偷地笑出聲來，而我知道她是誰，這個高個子女孩，我猜她大概十二歲，比我大兩歲。她隨即奔下樓梯，我迅速收拾書本，也跟著下樓，小心翼翼地走在街道的另一側。

她看起來不像被殺害了無數次的樣子，我沒有在她的衣服上看見血跡。她穿著一件簡潔的白襯衫，外面套著藍色開襟衫，搭配一件藍綠色的百褶裙。事實上，我看見她的時候，她似乎很高興，兩條棕色髮辮在她走動時跟隨節奏雀躍地彈起來。然後她就像知道我在觀察她一樣，忽地轉過頭來，對我皺了下眉頭，很快地閃進一旁的小巷，走出我的視線。

之後我每次見到她，都會假裝低頭，忙著整理書或毛衣上的鈕扣，對我知道她的一切感到良心不安。

＊＊＊

爸媽的朋友宿願阿姨和坎尼叔叔有一天來學校接我放學，帶我去醫院看媽媽。我知道出大事了，因為雖然他們聊天的內容沒什麼，語氣卻很嚴肅。

「已經四點了。」坎尼叔叔看了看錶說。

「公車從來不準時。」宿願阿姨說。

當我去到醫院看媽媽時，她似乎睡著了，在床上翻來覆去。然後她眼睛忽地睜開，直勾勾地盯著天花板。

「是我不好，都是我的錯。我早就知道會這樣了。」她輕聲說：「我卻沒有阻止事情發生。」

「貝蒂寶貝，親愛的……」爸爸慌亂地喚著媽媽，媽媽卻不斷地出聲指責自己。她抓著我的手，我發現她渾身都在顫抖。然後她看向我，眼神非常怪異，好像在求我拯救她，彷彿我可以原諒她一樣。

她用中文喃喃自語。

「琳娜，她說什麼？」爸爸叫道，這是他第一次沒辦法解讀媽媽的話。

這也是第一次我沒有準備好答案。我很震驚最差的情況終究發生了，她一直擔心的事情也成真了。這些事不再只是警告，所以我仔細聽她說話。

「寶寶快出生時……」她喃道：「我聽見他在子宮裡尖叫，他小小的手指緊緊抓著不想出來，但醫生和護士叫我用力推，讓他出來。當他頭出來的時候，護士全都在叫，他的眼睛張開了！他什麼都看見了！然後他的身體滑出來，他躺在桌子上，努力活下來。

「我看著他時，一下就看到了。他小小的腿和手臂，他纖細的脖子，然後他的頭大得嚇人，我沒辦法移開視線。寶寶的眼睛是張開的，還有他的頭──也是開的！我可以看到裡面，他的腦本來應該在的地方，什麼都沒有。醫生大喊『沒有大腦！』他的頭只是一個空殼！

「然後寶寶可能聽見我們在說話，他的大頭像是充滿蒸氣，從桌上抬了起來。他把頭轉來轉去，完全看穿了我，我知道他可以看穿我內心的想法，我是怎麼不顧一切地殺死另一個兒子！我是怎麼不顧一切地不想要這個孩子的！」

我沒辦法如實告訴爸爸她說了什麼，他心中的嬰兒床空了這件事已讓他傷心透頂。我要怎麼跟他說她瘋了？

所以我跟他說：「她說我們應該努力祈禱另一個孩子的到來，但願這孩子能在另一個世界過得幸福。然後她說我們該去吃晚餐了。」

寶寶夭折後，媽媽就崩潰了，並非發生在瞬間，而是一點一滴地慢慢消磨殆盡。我不知道什麼時候會發生，所以我整天緊張兮兮，等著那一刻到來。

有時候她會開始做飯，然後突然停下來，洗碗槽水會開著直到滿出來，菜刀會停在半空中，下方是切到一半的菜，不發一語地流淚。偶爾吃飯的時候，我們必須停下來，把叉子放下，因為她會把臉埋進手裡，然後說：「沒關係。」爸爸會坐在他的位置，努力弄清楚是什麼沒關係。我則會離開餐桌，心裡明白下次還會發生同樣的事，總是如此。

爸爸似乎也以不同的方式分崩離析。他想讓事情好轉，但就像跑著去接落下的東西，卻在還沒接到任何東西前，就先摔倒了。

「她只是累了。」我們在金穗吃晚餐時，他跟我說。只有我們兩個人，因為媽媽像雕像一樣躺在床上動也不動。我知道他在想她的事，他一臉擔心盯著面前的餐盤，彷彿裝的是一盤蛆而非義大利麵。

在家裡，媽媽眼神空洞地看著周遭的一切。爸爸下班後回家，會拍拍我的頭說：「今天我女兒過得如何呀？」但視線總會越過我看向媽媽。我體內存在這種恐懼，不是在腦海裡，而是在內心深處。我再也看不見那些可怕的事，卻能感受到。在這個沉默的家只要有任何風吹草動我都感覺得到。到了晚上，我能感覺房間隔壁傳來激烈的爭吵，那個女孩被毆打致死。我躺在床上，將毯子拉到下巴。我常常在想誰的生活比較慘，是我們還是他們？我思索著，為自己的處境難過了半晌後，只要想到隔壁女孩的生活比較悲慘就讓我感到安慰。

然而，一天晚餐過後，門鈴響了。這很奇怪，因為通常大家會先按樓下的對講機。

「琳娜，妳去看一下是誰。」爸爸從廚房喊道。他正在洗碗，媽媽則在床上休息。媽媽現在成天「休息」，彷彿她已經死了，成為一具行屍走肉。

我小心地開門，接著驚訝地把門整個拉開。隔壁的女孩正站在門外。我毫不掩飾臉上的驚愕瞪著她，她對我報以微笑。她看起來不修邊幅，彷彿穿著衣服剛從床上摔下來。

「是誰？」爸爸問。

「隔壁的！」我對爸爸喊道：「是……」

「泰瑞莎。」她很快地說道。

「是泰瑞莎！」我大喊回爸爸。

「請她進來。」爸爸說，幾乎就在同時，泰瑞莎擠過我身邊，進到我們家來。她沒有問便逕自走向我的房間。我關上門，追著她那兩條像馬鞭抽打馬背般彈跳的髮辮過去。

她直接走向我房間的窗戶，作勢開窗。「妳要做什麼？」我叫道。她坐在窗台上，朝街上望去。然後她轉頭看我，咯咯地笑了起來。我坐在床上看她，等她笑完，感覺冷空氣從漆黑的外頭吹進來。

「有什麼好笑的？」我最後說。我心想或許她是在笑我，嘲笑我的生活。或許她曾在牆的另一邊聽我們家的聲音，卻只聽見我們這個不開心的家停滯不前的沉默。

「妳幹嘛笑？」我追問道。

「我媽把我趕出來。」她最後說，揚起下巴，彷彿這是很值得驕傲的事。然後她偷偷笑了下，說道：「我們吵了一架，她把我推出門外，鎖上門。她以為我會在門口待到願意跟她道歉為止，我才不幹。」

「那妳怎麼辦？」我喘了口氣問，很確定這次她媽媽絕對會殺了她。

「我要從妳房間外的逃生梯回到我房間。」她輕聲說：「她會一直等下去，變得擔心起來，然後她會打開門，但我早就不在那兒！我會在我房間睡覺。」她再次笑了起來。

「她發現後不會生氣嗎？」

「不會，她會很開心我還在，沒發生什麼事。噢，她大概會假裝生氣啦。我們之間一直這樣。」之後她便閃出窗外，躡手躡腳地回家。

我盯著開著的窗戶久久無法回神，滿腦子都是她的事。她怎麼可以回去？難道她不知道自己的生活很慘嗎？她還不知道這樣的生活永無止盡嗎？

我躺在床上等著聽見尖叫和吼聲。直到深夜聽見隔壁傳來響亮的聲音時，我都還醒著。索奇太太邊吼邊哭：**妳這個笨蛋，快把我嚇死了**。接著泰瑞莎也吼道：**我可能會死耶，我差點跌下樓摔斷脖子**。然後我聽見他們又哭又笑的聲音，互訴對彼此的愛。

我很震驚，幾乎能想像他們互相擁抱和親吻的模樣。我為了他們喜極而泣，因為我一直以來都錯了。

我仍記得那天晚上感覺到希望在我心裡留下的烙印。我日日夜夜、年復一年都抱持著這種希望。

我會看到媽媽躺在床上，坐在沙發上喃喃自語。但是我知道這些最糟糕的日子總有一天會過去。我仍在腦海中看見可怕的事物，但現在我已找到方法去改變；我仍會聽見索奇太太和泰瑞莎大吵的聲音，但我也看到了別的東西。

我看見一個女孩抱怨被人忽視難以忍受，她的母親穿著飄逸長袍躺在床上，女兒隨後拔出一柄長劍，對母親說：「妳必須受千刀萬剮之刑而死，這是唯一能救妳的方法。」

這名母親接受這個事實，閉上眼睛。劍起直落，上下來回地揮砍。唰！唰！唰！母親尖聲咆嘯，因為恐懼和痛苦放聲大叫。但當她睜開眼睛時，沒有流一滴血，全身毫髮無傷。

女兒說：「妳現在看見了嗎？」

母親頷首：「我完全明白了。我已經歷過最差的時刻，此後不會再有更慘的情況發生。」

然後女兒說：「現在妳得回頭，回到另一邊，妳就會了解為什麼妳錯了。」

女兒隨即抓著母親的手穿牆而去。

一半一半

蘿絲・許・喬丹

為了證明自己虔誠，媽媽通常會在每週日隨身攜帶一本人造皮革面的《聖經》到第一華人浸信會去。後來媽媽不再信上帝後，那本聖經就被拿來墊在一條較短的桌腳下，讓她得以重拾生活中的平衡，一放就是二十多年。

媽媽一直假裝那本聖經不存在。每當有人問她聖經為什麼在那裡時，她就會拉開嗓門說：「噢，這個？我忘了。」但我知道她有看到。雖然她不是全天下最會做家事的媽媽，但這麼多年過去了，那本聖經依舊潔白如新。

今晚，我看見媽媽在廚房掃著同一張餐桌底下，那是她每晚飯後必做的事。她輕輕地用掃帚拂過聖經支撐的桌角，我看著她一下一下地掃著，等待確切的時機把我和泰德要離婚的事告訴她。然後我知道她會回答我：「不可能。」

當我告訴她這是千真萬確的事，我們的婚姻完了，我知道她會說：「那妳得設法挽救。」即使我知道沒有用——我們的婚姻早已沒有挽回的餘地——但我怕如果我說了，她還是會叫我試試看。

＊＊＊

媽媽要我挽救婚姻這件事在我看來很諷刺，因為在十七年前，她很失望我決定跟泰德交往。我姊姊在結婚前，只跟教會的華人男生約會。

我和泰德初次見面是在生態學課上，當時他俯身過來，說他願意用兩美元跟我買上禮拜的筆記。我沒拿他的錢，倒是讓他請我喝咖啡。那是在我就讀加州柏克萊大學第二學期發生的事。我原本讀的是文理學院，後來轉去藝術學院。泰德則是醫學預科三年級，他告訴我自從他六年級解剖一頭胎豬後，就決定投身這個領域了。

我必須承認泰德最開始吸引我的地方，恰好是他跟我哥哥，還有我交往過的華人男生不同之處：他自以為是的個性、對渴望的東西志在必得的自信、他的固執、稜角分明的臉和頎長的身形、他粗壯的手臂，加上他爸媽來自紐約的柏油村，而非中國天津。

媽媽肯定在某天晚上泰德來家裡接我時，注意到了這些差異。我回家後，媽媽還沒睡，在看電視。

「他是美國人。」媽媽說，好像我看不出來似的。「一個外國人。」

「我也是美國人啊。」我說：「而且我又沒有一定要跟他結婚。」

喬丹太太對我們的關係也頗有微詞。泰德偶然邀我跟他全家人一起野餐，參加在金門公園馬球場舉辦的年度家族聚會。即使在過去一個月內，我們只私下出去過幾次，而且絕對還沒發生關係，因為當時我們兩人都跟家人住，泰德就用女朋友的身分把我介紹給他所有親戚，我在這之前毫不知情。

後來，在泰德和他爸爸跟其他人打排球時，他媽媽抓著我的手，我們便開始沿著草坪散步，遠離人群。她親切地捏著我的手掌，但似乎從沒正眼瞧過我。

「很開心終於見到妳了。」喬丹太太說。我想向她解釋我其實不算泰德的女朋友，但她接著說：「妳和泰德在一起很開心是好事，所以我希望妳不要誤解我接下來說的話。」

而後她開始輕描淡寫地提起泰德的未來。他必須專注在他的醫學課程上，要好幾年後才會考慮結婚的事。她向我保證她對少數民族沒有偏見，她和她丈夫開了好幾家連鎖辦公用品店，私底下認識許多東方人、西班牙人，甚至是黑人。但泰德以後會進入受不同標準質疑的專業領域工作，他接手的病患及其他醫生同僚可能不像喬丹家一樣能夠理解。她表示世界上其他地區的情況很令人難過，越戰很受到抵制。

「喬丹太太，我不是越南人。」我輕聲說，即使我差點就對她大吼了。「我也不想跟妳兒子結婚。」

當天泰德載我回家時，我告訴他我們不要再見面了。他問我原因，我只是聳肩。他一直追問，我便把他媽媽那番言論一字不差地說給他聽，並未摻雜個人意見。

「所以妳就只是坐在那兒，讓我媽決定一切？」他吼道，彷彿我背叛了他。泰德對這件事那麼生氣讓我很感動。

「我們該怎麼辦？」我問，突然感到一股苦楚，我想那大概就是心動的瞬間。

最初的幾個月中，我們因為這點小事陷入絕望，彼此互相依靠，但不管媽媽和喬丹太太說了什麼，其實沒什麼能阻止我們見面。由於活在這種想像的悲劇中，我們變得密不可分，陰陽兩半合而為一。我是受害者，他是我的英雄；我一直身處危險之中，他總是來拯救我；我會跌跤，而他會幫我振作起來。這種情況令人振奮卻也疲累。我們都對這種救人與被拯救產生的感情效應上癮，就跟我們在床上做的事一樣，也就是我們向彼此訴說愛意的方式：與我脆弱的地方連結在一起。

「我們要怎麼辦？」我持續問這個問題。我們在認識的一年間便開始同居，並在泰德進入加州大學舊金山分校醫學院就讀前一個月，於美國聖公會教堂舉辦婚禮。喬丹太太坐在第一排，就像一般的新郎母親那樣喜極而泣。

當泰德結束他的皮膚科住院醫師訓練後，我們在艾許伯里高地買了一棟老舊的三層樓維多利亞式別墅，包含一個大花園。泰德幫我在樓下設了個工作室，讓我從事自由平面設計製作助理的工作。

多年來，泰德決定我們的渡假地點、要買怎樣的家具，包括等我們有能力搬進更好的社區後再生小孩。我們常討論這類的事情，但彼此都知道討論到最後會以我的一句話結束：「你決定吧，泰德。」不久，我們便不再討論了。泰德會決定一切，我從未有過異議。我習慣無視周遭的世界，只癡迷於眼前的事物：我的丁字尺、多用途刀及藍色鉛筆。

然而就在去年，泰德對他所謂的「決策與責任」的態度起了變化。一個新病患問他該怎麼處理臉上的蛛網紋，他告訴她可以幫她把異常靜脈抽出，讓她重拾美麗的外表。她相信了，但他卻意外抽出神經，導致這位患者左半部的臉垮了下來，笑容永久消失，並向他提起告訴。

他輸掉這起醫療事故訴訟，這是他碰到的第一樁，我現在發現對他打擊很大，之後他開始逼我做決定。要買美國車還是日本車？要把終生壽險改為定期保險嗎？我對支持康特拉的那位候選人有什麼想法？要不要生小孩？

我也曾考慮很多事情的利弊，但最後都會覺得困惑，因為我從不相信有什麼正確答案，錯誤的選擇卻有很多。所以不論什麼時候，我說「你決定」、「我沒差」或「我都可以」時，泰德就會不耐煩地回我：「不，妳決定，妳不能這麼貪心，既不想負責，又不想被罵。」

我感覺得到我們之間的關係正在改變，一個保護面紗被掀開，泰德開始在許多事情上逼我。吃義大利菜還是泰國菜，一道開胃菜還是兩道、什麼開胃菜、刷卡還是付現、Visa卡還是萬事達卡。

上個月，他去洛杉磯參加為期兩天的皮膚科課程，問我要不要跟他一起去。我還來不及回答，他已補上一句：「算了，我寧願自己去。」

「你會有更多時間讀書。」我順著他的話說。

「是因為妳沒辦法決定任何事。」他說。

我反駁說：「但只有不重要的事情才這樣。」

「那就是對妳來說，所有事都不重要。」他語氣嫌惡地說。

「泰德，你想要我跟你一起去，我就去。」

然後他彷彿理智線斷掉一樣。「我們到底為什麼會結婚？難道妳說『我願意』是因為牧師叫妳重複他的話嗎？如果我們沒結婚，妳現在會過怎樣的生活？妳有想過這件事嗎？」

他的這番話在邏輯上實在跳了一大步，從我說的話到他回我的話，讓我覺得我們就像分別站在兩座山的頂端，胡亂地傾身朝對方扔石頭，毫無意識下面是將我們分開的危險鴻溝。

但現在我明白泰德一直都知道自己在說什麼。他想讓我看見我們之間的裂痕，因為當天晚上，他便從洛杉磯打來說他要離婚。

自從泰德走後，我就一直在思考。即使我曾對未來的生活有所期望，就算我知道我會怎麼過生活，他的話卻也對我造成了衝擊。

當一股強勁的力量襲來，就會無法控制地失去平衡，而後摔倒。等到站起來後，妳會發現妳再也不能相信有人會拯救自己——丈夫、媽媽和上帝都不行。所以要怎麼做才能阻止自己再度摔跤呢？

＊＊＊

媽媽多年來一直奉上帝的旨意為圭臬，就好像她打開了通往天庭的水龍頭，使良善不斷流出。她說正是信心使所有美好的事物出現在我們周遭，只是我以為她說的是「命運」，因為她有點口齒不清[5]。

但後來，我發現或許她自始自終說的都是命運。信仰只是一種幻想，說明妳可以掌控一切。我發現我所能擁有的是希望，因此我並不否認任何可能性，無論好壞。我只是說說而已，但如果可以選擇，親愛的上帝，機會就該放在這裡。

我記得我陷入思考的那一天，那對我來說真的很震撼。因為媽媽就是在那天不再信上帝，她發現自己再也無法相信某些事的真實性。

我們去了海灘玩，在魔鬼坡附近、城市以南一個僻靜的地點。爸爸在《日落》雜誌上看到這裡很適合捕岩魚。雖然爸爸的職業不是漁夫，而是藥劑師助理，而且曾在中國當醫生，但他相信自己很能幹，能夠做到任何他想做的事。媽媽也對自己有把握，能將爸爸捕到的任何食材變成美味佳餚。而正是這份對自己才幹的信念驅使他們遠赴美國，生了七名子女，用微薄的積蓄在日落區買房。他們

5 英文中，信心 faith 與命運 fate 讀音相近。

有信心運氣永遠不會耗盡，上帝會與他們同在；家神只有好事報告，讓祖先高興。這個終生的保證代表我們會一直走運下去，五行達到平衡，風和水的比重適中。

我們全家九個人去了那裡：爸爸、媽媽、我、兩個姊姊和四個弟弟。第一次沿著海灘散步，流露出滿滿的自信。我們排成一路，年紀由大到小，踩著涼爽的灰色沙灘往前走。我走在中間，那年我十四歲。那場面真的很壯觀，若有人注意到我們，就會看見九個人打著赤腳在海邊漫步，每個人手上都提著鞋子，當海浪朝岸邊滾來時，九顆有著黑髮的頭便轉向大海欣賞。

風吹動我腿上的棉褲，我在找沙子不會吹進眼睛的地方時，發現我們站在一個小海灣的凹處，彷彿一個大碗公裂成兩半，另一半被捲入大海。媽媽走到右側海灘較乾淨的地方，我們全部人都跟著她。在這一側，海灣峭壁呈現一條曲線，保護海灘不受洶湧的海浪和強風侵襲。沿著海灣峭壁，隱沒在下方陰影處的是一群礁岩，從海灘邊緣一直延伸到海灣外浪潮較洶湧的地方。人似乎可以沿著礁岩走到海面上，雖然看起來崎嶇難行，容易打滑。海灣的另一側，因為受到海水侵蝕，峭壁更加參差不齊，上面佈滿裂縫。每當海浪沖刷峭壁時，海水都會從這些洞口噴湧而出，形成白色的溪谷。

現在回想起來，我記得這個海灣很危險。那裡充滿了潮濕的陰影，讓人感到涼爽；細小的水沫飛進眼睛，讓我們難以看到危險。我們的雙眼都被這個新奇的體驗遮蔽了：一個中國家庭試圖模仿典型的美國家庭在海邊散步。

媽媽鋪開一條老舊的條紋床單，它被風吹得揚起，媽媽便在上面壓了九雙鞋。爸爸將他親手製作的長釣竿組裝起來，他仍記得小時候在中國做過的釣竿。我們這些小孩則擠在毯子上，手伸到裝臘腸三明治的牛皮紙袋裡，狼吞虎嚥地吃著三明治，連帶手上的沙也一起吃下肚。

而後爸爸站起來欣賞他的釣竿，曲線優美，強悍堅韌。心滿意足後，他穿上鞋去到沙灘邊，沿著礁岩走到海浪沖刷的位置。我的兩個姊姊露絲和珍妮絲從毯子上跳起來，拍著大腿把沙屑拍掉。他們互相拍著對方的背，一邊尖叫一邊跑到沙灘上。正當我準備起身追過去時，媽媽朝我四個弟弟偏了偏頭，對我說：「盯緊他們的身體。」意思是要我照顧他們。他們的身體是我人生的重擔：馬修、馬克、路克和賓。我坐回沙灘上，喉頭一陣緊窒，不斷哀號：「為什麼？」為什麼是我要照顧他們？

她就會給我同樣的答案：「一定要。」

我必須照顧他們，因為他們是我的弟弟。姊姊們曾經也是這樣照顧我的，不然我要怎麼學習負責任？要怎麼感激爸媽為我做的一切？

馬修、馬克和路克各是十二、十和九歲，已經是可以自己玩耍的年紀。他們把路克埋進一個挖空的沙堆裡，只有頭露出來。現在正在他上方捏著沙雕城堡的輪廓。

但賓才四歲，很容易興奮起來，一下又覺得無聊和煩躁。他不想跟他的哥哥一起玩，因為他們把他推到一旁，警告他：「不行，賓，你會弄壞它。」

所以賓在沙灘上閒晃，像被驅逐的皇帝一樣渾身僵硬地漫步。他撿起石頭和浮木碎片，用盡全力扔進浪潮中。我跟在後面，想像若是海嘯襲來，自己要怎麼辦。我時不時在後面喊：「不要離海太近，會弄濕你的腳。」然後我心想我真的很像媽媽，總是毫無理由地擔心，卻又把危險說得沒什麼大不了的。擔心籠罩著我，就像環繞海灣的峭壁，讓我覺得什麼都考慮到了，一切都安全無虞。

其實媽媽很迷信，她相信小孩在某些日子裡容易遭遇危險，跟他們的農曆生日有關。她是在《二十六道鬼門關》這本書上看到的，每一頁都有無辜孩童碰到危急情況的插畫。角落有中文敘述，因為我看不懂中文字，只能看插圖去猜它的意思。

每張插畫都出現同一個小男孩：攀爬斷裂的樹枝、站在壓下來的門邊、在木澡盆中滑倒、被惡犬叼走、在閃電中竄逃。而每張插畫都站著一個男人，看起來像是穿著一套蜥蜴裝。他的額頭有很大的皺摺，或者他其實是長了兩根圓角。其中一張圖中，蜥蜴男站在一座彎橋上，大笑地看著男孩摔下欄杆，滑了一跤，跌至半空中。

這便足以讓人覺得書中描述的任何一種危險都可能降臨在孩子身上。即使出生日期只對應其中一種危險，媽媽還是都擔心，因為她不知道怎麼把農曆生日轉換成美國生日。所以藉由考慮所有可能性，她有絕對的信心讓自己的孩子避開每一個危險。

太陽慢慢挪至海灣的另一邊，一切都安頓好了。媽媽忙著防止沙子吹到毯子上，把鞋子裡的砂屑倒出來，再用乾淨的鞋子重新壓在毯子的四個角上。爸爸仍站在礁岩邊緣，耐心地甩著釣竿，等魚上鉤，展現自己的能幹。我看見遠處沙灘上的小小人影，從他們黑色的頭髮和黃色褲子看來，我知道他們是我的姊姊。我弟弟的尖叫夾雜著海鷗叫聲。賓在深色的峭壁旁找到一個汽水罐，用空罐挖沙子玩。我坐在沙灘上，就在陰影和陽光交接處。

賓用汽水罐敲著岩石，所以我朝他喊道：「不要挖太用力，你會把牆上敲出一個洞，掉到中國去。」我笑了起來，因為他看我的表情好像我說的是真的一樣。他站起來，開始朝海那邊走去。他首先一隻腳踏在礁岩上，我出聲警告他：「賓。」

「我要找爹地。」他回道。

「那就靠牆走，不要靠近海。」我說：「會有可怕的魚。」

然後我看著他慢慢地沿著礁岩前進，他的背緊挨著粗糙的峭壁。我現在仍記得他的身影，畫面十分清晰，幾乎讓我覺得我能夠把他永遠留在那兒。

我看著他安全的站在峭壁邊，朝爸爸大喊，後者回頭看向賓。我很開心爸爸能幫忙看著他一會兒！賓開始走過去，爸爸忽地感覺魚在咬線，隨即盡快用手捲著線。

耳邊突然爆發一聲吼聲，路克的臉被扔了沙子，他從沙坑一躍而起，朝馬克撲了過去，對他又踢又打。媽媽叫我阻止他們，我剛把路克從馬克身上拉開，抬起頭來，便看見賓獨自往礁岩邊緣走去。在他們打得一團亂時，沒有人注意他，只有我看見賓的動作。

賓向前走了三步，他嬌小的身軀移動得很快，彷彿看見水邊有什麼好玩的。我心想：**他會掉下**

去，我預期這件事發生。正當我浮現這個念頭時，他的腳已經踩空，在他想穩住身體的瞬間，便摔到海裡消失無蹤，海面甚至沒留下太多漣漪。

我跪倒在地，看著他消失的地方僵在原地，說不出話來。我無法理解發生什麼事了。我在想我要跑到海裡拉他出來嗎？我要喊爸爸嗎？我能很快地站起來嗎？我能回到剛才，禁止賓去礁岩那兒找爸爸嗎？

然後我姊姊回來了，其中一人問道：「賓呢？」所有人沉默了幾秒鐘，然後從我身旁跑向大海，呼叫聲此起彼落，將沙屑踢得濺起來。我站在原地無法動彈，姊姊去到峭壁邊找，弟弟們則爭先恐後地在漂流木後面尋找。爸媽走進海裡用手撥開浪潮尋找。

我們在海邊待了好幾個小時，我仍記得黃昏時的搜救船和晚霞。我從未見過這樣的景色：亮橘色的火焰降到水平面後散開，溫暖了海水。天色變暗後，搜救船亮起黃燈，隨著燈光蕩漾的漆黑海面上下起伏。

當我回過頭看時不禁想，在那種時候注意日落和船隻的顏色似乎很反常，但我們所有人在那時候腦袋都不太正常：爸爸在計算時間，估算水溫，重新調整對賓落水時間的推測；我的兩個姊姊大聲呼喊他的名字：「賓！賓！」彷彿他就躲在海灘峭壁上的灌木叢裡；我弟弟們在車上安靜地看漫畫；而當搜救船熄燈後，媽媽跑去游泳。她從來不游泳，但她相信自己夠能幹，能做到美國人辦不到的事，她可以找到賓。

當搜救人員終於將她拉出水面後，她的能幹依舊絲毫未減。她的頭髮和衣服吸了冰冷的海水變得沉重，但她靜靜地站在原地，像極了人魚女王剛登上陸地般平靜與莊嚴。警方終止了搜救行動，讓我們全部回到車上，送我們回家感受悲痛的心情。

我本來以為我會被爸媽、姊姊和弟弟打死，我知道這全是我的錯。我沒有就近看著他，但我的確有看他。但當我們坐在昏暗的客廳裡時，我聽見每個人一個接一個小聲說出自己的懊悔。

「我真自私，只想著釣魚。」爸爸說。

「我們不應該去散步的。」珍妮絲說，露絲又一次擤鼻子。

「你幹嘛朝我的臉丟沙？」路克抱怨道：「幹嘛要讓我找你打架？」

而後媽媽平靜地向我承認她的過錯。「是我叫妳阻止他們打架的，是我讓妳把視線移開的。」如果我有時間鬆口氣，也只有一下子而已，因為媽媽接著說：「所以我跟妳說，我們要去找他，而且要快，明天早上就去。」大家隨即垂下視線，我卻把這件事當作是對我的懲罰：跟媽媽出門，回到海灘上，跟她一起找回賓的遺體。

我不知道怎麼面對媽媽隔天的反應。當我起床後，外面依然一片漆黑，而她已換好衣服。廚房的餐桌上放著保溫瓶、茶杯、那本白色人造皮革聖經和車鑰匙。

「爹地好了嗎？」我問。

「爹地沒有要去。」她說。

「那我們怎麼去？誰要載我們？」

她抓起車鑰匙，我跟著她走出門外坐上車。在車子開往海灘的途中，我很納悶她是怎麼在一個晚上就學會開車的。她沒有看地圖，平穩地開著車，轉往吉里大道，接著駛上高速公路，在正確的時刻打燈，進入海岸公路，輕鬆地將車開過急轉彎。經驗不足的駕駛常會在那些彎道衝出去，墜落山崖。

抵達海灘後，她沿著泥土小徑走到礁岩的盡頭，也就是我目睹賓身影消失的地方。她手裡拿著那本白皮聖經，看向海面。她呼喚上帝，海鷗將她單薄的聲音傳到天堂。首先從「親愛的上帝」開始，最後由「阿們」結束，中間她說的是中文。

「我一直相信祢會保佑我們。」她用中文那種誇張的語氣讚美上帝。「我們知道保佑一直存在，從不質疑。我們跟隨祢的所有決定，因為這股信念受到回報。

「所以我們一直努力獻上最虔誠的敬意。我們會去教堂，樂捐善款，唱詩歌，祢會給我們更多祝福，我們卻錯估了形勢。的確，我們粗心了，我們身邊有很多美好的事物，無法時時刻刻記住每件事。

「或許祢把他藏起來是為了讓我們學到教訓，要我們從今往後更加珍惜祢的祝福。我已經知道了，我會記取教訓，現在我是來帶賓回來的。」

我安靜地聽媽媽說出這些話，感到很害怕，她接著補上一句話，讓我哭了出來。「請原諒我們的無禮。我女兒，站在這裡的這個，絕對會好好教他規矩，直到他下次來到祢面前。」

結束禱告後，她強烈的信念讓她看見了他三次，從第一波海浪襲來，便開始朝她招手。「那裡！」她像哨兵般挺直身軀，直到賓的身體浮浮沉沉，最後變成一團黑壓壓的海草，隨波逐流地飄浮。

媽媽並未垂頭喪氣。她走回海灘放下聖經，接著拿起保溫瓶和茶杯走到水邊。然後她告訴我，昨天夜裡她夢見了她小時候在中國經歷的一件事。

「我記得有個男孩在一次煙火爆炸意外中失去雙手。」她說：「我看見他手臂的殘塊，他淚流滿面，然後我聽見他媽媽說他的手會再長回來，完全煥然一新。他媽媽說她會償還十倍前世的債，用水舒緩三眼火神祝融的憤怒。她倒是沒騙人，隔一個禮拜，那個男孩騎著腳踏車，用兩隻手控制車頭，我驚訝地看著他騎過我眼前！」

一陣沉默後，媽媽再次以恭敬的態度，幽幽地說：

「我們的祖先曾經偷取一口聖井的水，現在水試著從我們這裡拿回東西。我們必須讓住在海底的蟠龍消氣，我們要給他另一個寶物，誘使他鬆開捲著賓的身軀。」

媽媽將加糖的甜茶倒進杯裡，然後扔入海中。她隨即張開手，手心裡是一個水藍色寶石的戒指，那是她多年前過世的母親給她的禮物。她跟我說這枚戒指收獲了多少女性稱羨的目光，讓他們極其嫉妒，對自己看顧的孩子漠不關心。這個寶物會讓蟠龍忘記賓的存在，接著她把戒指扔到海裡。

即便如此，賓的身影也沒有出現。約一個小時，只看見海草漂過。而後我見她用手拍了拍胸膛，語氣詭異地說：「看，我們一直都找錯方向了。」而我也看到了。賓在很遠的海灘盡頭疲倦地走著，他手拎著鞋，疲憊地低著頭，露出黑色的頭髮。我能感受到媽媽的心情，我們內心的盼望瞬間被填滿。但我們兩個尚未站起來，那個人影便點起了香菸，身材拔高，成為了一個陌生人。

「媽，算了吧。」我盡量將語氣放軟。

「他在那裡。」她堅定地說。她指向海水另一邊參差不齊的峭壁。「我看見他了，他在一個山洞裡，坐在比海高一點的地方。他又餓又冷，但他學會了不要一直抱怨。」

而後她站起來，穿過沙灘，彷彿走在一條堅硬的鋪路上。我跟了上去，蹣跚地踩著柔軟的沙堆。她沿著陡峭的小路走到我們停車的位置，從行李箱裡拉出一圈巨大內胎，氣都不喘一下。她把我父親竹製釣竿用的釣線綁在這個救生圈上。她走了回來，把這圈圓管丟到海上，抓著釣竿。

「這東西會去到賓的所在地。我會帶他回來。」她狠狠地說，我從未聽過媽媽如此強勁的語氣。

那圈圓管隨著她的意志往外漂，漂到海灣的另一頭，碰到更強勁的海流。線逐漸拉緊，她拚命抓緊了線，然後線啪的一聲斷了，捲曲地落入水中。

我們兩人都爬到礁岩盡頭去看，圓管已漂到海灣另一邊。一股巨浪將圓管砸在峭壁上，膨脹的圓管彈了起來，遭水流吸引，漂進了峭壁下方的洞穴中。隨後又冒出來，不斷地重複，消失後又再出現。黑色的胎皮濕亮亮的，有信心地報告它找到賓了，正回去試著將他拉出洞穴。這圈圓管一遍又一遍地沉到水面下，然後又回來，什麼都沒帶上來，卻依然存著希望。經過十幾次左右，它被吸進黑暗的凹處，而當它再次浮出海面時，那圈圓管已被撕裂，變得死氣沉沉。

直到那個當下，媽媽才放棄。她露出一個讓我此生難忘的表情。那是完全失望與恐懼的神情，除了失去賓，還因為自己過於愚蠢，以為可以用信念改變命運。這件事讓我很生氣，毫無來由地生氣，一切都讓人如此失望。

＊＊＊

我知道我內心從未期待能夠找到賓，就像現在我知道我永遠無法拯救我的婚姻一樣。然而，媽媽仍要我試一試。

「有什麼意義？」我說：「沒有希望呀，沒有理由繼續這樣下去。」

「因為妳必須這麼做。」她說：「這跟希望、理由無關，因為這是妳的命運，這是妳人生必須做的事。」

「那我要怎麼辦？」

媽媽說：「妳要為自己想，做妳必須做的事。如果別人告訴妳該怎麼做，那麼妳就不算努力過。」

她隨後走出廚房，留我獨自思考。

我想起賓，我是怎麼知道他身陷危險，又是怎麼眼睜睜地看它發生。接著，我想到了自己的婚姻，我是怎麼看見預兆——我其實是知道的——但我還是任由事態惡化。我現在覺得命運有一半是由期望產生的，一半則由漫不經心導致。但當失去所愛的人後，信念就會掌控一切。我必須把注意力放在自己所失去的東西上，我必須消除期望。

媽媽仍然放在心上，我知道她看得見墊在桌腳下的那本聖經。我記得她在拿去墊桌腳前，在上面寫了東西。

我抬起桌腳，把聖經拿出來。我把聖經放在桌上，快速地翻了翻，因為我知道她有寫字。在新約開始的前一頁，有個名為「死亡」的章節，她在那一章輕輕地用能擦掉的鉛筆寫下兩個字——徐賓。

兩種

吳菁妹

媽媽相信，在美國，我們可以做一切想做的事。例如開餐廳、在政府機關做事，安穩退休、幾乎不用頭期款就可買房、可以致富，也能一夕成名。

「妳當然也可以成為天才兒童。」媽媽在我九歲時對我說：「妳是最棒的，妳林冬阿姨懂什麼？她女兒只會投機取巧。」

美國是媽媽滿懷寄託的地方。一九四九年，她在中國失去一切後來到這裡，包括她父母、老家住宅、第一任丈夫和一對雙胞胎女兒。但她回首過去從不後悔，要使情況好轉的方法有很多。

＊＊＊

我們不是一開始就找對方向。起初，媽媽認為我能成為中國的秀蘭・鄧波爾[6]。我們會看電視播放秀蘭・鄧波爾主演的老電影，當作教學錄影帶。媽媽會戳著我的手臂，然後說：「妳看。」我看到電視上秀蘭・鄧波爾用腳輕打拍子、唱一首水手歌，或者把嘴嘟起來說：「我的天啊。」

「妳看。」媽媽在秀蘭・鄧波爾眼眶泛淚時對我說：「妳早就會了，隨便都能哭！」

媽媽很快就打定主意要讓我成為秀蘭・鄧波爾。她帶我去使命區一間美容美髮學院，把我交到一個連剪刀都拿不好的學生手上。我的頭髮沒有做出大波浪，反而成了一頭亂蓬蓬的黑色小捲毛。媽媽將我拉到浴室，想用水把我的頭髮弄直。

「妳看起來像華裔黑人。」她嘆道，好像這髮型是我故意弄的。

美髮學院的老師不得不剪掉我頭髮沾濕結成的硬塊，重新弄直。「最近很流行彼得潘。」美髮老師向媽媽保證。之後我便頂著一頭男生短髮，筆直的瀏海剪到我眉毛上方兩吋的位置。當時我很喜歡那個髮型，也的確因此期盼自己有朝一日會成名。

老實說，一開始我其實跟媽媽一樣興奮，或許有過之而無不及。我會在腦中描繪自己作為天才兒童的各種樣貌，試試看可不可行。我幻想自己是個體態輕盈的芭蕾舞者，站在窗簾邊，等待音樂下達的那一刻，踮起腳尖翩翩起舞；我幻想自己就像降生在馬槽裡的聖嬰，伴隨神聖的哭聲；我幻想自

6 Shirley Temple，美國傳奇童星。

己像灰姑娘從南瓜馬車走出來，四周環繞熱情洋溢的卡通配樂。

在我的想像中，我感覺自己將變得十全十美。爸媽會稱讚我，我會讓人無可挑剔，永遠不會有需要生氣的時候。

但偶爾住在我內心的天才兒童會感到不耐煩。「妳要是不趕快放我出來，我就會永遠消失。」她警告道：「妳會一輩子沒沒無聞。」

每晚飯後，我和媽媽坐在廚房那張富美家餐桌前，她會開始新的考試，全取材於她在《信不信由你》、《家務雜誌》、《讀者文摘》和其他堆在我家浴室的十幾種雜誌裡看到的天才兒童故事。這些雜誌是媽媽從她幫傭的人家中帶回來的。由於她每週都要去多戶人家裡打掃，我家堆了各式各樣的雜誌。她會逐本閱讀，找尋天才兒童的故事。

第一天她講述一個三歲男童的事蹟。這個小孩能背出美國各州首都的名稱，他也知道大部分歐洲國家的首都。一位老師表示他還可以正確唸出外國城市的發音。

「芬蘭首都叫什麼？」媽媽看著雜誌上的故事問我。

但我只知道加州首都，因為我們在唐人街住的那條街就叫沙加緬度。「奈洛比！」我猜，說出我能想到唸起來最不像英語的詞。她先查了下可能的發音，才告訴我答案是「赫爾辛基」。

考試越來越難——從心算乘法、在一副牌中找出紅心Q、用頭倒立，到預測洛杉磯、紐約和倫敦的每日溫度都有。

一天，媽媽要我閱讀隨便一頁聖經三分鐘，然後說出我記得的部分。「約沙法大有尊榮資材，就……我只記得這樣，媽。」我說。

當媽媽再次露出失望的表情後，我內心某個角落開始崩塌。我討厭那些考試，厭惡心中升起希望卻又幻滅的感受。當天晚上睡覺前，我看見浴室洗手台上方鏡子中的自己正盯著我瞧——永遠是一張普通的臉——我哭了起來。哭得醜死了！我像隻抓狂的小獸尖聲哭叫，想要抓破鏡中的那張臉。

然後我看見像是我內心的那個天才兒童——一張陌生的臉孔。我看著自己的倒影眨了眨眼，想看清楚一點。鏡中瞪著我的女孩既憤怒又強壯，她跟我是同一個人。我的腦海突然浮現新的想法，很任性，或者說充斥著許多「不要」。我向自己保證，我不會讓她改變我。絕不。

後來當媽媽開始考試時，我會表現出一副無精打采的樣子，頭靠在手臂上，假裝很無聊。但我的確無聊，所以我會在媽媽訓練我時，數起霧角[7]響起在海灣形成的波紋。這個聲音讓人放鬆，讓我想起跳過月亮的牛[8]。隔天，我自己創造了一個遊戲，看看媽媽是否會在我數到第八聲前放棄。一段時間後，通常我只需要數一聲，最多也就兩聲。最後她也開始放棄希望。

7 也作「霧喇叭」，用於警告在霧中航行的船隻。

8 童謠 Hey Diddle Diddle 歌詞中提到跳越月亮的牛。

兩、三個月過去後，她不再提及要我成為神童的事。直到有一天，媽媽在看電視播的《蘇利文劇場》。那台電視機很老舊，聲音一直斷斷續續有雜音。每當媽媽從沙發起身走去調整電視時，聲音就會恢復正常，艾德繼續說話。她一旦坐下，艾德又會瞬間安靜。她起身，電視爆出鋼琴的聲音；她坐下，一片鴉雀無聲。起身坐下，來回走動，安靜洪亮。她就好像跟電視機跳起一段姿體僵硬、毫無接觸的舞蹈。最後，她站在電視旁邊，手就放在音量鈕上面。

她似乎聽音樂聽得入迷，那是一首有點激昂的鋼琴曲，非常引人入勝。一開始是快旋律，接著抑揚頓挫的聲調，而後又回到輕快、嬉戲的部分。

「妳看。」媽媽說，急忙向我招手。「妳來看。」

我能明白媽媽為什麼對那段音樂著迷，因為彈奏者是一個華人女孩，大約九歲的年紀，剪了一頭彼得潘短髮。那女孩有著秀蘭．鄧波爾的傲慢，她就像一般華人小孩一樣以謙虛為榮。她還俏皮優雅地行了個屈膝禮，所以她那身白色洋裝蓬鬆的裙擺慢慢地拖到地上，彷彿一大朵康乃馨的花瓣。

儘管這段插曲給了我一個警惕，但我並不擔心。我們家沒有鋼琴，也買不起，更別說大量的琴譜和鋼琴課了。所以我在媽媽批評那個上電視的女孩時，稱讚了她一番。

「音都對了，但不好聽！也沒唱歌。」媽媽頗為不滿。

「妳有什麼好挑的？」我隨便回了一句：「她彈得不錯呀。或許不是最好的，但她盡力了。」話甫出口，我就知道我會後悔。

「跟妳一樣。」她說：「不是最好的，因為妳不曾努力。」她有點生氣，放開音量鈕，回到沙發上。

那名華人女孩也坐回鋼琴椅上，彈奏起安可曲——葛利格的《安妮特拉之舞》。我之所以記得這首歌，是因為後來我不得不學習怎麼彈。

在那之後過了三天，媽媽跟我說我要開始練習鋼琴，上鋼琴課。她跟住在我們公寓一樓的莊先生講好了。莊先生是一個退休的鋼琴老師，媽媽用家庭清潔服務跟他換每週教我鋼琴，並讓我每天用他的鋼琴練習，一天兩小時，從下午四點到六點。

媽媽告訴我這件事時，我彷彿置身地獄中。我發出哀鳴，而後跺了下腳，感覺再也受不了了。

「為什麼妳就不能喜歡我這樣？我不是天才！我不會彈鋼琴，就算我會彈，妳付我一百萬我也不上電視！」我叫道。

媽媽打了我一巴掌。「誰要妳當天才？」她吼道：「我只要妳盡力而為，我是為妳著想。妳以為我要妳當天才？哈！天才要幹嘛！誰問妳了！」

「真不知感恩。」我聽見她用中文嘀咕道。「如果她資質跟脾氣一樣大，現在早就出名了。」

莊先生——我私下為他取了綽號「老莊」——是個怪人，手指總是在打拍子，像是眼前有一個不存在的交響樂團。他看起來很老，頭頂的頭髮幾乎掉光，總是戴著一副厚重的眼鏡，所以眼睛顯得困倦無神。但他實際年紀肯定比我想的年輕，因為他跟自己的媽媽住在一起，也還沒結婚。

我遇過莊老太太一次，那就夠了。她身上散發出嬰兒拉在褲子上的異味，她的指尖像是死人的手指，彷彿我在冰箱裡面發現爛掉的桃子那樣，皺巴巴的，一拿起來，果皮便剝落下來。

我很快就知道老莊退休的原因，因為他的耳朵聽不見。「就跟貝多芬一樣！」他對我吼道。「我們都只能聽見腦海中的聲音！」然後他會開始指揮一首狂亂無章的無聲奏鳴曲。

我們的課是這樣進行的。他會打開課本，指著各種不同的名詞解釋用途：「音調！高音！低音！沒有升降半音！這就是C大調！現在注意聽跟著我彈！」

接著他會彈C大調的音階好幾次，一個簡單的和弦，隨後彷彿受到過去的啟發開始手癢起來，他會慢慢加入其他音，彈奏顫音以及深沉的重低音，直到整段音樂變得十分豐富。

我會按照他的方式彈些簡單的音階及和弦，接著我會隨便亂彈，發出像貓在垃圾桶上跑上跑下的噪音。老莊面露微笑鼓起掌來，然後說：「非常好！但現在妳要學習跟上拍子！」

正是如此，我發現老莊的眼睛太慢，無法跟上我彈錯的每一個音，他有一半的時間都是隨便敷衍一下。為了幫助我跟上節拍，他會站在我身後，每一拍都壓一下我的右肩。他在我兩手的手腕上各放了一分錢幣，讓我在練習音階和琶音時，維持手腕不動；他又讓我握住一顆蘋果，在彈和弦時保持同樣的姿勢。他僵硬地移動手指，教我如何讓每根手指像服從的士兵般，斷斷續續地上下彈動。

他教了我這些技巧，我也因此學會偷懶，即使彈錯——很多錯誤——也能應付了事。我沒有努力練習，所以常常彈錯音，但我從來不會重彈，只是一直跟著節奏彈下去。老莊則逕自沉浸在他個人的幻想中。

所以或許我從未給自己一個公平的機會。我基礎學得很快，我很有可能在小時候就成為厲害的鋼琴家。但我當時固執地不願嘗試，拒絕成為與眾不同的人，所以我只學到讓人震耳欲聾的前奏和不和諧的曲調。

在接下來的一年中，我都是這樣練習的，用自己的方式努力。直到有一天，我聽見媽媽跟她的朋友鍾林冬互相跟對方炫耀，聲音大到別人都聽得到。當時我們剛做完禮拜，我穿著一件裡面有裙撐的洋裝，靠著一面磚牆；林冬阿姨的女兒薇芙莉年紀與我相仿，站在離牆五呎遠的地方。我們一起長大，關係就像親姊妹一樣，會為了蠟筆和娃娃爭吵。換句話說，在多數的情況下，我們並不喜歡對方。我覺得她驕傲自大，薇芙莉．鍾當時已經以「唐人街年紀最小的華人西洋棋冠軍」頭銜有了一些名氣。

「她贏太多獎盃了。」那個週日林冬阿姨跟媽媽抱怨：「她整天都在下棋，我整天擦她那些獎盃都沒時間做其他事。」她責備似地看向薇芙莉，後者則假裝沒注意到她的眼神。

「妳沒這些煩惱真好。」林冬阿姨嘆了口氣。

媽媽頓時挺直胸襟，誇說：「我們家才慘呢。我們叫菁妹去洗碗，她卻充耳不聞，腦裡只有琴聲，好像根本拿這種天賦沒辦法。」

就在那時，我決定不要讓她這種愚蠢的驕傲持續下去。

幾個星期後，媽媽跟老莊商量讓我在教堂大廳舉辦的才藝秀表演。當時，爸媽已存夠了錢買一台二手鋼琴給我——黑色的 Wurlitzer 立式鋼琴，加上一張傷痕累累的琴椅，作為我們家客廳的展示品。

我才藝秀表演的曲目是舒曼曲集《兒時情景》中的曲子《請願的小孩》。這是首簡單、情緒多變的曲子，聽起來比實際演奏還困難。其實我應該把整首曲子背起來，將整個段落重複兩遍，讓曲子聽起來長一點。但我一直混水摸魚，彈幾小節後就開始作弊，抬頭看接下來要彈哪個音。我從未認真聽自己彈琴，我邊彈琴邊幻想自己身在別處，享有另一種人生。

我最喜歡的練習是謝幕時的屈膝禮：首先伸出右腳，用腳尖將地毯上的玫瑰掃到一旁，曲起左膝，接著抬頭微笑。

爸媽邀請喜福會所有成員及其家人前來觀看我的出道演奏會。不只林冬阿姨和提恩叔叔來了，薇芙莉及她的兩個哥哥也到場了。前兩排坐滿了年紀比我大或小的小孩。才藝秀的表演順序是年紀小優先，他們背誦簡單的童謠、用迷你小提琴拉出刺耳的旋律、搖呼拉圈、穿著粉紅芭蕾舞裙蹦蹦跳跳。當他們鞠躬或行屈膝禮時，台下觀眾會異口同聲地發出讚嘆：「噢——」隨即掌聲如雷。

輪到我上場時，我非常有自信。我記得當時自己幼稚激動的心情，就好像我知道自己的確有天賦，毫不懷疑。我什麼都不怕，一點也不緊張。我記得我一直在想——來了！要來了！我看向觀眾，看到媽媽面無表情，爸爸打了個哈欠，林冬阿姨露出緊繃的微笑，以及薇芙莉陰沉的臉色。我穿著一件白色洋裝，上面是層層堆疊的蕾絲，我的短髮上繫了一個粉紅色蝴蝶結。在我坐下時，想像觀眾會在表演結束後起立鼓掌，艾德．蘇利文[9]則會衝上舞台在電視上向每個人介紹我。

我開始彈奏。那是一首優美的曲子，我一直沉浸在自己看起來多可愛，起初我並不擔心彈奏的情況。所以當我彈錯一個音時，我嚇了一跳，然後發現聽起來不太對勁。後來我開始接二連三地彈錯，我頭皮一陣發麻，一股寒意順著脊椎往下爬。但我停不下來，我的手就像受到蠱惑似地持續動著。我一直在想我的手指會自動把旋律導正，正如火車轉換到正確的軌道。我重複這個古怪的雜音兩遍，但直到最後都是一首不成調的曲子。

我起身時，發現我的腳在抖。或許是我太緊張了，觀眾只會看見我正確的動作，不會聽見我有彈錯，就跟老莊一樣。我伸出右腳，屈膝行了個禮，然後抬頭微笑。教堂大廳一片寂靜，只有老莊一人滿臉笑容地吼道：「好！好！彈得太棒了！」然後我瞄見媽媽一臉飽受打擊的表情。台下掌聲零零落落，當我走回座位上時，我的臉因為強忍著不哭而顫抖不已。我聽見一個小男孩大聲地對他媽媽說：「彈得好爛喔。」他媽媽回他：「不過她盡力了。」

我這才意識到觀眾席上有多少人，彷彿擠進了全世界。我感覺有人的目光從背後注視著我，感覺爸媽對我感到丟臉，因為他們在接下來的表演中一動也不動地坐在座位上。

9 Edward Vincent "Ed" Sullivan，美國娛樂作家、電視節目主持人。因主持美國電視史上播放時間最久的綜藝節目之一《蘇利文劇場》而聞名，曾邀請貓王、披頭四樂團等知名藝人上節目。

我們明明可以趁中場休息離開，爸媽卻因為驕傲和某種詭異的榮譽感留了下來。所以我們看完了整場才藝秀：一個十八歲的少年貼著假鬍子表演魔術，邊騎獨輪車邊耍火圈；胸部豐滿的女孩臉上塗著白粉，演唱《蝴蝶夫人》，獲得榮譽獎；十一歲的男孩拉了一首厲害的小提琴曲子，聽起來像是忙碌的蜜蜂，得了首獎。

表演結束後，喜福會的成員徐家、鍾家和聖克萊爾家都來找爸媽。

「好多厲害的孩子。」林冬阿姨語焉不詳地說，露出燦爛的笑容。

「真是出人意料。」爸爸說，我心想他是否在以幽默的方式影射我，或者他根本不記得我做過什麼了。

薇芙莉看著我，聳了聳肩。「妳不像我一樣有天賦。」她語氣平淡地說。要不是我很難過，我會抓著她的瀏海，朝她肚子狠狠揍一拳。

但讓我心煩意亂的其實是媽媽的表情。那是一張平靜愕然的臉，寫著她失去了一切。我也有相同感受，彷彿所有人都圍了上來，就像車禍現場的鬧雜人等，想看看到底是哪些部分丟失了。當我們上公車準備回家時，爸爸哼著蜂鳴的旋律，媽媽不發一語。我一直以為她想等回家後再罵我。但當爸爸打開家門後，媽媽進了門，直接走到後面的房間，沒有指責，也沒有怪罪。從某種程度來說，我很失望。我一直等她開口罵我，這樣我就可以邊哭邊吼回去，把我的不幸都怪在她身上。

＊＊＊

我以為那場悲慘的才藝秀結束後，我就再也不用碰琴了。但就在兩天後，我放學回家，媽媽從廚房出來看見我在看電視。

「四點鐘。」她一如既往地提醒我時間。我很震驚，就好像她又要我去參加才藝秀一樣。我更加緊緊巴在電視機前面。

「電視關掉。」五分鐘後，她從廚房喊道。

我沒有理她。當時我就決定，我再也不要照媽媽的期望行事。我不是她的奴隸，這裡也不是中國。之前我聽了她的話，看看發生什麼事了。她才是那個有問題的人。

她走出廚房，站在進出客廳的拱門下說：「四點鐘。」她放大音量重複一遍。

「我不要彈琴了。」我冷淡地說：「我幹嘛彈？我不是那塊料。」

她走過來站在電視機前，我看見她的胸膛氣憤地上下起伏。

「不要！」我說，感覺自己變強壯了，彷彿真實的自我終於現身。所以這才是我一直以來真正的樣子。

「我不會彈！」我尖叫道。

她抓住我的手臂，把我從地板上拉起來，隨後關掉電視。她力氣很大，半拉半拽地帶我走向鋼琴，我掙扎地踢向腳底的拼接地毯。她硬拖著我坐上那張硬長凳。我小聲抽泣著，痛苦地看著她。此時，她胸膛起伏地更加厲害，嘴巴張開，露出燦爛的微笑，彷彿很高興我在哭。

「妳要我成為不是我自己的人。」我哭哭啼啼地說：「我永遠成為不了妳要的那種女兒！」

「這個世上只有兩種女兒。」她用中文對我吼道：「聽話的女兒和有己見的女兒！這個家只能有一種女兒，那就是聽話的女兒！」

「那我希望我不是妳女兒，我希望妳不是我媽。」我咆嘯道。我被自己說出口的話嚇到了，感覺就像有蠕蟲、蟾蜍和一些黏稠的東西從我胸口爬出來似的，但我同時感到一身輕，彷彿我內心充滿惡意的那一面終於浮出表面。

「來不及了。」媽媽語氣尖銳地說。

我可以感覺她的憤怒到達臨界點，我想看到她爆發的樣子。就在那時，我想起了她丟在中國的嬰兒，這是我們幾乎不曾談論的話題。「那我希望我沒有被生下來！」我吼道：「我希望我死了！就跟他們一樣。」

然後就像我說了魔法咒語似的，阿拉卡贊[10]！——她的臉頓時沒了血色，她閉上了嘴，鬆開對我的束縛。她一臉驚愕地離開客廳，就好像一片小小的枯葉被風颳走，又薄又脆，毫無生氣。

10 魔術師施咒時說的咒語，類似「天靈靈，地靈靈」。

＊＊＊

那不是媽媽唯一對我感到失望的事，接下來的幾年裡，我讓她失望了很多次，每一次都是為了維護我的個人意願，我無法達到她的期望。我沒有優良的成績，沒能成為學生會長，我沒有上史丹佛大學，而且從大學輟學。

因為我不像媽媽，我從不相信我能達到自己的期望，我只能是我。

這些年來，我們從未談論我那場糟糕的獨奏會，或者後來我坐在鋼琴椅前脫口而出的難聽指責。這些事情一直沒有被攤開來，像是一場現在不能言及的背叛。所以我從未想過問她為什麼要對某件事寄予厚望，即使失敗是無可避免的。

更糟糕的是，我從未問她最讓我害怕的一個問題：她為什麼要放棄希望？

我們在鋼琴旁起爭執後，她再也沒有提起讓我彈鋼琴的事了。鋼琴課也因此停止，鋼琴蓋了起來，蒙上一層灰，將我的災難和她的夢想塵封起來。

所以，她讓我很驚訝。因為就在幾年前，她決定把那台鋼琴送給我做為我三十歲的生日禮物。這麼多年來，我都不曾碰過那台鋼琴。我認為這是她原諒我的徵兆，讓我放下心中的一顆大石。

「妳確定？」我不好意思地說：「我的意思是，妳跟爸爸不會懷念嗎？」

「不，這是妳的鋼琴。」她堅定地說：「一直是妳的，只有妳會彈。」

「我現在大概不會彈了吧。」我說：「已經好多年了。」

「妳學得很快。」媽媽說，語氣十分篤定。「妳有天賦，只要妳願意，妳可以成為天才。」

「我不能。」

「妳只是沒努力。」媽媽說，她既不生氣也不難過，就像在陳述一個無法反駁的事實。「拿走吧。」她說。

但我並沒有當下搬走，她願意把鋼琴給我已經夠了。後來，每當我在爸媽家的客廳看見那台鋼琴，佇立在靠近海灣的窗戶前，我都會感到很驕傲，彷彿這是我贏回來的閃亮獎盃。

＊＊＊

上星期，我寄了一台調音器到爸媽家，重新為鋼琴調音，單純因為一些情感上的原因。媽媽在幾個月前離世，而我在幫爸爸整理東西，每次收拾一點。我把首飾收進特別的絲綢袋裡，她親手織的各種顏色的毛衣——黃色、粉紅色、橘色，全是我討厭的顏色——被我放進一個防蟲箱裡。我還發現幾件年代久遠的絲綢旗袍，腿部兩側稍微開衩。我用皮膚感受絲綢的觸感，把它們用薄紙包起來，決定把這些旗袍帶回家。

我幫鋼琴重新調音後，打開琴蓋，撫摸琴鍵。它的音色比我記憶中還要豐富。那台鋼琴品質其實很棒，椅凳裡塞著當時的練習筆記和手寫音階，當時的二手樂譜也用黃色膠帶捆在一起。

我翻開舒曼那本，找到我在獨奏會表演的那首黑歷史。《請願的小孩》的曲譜位於左邊那頁，看起來比我印象中還難。我彈了幾小節，很驚訝自己能輕鬆地想起那些音符。

然後我似乎是第一次注意到右邊的段落，叫做《心滿意足》。我試著彈起那首曲子，旋律較輕快，但有著相同的韻律，我很簡單就彈了出來。《請願的小孩》雖然短但節奏較慢；《心滿意足》曲子較長，卻更輕快。我在把兩首曲子都彈了幾遍後，才發現它們其實是同一首歌的兩個段落。

Chapter 3

美國翻譯

「哇！」母親參觀女兒新買的公寓，看見主臥室的附鏡衣櫃時大叫一聲。「鏡子不能對著床，會對你們的婚姻不利，把幸福反彈出去。」

「只有那裡放得下，我才放那裡。」女兒說，覺得母親把每件事都視為不祥預兆很煩。她這一生都在聽這些警告。

母親皺了皺眉，手伸進在梅西百貨買的二手包。「哼，幸好我有辦法破解。」接著拿出上週在 Price Club 量販店買的鍍金化妝鏡，這是她帶來的喬遷禮。她把鏡子放在床頭板上，斜倚著牆，就在兩個枕頭中間的位置。

「妳把鏡子掛這兒。」母親說，指著上方的牆面。「讓兩面鏡子相對——轟！——妳的桃花運就會加倍。」

「什麼是桃花運？」

母親微微一笑，眼中流露出狡黠的光芒。「桃花運就在這。」她指著鏡子說：「妳看鏡子，告訴我，我說的對不對？我看見明年春天，我腿上坐著我未來的孫子。」

女兒順著她的手看過去，然後——轟！鏡中她的倒影正盯著她瞧。

飯粒丈夫

琳娜・聖克萊爾

直至今日，我才相信媽媽擁有神祕的預知能力，能預見未來發生的事。她用一句中文成語表達她所知道的事情：唇亡齒寒——嘴唇沒有了，牙齒就會感到寒冷。我猜這句話的意思是比喻任何事都是環環相扣。

但她無法預測什麼時候有地震或股市的走向，她只看得見會對我們家造成影響的厄運。她知道導致厄運產生的原因，現在卻感嘆自己從未阻止事情發生。

在舉家搬到舊金山後，有一次她凝視著我們位於坡上的新公寓，她說因為坡度太陡，她肚裡的寶寶會流掉。後來小孩確實沒保住。

當一家水管浴廁五金行開在我們家的銀行對面後，媽媽說那家銀行的錢很快就會流光，一個月後，那家銀行的職員就因為挪用公款遭到逮捕。

去年爸爸剛過世不久，她說她早就知道了，因為爸爸送給她的那盆蔓綠絨枯死了，而她每天都沒有忘記澆水。她說那盆植物會死是因為根爛掉了，水澆不到。後來她拿到爸爸的驗屍報告，上面寫說他在七十四歲心臟病發前，動脈堵塞的程度已達百分之九十。我媽是中國人，但我爸不是，他是愛爾蘭裔美國人，每天早餐都要吃五片培根加三顆荷包蛋。

我之所以想起媽媽的這種能力，是因為她要來伍德賽德造訪我和我丈夫的新家，我很好奇她會看到什麼。

我和哈洛德運氣好才能找到這個地方。在九號公路頂點附近，依照左轉、右轉、左轉的順序開過三條沒有標示的泥土岔路就到了。沒有標示是因為這裡的居民不想讓推銷員、開發商和城市稽查員進來，所以常會自行拆除路標。我們的新家離媽媽位於舊金山的公寓只有四十分鐘的路程，但我們去舊金山接她，回程卻變成六十分鐘的煎熬。車子開上蜿蜒的雙向道後，她輕觸哈洛德的肩膀，說道：「唉，輪胎聲音太大了。」過了一會兒，補上一句：「這車磨損太嚴重了。」

哈洛德面帶微笑，降低車速，但我看見他手緊握這輛捷豹的方向盤，緊張地看了看後視鏡裡瞬間多出一排沒耐心的車。看他坐立難安的樣子，我偷偷開心了一下。他每次開車都會去嚇那些開別克的老太太，一直按喇叭，猛踩油門，大有要是不靠邊，他就要輾過去的意思。

同時我又討厭如此心胸狹窄的自己，竟然覺得哈洛德被教訓是活該。但我就是忍不住這麼想，因為我很氣他，哈洛德也對我很不滿。就在今天早上，我們要出發去接我媽前，他說：「除蟲劑妳付錢，因為海松貝是妳的貓，所以妳要負責除蚤，這樣才公平。」

沒有朋友會相信我們連除蚤這種蠢事都會吵架，他們也不會相信我們的問題遠不只如此，我們之間的鴻溝早已深不見底。

現在媽媽來了。她要在這裡待一星期，或住到水電工將她舊金山的公寓重新佈線完成。所以我們必須假裝一切都很好。

期間她不斷問我們為什麼要花那麼多錢在一塊四英畝的土地上，除了一間翻修的穀倉和長了圈黴菌的游泳池，剩下兩畝地全種滿紅木和毒橡樹。事實上，她沒有真的問，她只是在我們帶她參觀新家和外面的地時，嘆道：「唉，真花錢，太花錢了。」每當聽見抱怨，哈洛德都會簡單地向媽媽解釋：「就是因為這些細節才這麼貴。妳看，像這個木地板是人工漂白的，這面大理石紋牆，是手刷木紋。這些錢花得很值得。」

媽媽點頭贊同道：「漂白和刷木紋很花錢。」

短暫參觀屋子後，她便找到可挑剔的地方。她說地板傾斜一直讓她覺得在「往下溜」；她覺得我們讓她住的客房——就是一般堆稻草的斜頂閣樓——兩邊都是歪的；她看見天花板的角落有蜘蛛，還看到跳蚤跳到空中——啪！啪！啪！——彷彿油星飛濺的樣子。媽媽很清楚花再多錢做這些細緻的改裝，這棟房子仍是一間穀倉。

她可以看到這一切，讓我生氣的是她看到的都是缺點。但後來我環顧四周，發現她說的都對。

這也使我確信她能看出我和哈洛德之間的矛盾，因為我想起來在我八歲那年她看見了別的預兆。

媽媽低頭看著我的碗，說我以後會嫁得不好。

「唉，琳娜。」多年前某個夜晚吃完飯後，她說：「妳現在剩下來的飯粒都會變成未來丈夫臉上的麻子。」

她放下我的碗。「我曾認識一個麻子臉的男人，他脾氣很差，人很壞。」

我隨即想到住在附近的一個壞男生，他臉頰上就長了麻子，大小確實跟米粒差不多。那個男生十二歲，名叫阿諾德。

每次我放學回家經過他家，阿諾德都會用橡皮筋射我的腳。有一次，他騎腳踏車從我的娃娃上面輾過去，娃娃膝蓋以下的地方全壓壞了。我不想要以後跟這個惡毒的男生結婚，所以我端起冰涼的碗，把最後幾粒飯掃進嘴中，對媽媽抱以微笑。我有把握我未來的丈夫會有一張白淨的臉，就像剛吃乾淨的這個瓷碗一樣，絕不會是阿諾德。

媽媽卻嘆了口氣。「昨天妳也沒有把飯吃乾淨。」我想起昨天剩在碗裡的一小口飯，前天沒吃乾淨的飯粒，還有更之前的時候。我八歲的心靈從那時起便飽受驚嚇，越來越怕我以後會嫁給那個無賴阿諾德。而因為我吃東西的壞習慣，他那張醜臉最後會變得跟月球的隕石坑一樣。

這本該是一件想起來會覺得有趣的童年往事，但其實我偶爾憶起這件事時，總會帶著厭惡及悔恨的情緒。我討厭阿諾德的程度到我最後找了個方法置他於死地。我利用任何事都是環環相扣這個道理，當然這整件事也可能只是毫無根據的巧合。不論是巧合還是事實，我知道我是有這個想法的。因為每當我希望某件事發生，或不要發生時，我就會把所有事聯想在一起，碰碰運氣。

後來我找到了機會。就在媽媽告訴我剩飯與未來丈夫關聯性的那一週，我在主日學校看了一部很震撼的電影。我記得老師把燈光調暗，我們只能看見彼此的輪廓。老師看著我們這群被養得白白胖胖的華裔小孩，大家都在座位上動來動去。她接著說：「看了這部電影，你們就會知道為什麼要交什一稅和奉獻上帝。」

她說：「想想你們花五分錢去買糖果，或者你們每個禮拜吃多少零食——甘草糖、威化餅和水果軟糖——再比較電影的內容。我要你們思考自己人生中真正的幸福是什麼。」

她隨後按了播放，放映機便喀啦喀啦地轉動起來。電影中，神職人員去了非洲和印度行善，治療一些腳腫得像樹幹及四肢萎縮成樹藤的病患；然而，最痛苦的還是罹患痲瘋病的人。他們的臉受盡各種我能想像到的折磨：痲子、膿包、缺口和腫塊，以及急遽迸發的裂紋，和蝸牛碰到鹽的樣子很像。如果媽媽也在，就會說這些可憐人得這種病是因為他們未來的伴侶浪費了很多食物。

看完這部電影後，我做了一件很恐怖的事。我看見讓我不用嫁給阿諾德的一絲曙光。我開始在碗裡留下更多飯粒，並把這種浪費的行徑擴展到中國菜以外的食物。我沒有吃完奶油玉米、花椰菜、米香早餐麥片和花生醬三明治。還有一次，我咬了一口糖果棒，看到裡面凹凸不平，滿是黑斑和黏糊糊的乳脂，便把那東西也丟了。

我想，阿諾德大概不會發生什麼事，他或許不會染上痲瘋病，搬到非洲客死他鄉。這個念頭就跟另一個黑暗的可能性——他會出事——形成拉鋸。

他沒有馬上死掉。事實上，是在五年後。那時我變得很瘦，不是因為阿諾德，當時我早就忘了這個人存在，而是像其他十三歲的女孩一樣，為了變好看開始節食，找方法經歷青少年的痛苦。早上我坐在餐桌前，等媽媽幫我備好午餐袋，每次一拐過彎，我就會立刻把整包午餐扔掉。爸爸用手指抓起一條培根沾上蛋黃，另一手則抓著報紙。

「噢，你們聽。」他說，手一邊沾著蛋黃，一邊說出阿諾德．雷斯曼——在奧克蘭住我們家附近的那個男孩——因為罹患麻疹導致併發症過世的消息。他才剛被加州州立大學東灣分校錄取，夢想以後成為足科醫師。

「『醫師起初不清楚病因，後來報告顯示這病極其罕見，好發於十到十二歲的兒童之間，患者感染麻疹病毒後會潛伏數月到數年才發病。』」爸爸讀出文章內容：「『根據死者的母親表示，這名少年在十二歲時曾感染輕度麻疹，今年他出現動作協調障礙和心理疲勞後才發現不對勁，之後症狀逐漸加重，直到陷入昏迷。這名十七歲的少年至此再也沒有恢復意識。』」

「妳不是認識這個男生嗎？」爸爸問，我就只是靜靜站在那兒。

「丟臉。」媽媽看著我說：「真是丟臉。」

我想她能看穿我，她知道阿諾德的死是我一手造成的，我怕得不得了。

當晚，我躲在房間裡大吃特吃。我從冷凍庫偷了半加侖的草莓冰淇淋，硬撐著一口接一口讓冰淇淋滑過喉嚨吞下肚。之後，我佝僂著身軀坐在房間外的逃生梯上，抱著冰淇淋桶乾嘔了好幾個小時。我還記得我曾經想過為什麼吃好吃的東西會讓我難過，嘔吐卻會讓我覺得痛快。

阿諾德可能是我害死的這個想法並不荒謬，或許我本來就注定要跟他結婚。因為我在想——現在也不例外——在這個充滿亂象的世界中，怎麼可能有這麼多巧合，這麼多相似與恰恰相反之處？為什麼阿諾德只用橡皮筋射我？在我開始對他產生恨意的那一年，他是怎麼染上麻疹的？我又是為什麼在媽媽看我碗裡時，第一個想到阿諾德，然後恨他入骨？難道不是只有愛得遍體鱗傷才會感到恨嗎？

就算我最後拋開這些荒謬的念頭，我仍覺得在大多數的情況下，該是妳的就跑不掉。我跟阿諾德並未走到一起，卻遇到了哈洛德。

我和哈洛德在同一家建築公司——利沃尼建設上班，只是哈洛德．利沃尼是合夥人，而我只是他的助理。我們是在八年前認識的，當時他尚未成立利沃尼建設。我二十八歲，是一個專案助理，而他三十四歲，我們都在哈恩凱利與戴維斯公司的餐廳設計開發部工作。

我們會一起吃工作午餐，討論專案的企劃。每一次我們都會將帳單拆開，一人付一半，即使我通常只點沙拉，因為我是易胖體質。後來當我們開始私下共進晚餐時，依舊平分帳單。

我們一直維持這樣的相處模式，任何費用都是平均分攤。硬要說的話，是我促進了這種發展。有時候我會堅持全付，像吃飯、飲料和小費。我真的無所謂。

「琳娜，妳真的很特別。」哈洛德在六個月的晚餐、五個月的餐後上床、一個禮拜的害羞又笨拙的告白之後這麼說。我們躺在床上，蓋著我新買給他的紫色床單。原本那套白色的床單在顯目的位置上沾到了污漬，並非什麼浪漫的理由。

他緊挨著我的脖頸，在我耳邊廝磨細語。「我從未想過我會遇到另一個與我這麼契合的女人……」我還記得在聽到他嘴中說出「另一個女人」時，我的內心升起一股恐懼哽在喉頭，因為我能想像有多少愛慕他的女人渴望請他吃飯，只為了感受被他的呼吸噴灑在肌膚上的愉悅。

然後他咬了一口我的後頸，呼吸急促地說：「沒有和妳一樣柔順可愛的人了。」

他的這一番告白使我感動不已，嚇得我措手不及，不知道像哈洛德這麼出色的人怎麼會覺得我與眾不同。

現在我對哈洛德很生氣，根本想不出他有哪裡好。但我知道他是有優點的，因為我還沒笨到隨便愛上一個人，跟他結婚。我只記得我覺得自己很幸運，很怕這份從天而降的好運有一天會消失。我在幻想跟他同居時，也揭露了我最深層的恐懼：他可能會說我體味很重，盥洗習慣不好，音樂和電視品味很糟糕。我怕他有一天會換上一副新眼鏡，某天早晨戴上後，便上下打量我，然後說：「噢，我的天啊，妳不是我認識的那個女生，對不對？」

我覺得我從未擺脫這股恐懼，總有一天我會被逮個正著，暴露我的真面目。但最近我的一個朋友蘿絲剛離婚在接受諮商，她告訴我那種想法對我們這樣的女生而言很普遍。

「一開始我以為是因為我在中國式謙虛教育下長大。」蘿絲說：「或者是因為我是中國人就必須逆來順受，隨波逐流。但我的諮商師反問我，為什麼要把一切怪在自己的文化和種族上？然後我想起我讀過一篇關於嬰兒潮的文章，我們滿心期待要最好的，一旦達到目的就會開始擔心，覺得或許應該期待更多，因為過了一定年齡收益就會遞減。」

跟蘿絲談過後，我覺得好多了，我想，我和哈洛德當然在很多方面上是平等的。雖然他皮膚白，瘦而結實的身材和聰明的頭腦很吸引人，但他並非典型的帥哥。我也不是什麼絕世美女，但我有氧課的很多女同學都說我的臉很有「異國風味」，而且他們很羨慕我胸部沒有下垂，現在小胸部正流行。另外，我的一名客戶說我很有活力，待人熱情。

所以我想我配得上像哈洛德這樣的人，當然我是指好的方面，不是缺點。我們是平等的，我頭腦也很好。我有常識，直覺非常敏銳，因為對哈洛德說他擁有潛力可以自立門戶的人就是我。

那時我們還沒離開哈恩凱利與戴維斯公司，我說：「哈洛德，公司知道有你在會帶來很多業績，你是會下金蛋的鵝，如果你現在成立自己的公司，就可以帶走超過一半的餐廳客戶。」

他笑了出來，說道：「一半？那肯定是真愛。」

我興奮地大聲回他，也笑了。「不只一半！你那麼厲害，你在餐廳設計發展領域無人能敵。除了我和你，很多其他餐廳開發商也都知道。」

那天晚上他決定要「努力爭取」，這是他的原話，但我個人很討厭這個標語，因為我以前工作的銀行曾在內部員工生產力競賽使用這個口號。

但我還是對哈洛德說：「哈洛德，我也想幫你努力爭取，我是說，你成立公司需要資金。」

他不願意從我手上拿錢，不管是資助、預借、投資或合夥預付定金的形式都不要。他說他非常重視我們之間的關係，他不想因為金錢讓這段關係變得複雜。「我跟妳一樣不願接受施捨。只要我們的財產一直分開，我們就可永保對彼此的愛。」

我想反駁他的說詞，我想對他說：「不！其實我對錢真的不是這樣的，我很願意為對方奉獻，我想……」但我不知道該如何開口，我想問他是哪個女人用這種方式傷害他，讓他如此害怕接受愛情各種不同美好的樣貌。但後來我聽見他說出我一直渴望聽到的話。

「事實上，如果妳想幫我，妳可以搬過來跟我一起住，這樣我就可以妳用付給我的五百美元租金……」

「那太棒了。」我立刻回答，知道他不得不用這種方法問我有多尷尬。我太高興了，根本不管我的工作室租金其實只要四百三十五美金。何況哈洛德的房子更好，一廳兩房，還可享有兩百四十度海灣美景的視野。不管我的同居人是誰，多付租金都是值得的。

所以我和哈洛德雙雙在那一年從哈恩凱利與戴維斯公司辭職，他隨即成立利沃尼建設，我則進入他的公司擔任企劃經理。不過他並未帶走前公司一半的餐廳客戶，因為他們威脅如果他在出走後隔年帶走客戶——就算只有一名——也會提起訴訟。所以他在夜深人靜感到沮喪時，我會幫他打氣。我提議他多做一些前衛主題的餐廳設計，與其他公司的理念做區分。

「誰還需要黃銅和橡木吧檯，還有燒烤架？」我說：「又有誰想看到義式料理店走優雅的義大利時尚風？有多少餐廳可以看到警車衝出牆壁的設計？這個小鎮到處都是同樣主題的餐廳。你可以找一個適合發展的方向，每次都做不同的設計，找一些願意為美國獨創力耗資的香港投資人。」

他臉上帶著傾慕的笑容，說著「我好愛妳的天真」的那種，我也喜歡他那樣看著我。

於是我結巴地向他訴諸愛意。「你……你……可以幫餐廳做全新的主題設計……像……像是……山谷之家！那種媽媽在家煮飯的感覺，媽媽穿著方格圍裙在廚房裡忙，還有媽媽一樣的服務生在你耳邊叮嚀要把湯喝完。

「還是……還是你也可以幫餐廳設計小說形式的菜單……來自小說的菜名……勞倫斯・桑德斯謀殺之謎系列的三明治，甜點可取自諾拉・艾芙隆的《心火》，或是魔法主題、笑話、玩笑……」

哈洛德真的聽取我的意見，使用我的點子，以知性和邏輯的概念呈現。他讓那些點子得以實現，但我沒有忘記那是我想出來的。

現在利沃尼建設日漸壯大，目前已有十二位全職員工，主攻主題餐廳設計，我還是喜歡將其稱為「主題飲食」。哈洛德是概念設計的首席建築師暨設計師，負責向新客戶展示最終的銷售成果，我則在室內設計師手下工作。哈洛德表示如果因為我們結婚就讓我升遷對其他員工不公平——但那是五年前的事了，在他成立利沃尼建設兩年後。雖然我工作出色，卻從未在這個領域受過正式培訓。我大學主修亞裔美國人研究時，只選修過一門相關課程：劇場佈景設計，為了大學新作發表會的作品《蝴蝶夫人》而修的。

我在利沃尼擔任主題素材採購。有一家名叫「漁夫傳奇」的餐廳，我幫他們找到的其中一個珍貴素材是一艘黃色的漆木船，上面刻著「超載」兩個字；想到將菜單設計成用小釣竿勾住往下垂，以及紙巾上印著吋換算呎的標尺的人也是我。還有一家《阿拉伯的勞倫斯》主題的熟食店名叫「托盤酋長」，我想到可以做出市集的效果，還找了一條仿真眼鏡蛇盤在一塊假的好萊塢巨石上。

我喜歡我的工作不用太動腦筋，但要是我動了腦思考我能拿到多少報酬，我工作有多努力，哈洛德對其他人有多公平，唯獨我例外等等，我就很氣惱。

所以我們確實是平等的，除了他賺的錢大概是我的七倍。他也清楚這件事，因為我每個月的薪資支票是他簽的，我再將錢存入我單獨的支票帳戶中。

然而，最近我開始對這個雙方平等的相處模式感到厭煩。這個想法在我心頭縈繞已久，但我一直沒意識到，只是覺得心裡很不舒服。而在大約一星期前，一切都變得清晰明朗。早餐後我負責收拾碗盤，哈洛德在暖車，然後再一起去上班。我看見廚房流理台上攤著一份報紙，哈洛德的眼鏡壓在報紙上，他喝咖啡最愛用的馬克杯把手已經斷掉，就放在旁邊。看到這些富含家庭氣息的影子，我們生活的日常，讓我不知怎地感到心醉神迷。就好像我們第一次上床時，我看著哈洛德的感覺，很想為他奉獻一切，全心全意，不在乎得到什麼回報。

我坐上車，仍沉浸在這股喜悅當中。我把手蓋在他手上，說道：「我愛你，哈洛德。」他看著後視鏡倒車，接著說：「我也愛妳，妳鎖門了嗎？」就這樣，我開始思考，覺得還是少了什麼。

哈洛德甩了甩車鑰匙說：「我要下山買晚餐吃的，牛排可以嗎？要買別的東西嗎？」

「家裡沒米了。」我說，謹慎地朝媽媽的背影示意。她從廚房窗戶向外看，看著九重葛在棚架上攀爬。哈洛德出了門，我聽見汽車的引擎聲，以及他開車輾過碎石的聲音。

屋裡只剩下我和媽媽兩個人。我開始幫植物澆水，她踮起腳尖看著我們貼在冰箱門上的清單。清單上分別寫著「琳娜」和「哈洛德」，在我們兩人名字下方是我們買的東西及價格：

琳娜

雞肉、蔬菜、麵包、花椰菜、洗髮精、啤酒：$19.63

瑪麗亞（打掃＋小費）：$65

雜貨（看購物清單）：$55.15

矮牽牛花、盆栽土壤：$14.11

洗照片：$13.83

哈洛德

車庫用品：$25.35

盥洗用品：$5.41

汽車用品：$6.57

燈具：$87.26

鋪路碎石：$19.99

加油：$22.00

汽車排氣檢驗 $35

電影 & 晚餐 $65

冰淇淋 $4.50

哈洛德已經為這週發生的事情花超過一百美元了，所以我要從我的支票帳戶匯給他五十塊左右。

「這寫的是什麼？」媽媽用中文問。

「噢，沒什麼啦，只是我們分攤的東西。」我盡可能地輕鬆回答。

她看著我蹙緊眉頭，但沒說什麼。回過頭繼續查看冰箱上的清單，這一次看得更仔細，手指一個個滑過商品名稱。

我覺得很尷尬，因為我知道她在看什麼。她沒看到我們討論的那一部分讓我鬆了口氣。經歷過無數次討論，我跟哈洛德達成共識分攤的東西不包括私人物品，像是睫毛膏和刮鬍水、頭髮噴霧，或刮鬍刀、衛生棉條、除臭止汗足粉之類的。

我們在市政廳結婚的時候，他堅持要付證婚費用，我請我的朋友羅伯特幫忙拍照。我們在自己的公寓辦派對，每個人都帶了香檳來。我們決定買下這棟房子時，彼此都同意基於我們倆薪資多寡做考量，我只要付貸款的百分之一，而我在夫妻共同財產分配應該佔相同比例，這在我們婚前協議中是有明文規定的。因為買房哈洛德出比較多錢，所以他有權決定房子的裝潢。房子整體線條流暢，擺設簡樸，呈現他口中的「流線型裝潢」。沒什麼能破壞這個線條，也就是說，沒有任何我那些雜亂的造型。至於度假費用，兩人共同決定的是五五分帳，若是生日、聖誕禮物，或是為了慶祝結婚紀念日，就是由哈洛德來付。

我們會有條理地對位於灰色地帶的花費進行討論，像是我的避孕藥、他真正的客戶或我大學的老朋友來訪時的晚餐費用、或者我訂的美食雜誌，但他看的原因只是因為無聊，不是真的想看。

而我們到現在仍為了海松貝——那隻貓——而爭執不下。牠不算我們的貓，也並非我的貓，而是他去年作為生日禮物送我的。

「這個妳不用付呀！」媽媽語氣驚訝地叫道，我嚇了一跳，以為她讀到我滿腦海松貝的事。但後來我看到她指著哈洛德清單上的「冰淇淋」。看樣子媽媽還記得那次的逃生梯事件。她發現我渾身發抖、累壞了，旁邊還放著一桶我吐出來的冰淇淋殘留物，從那之後我就沒辦法吃那類的食物了。我內心再次受到震撼，哈洛德至今仍未發現我從來不吃他每週五晚上帶回家的冰淇淋。

「你們為什麼要這樣？」

媽媽的聲音聽起來很受傷，彷彿我貼出這份清單是為了傷害她。我思索著該如何解釋，想起過去我和哈洛德常說：「這樣我們就可以擺脫對彼此的錯誤依賴……站在平等的角度……享有無條件的愛……」但她無法理解這些話的意義。

所以我轉而告訴媽媽：「我也不清楚，我們結婚前就這樣了，因為一些原因一直沒有變。」

哈洛德從商店回來後，便著手燒木炭，我把他買的東西拿出來，開始醃牛排、煮飯、擺好餐具。媽媽坐在花崗岩吧檯前的椅凳上，喝我倒給她的咖啡。隔幾分鐘就會用放在毛衣袖裡的衛生紙擦一下杯底。

整個晚餐期間哈洛德一直講個不停。他說起房子的裝潢計畫：裝天窗、擴大露台、種植一整片鬱金香和番紅花、把這裡的毒橡樹全砍掉、加蓋側翼、打造一個日式瓷磚的浴室；之後他開始整理桌面，把碗盤放進洗碗機裡。

「誰準備好要吃甜點了？」他打開冷凍庫。

「我吃飽了。」我說。

「琳娜不能吃冰淇淋。」媽媽回了句。

「好像是，她一直在減肥。」

「不，她不吃冰淇淋，她不喜歡。」

哈洛德這才面露疑惑，微笑地看著我，希望我能向他解釋媽媽的意思。

「是真的。」我淡淡地說：「我幾乎整個人生都很討厭冰淇淋。」

哈洛德看著我，彷彿我一樣說了中文，而他無法理解。

「我以為妳想減肥……好吧。」

「她現在變得很瘦，所以你看不見她。」媽媽說：「她就像鬼一樣消失了。」

「對！沒錯，妳說的對！」哈洛德叫道，笑了起來，以為媽媽這麼說是想打圓場，鬆了口氣。

吃完晚餐後，我把乾淨的毛巾放到客房裡。媽媽坐在床上，這間房間很有哈洛德設計的極簡主義風格：一張鋪著白色床單和白色毛毯的單人床，拋光的木質地板和漂白的橡木椅，傾斜的灰色牆面上什麼裝飾也沒有。

房裡唯一的裝飾是一個奇怪的床邊桌：一塊不均勻切割的大理石做成的茶几，搭配黑漆木的交叉桌腳。媽媽把她的手提包放在桌上，上面的黑色圓柱花瓶開始搖晃，插在花瓶中的小蒼蘭微微顫抖著。

「輕一點，桌子沒有很穩。」我說，那張桌子是哈洛德學生時代設計的差勁作品。我一直不明白為什麼他對這個桌子那麼自豪，它的線條粗糙，絲毫沒有現在哈洛德很重視的「流線感」。

「這有什麼用？」媽媽問，用手搖了搖桌子。「只要放東西上去，其他東西就全掉下來──唇亡齒寒。」

我讓媽媽自己待在房裡，回到樓下。哈洛德把窗戶打開，讓晚風吹進來。他每天晚上都這麼做。

「我會冷。」我說。

「什麼意思？」

「可以請你關窗嗎？」

他看著我，微笑地嘆了口氣，把窗戶關上。他盤腿坐在地上，翻開一本雜誌。我坐在沙發上，感覺怒火中燒，不曉得原因為何。哈洛德沒有做錯任何事，他一直是這個樣子。

在我爆發前，我知道我要跟他大吵一架，嚴重程度遠遠超過我能控制的範圍。但我就是要跟他吵，我走到冰箱前，把哈洛德清單上的「冰淇淋」劃掉。

「到底怎麼了？」

「只是覺得你不該再用你的冰淇淋占我便宜。」

他聳了聳肩，覺得我的話很好笑。「告我啊。」

「你為什麼他媽的什麼都要這麼公平！」我吼道。

哈洛德放下雜誌，微張著嘴，露出惱怒的表情。「什麼意思？妳幹嘛不直說妳在氣什麼？」

「我不知道……我不知道。所有……我們算錢的方式，平均分攤的，各付各的，我累了，每件事都加加減減，就為了要平均，我感到厭煩。」

「說要養貓的人是妳。」

「你在說什麼啊？」

「好吧，如果妳覺得除蟲劑由妳付不公平，那我們平均分攤。」

「問題不在那裡！」

「那請妳告訴我，問題在哪？」

我哭了起來，我知道哈洛德不喜歡我哭。因為這會讓他覺得不自在，讓他覺得生氣。他覺得哭是一種逼迫別人低頭的手段，但我忍不住，因為我發現我根本不知道我到底在吵什麼。我希望家裡開銷由哈洛德負責嗎？我是想少付一點錢嗎？我真的覺得應該停止平均分擔這件事嗎？難道我們不會繼續暗中計算得失嗎？哈洛德會不會落入要付更多錢的下場？我會不會覺得這樣比一切平均分擔還糟？又或者我們從一開始就不該結婚，或許哈洛德不是個好丈夫，或許這都是我一手造成的。

一切似乎都不對勁，毫無道理可言。我搞不清楚自己內心的想法，完全陷入絕望。

「我只是覺得我們需要改變。」等我終於有辦法控制自己的聲音時，我開了口，只是後面的話有些哽咽。「我們必須思考一下這段婚姻……不是基於這種平分清單，誰又欠誰什麼。」

「靠。」哈洛德嘆了口氣，直起背來，彷彿在思考我說的話。最後他開口，語氣聽起來很受傷。「我知道我們是基於很多東西才結婚的，不只是關於平分清單，還有更多更多。如果妳不那麼想，那麼妳應該在做出改變以前，想想自己要的是什麼。」

我突然腦袋一片空白，我說了什麼？他又在說什麼？我們就這樣坐在那兒，沒有交談。我感覺空氣很悶，我看向窗外，遠處是一座山谷，就在我們家下方，成千上萬的燈光在夏日的迷霧中閃耀。然後我聽見玻璃碎掉的聲音，從樓上傳來，接著是椅子拖過地板。

哈洛德正要起身，但我說：「我去看。」

門是開的，但房間一片漆黑，所以我喊了聲：「媽？」

我一下就看見那張大理石茶几翻倒在地，壓在黑色細長的桌腳上。黑色花瓶躺在一旁，原本光滑的圓柱體斷成兩半，小蒼蘭散落在一攤水上。

然後我看見媽媽坐在敞開的窗邊，昏暗的天空映襯著她的身影。她從椅子上轉過身來，但我看不到她的臉。

「倒了。」她簡短地說，沒有道歉。

「沒關係。」我說，這才動手撿起玻璃碎片。「我早就知道會這樣了。」

「那妳為什麼不阻止？」媽媽問。

多麼簡單的問題。

四方

薇芙莉‧鍾

我帶媽媽去我最愛的一家中式餐廳吃午餐，希望她能開心，但那簡直就是一場災難。

我們約在四方餐廳前見面，她一看到我，臉色頓時難看起來。「唉呀！妳的頭髮怎麼了？」她用中文說。

「妳說『怎麼了』是什麼意思。」我說：「我剪短了。」羅里先生這次幫我換了個髮色，瀏海剪成不對稱傾斜狀，左側稍短一點。這個髮型很時髦，但也還稱不上前衛。

「跟狗啃的一樣。」她說：「他根本不該收妳錢。」

我嘆了口氣。「我們今天就好好吃午餐，好嗎？」

她雙唇緊閉，皺起鼻子看著菜單，咕噥道：「沒什麼好吃的。」她隨即拍了拍服務生的手臂，手指摸過整根筷子，拿到鼻子下聞了聞。「筷子這麼油，你要我用這東西吃？」接著用熱茶沖了下她的碗，還警告坐在旁邊一桌的客人也照做。她告訴服務生她的湯要很燙，當然經由她專業級的舌頭鑑定過後，那碗湯不過「微溫」而已。

「不要那麼生氣。」我說。因為她把飲料從菊花茶換成綠茶要多付兩美元，所以她很不高興。「而且，不必要的壓力對心臟很不好。」

「我心臟好得很。」她駁斥道，仍兩眼鄙夷地瞪著服務生。

她說得對。儘管她給自己和別人很多壓力，醫生說媽媽現年六十九歲，血壓卻跟十六歲的年輕人一樣，力大如馬。而她的確屬馬，一九一八年生，注定一生固執，直率不知變通。我跟她的個性不太合，因為我屬兔，一九五一年生，據說這年出生的人生性敏感，臉皮薄，一旦被批評就會覺得難堪不安。

這場悲慘的午餐結束後，我決定放棄把我和理奇・席爾茲要結婚這件事告訴她。

「妳幹嘛那麼緊張？」一天晚上，我朋友瑪琳・法伯在電話那頭問我。「理奇又不是什麼社會敗類，他是跟妳一樣的稅務律師耶，我的老天，這還不夠好？」

「妳不了解我媽。」我說：「根本沒人能入她的眼。」

「那跟他私奔啊。」瑪琳說。

「我跟馬文就是這樣結的婚。」我的第一任丈夫馬文是我的高中同學。

「那不就得了。」瑪琳說。

「所以我媽發現的時候，氣得朝我們扔鞋子。」我說：「那還沒完呢。」

媽媽沒見過理奇。老實說，每次我提起他的名字時——比方說，我說我和理奇去聽交響樂，或者理奇帶我四歲的女兒肖莎娜去動物園玩——媽媽總會想辦法轉移話題。

「我有跟妳說……」我們在四方餐廳等著結帳時，我說：「肖莎娜跟理奇去探索博物館玩得很開心嗎？他——」

「對了。」媽媽打岔道：「我沒跟妳說，醫生說妳爸可能要做探知手術，但他們現在又說妳爸身體沒問題，只是便秘有點嚴重。」我徹底放棄，然後又是老樣子。

我付了帳單，一張十元和三張一元紙幣，媽媽把紙鈔抽回來，算著帳單的零頭：十三分美元，放到零錢盤上，態度堅決地說：「沒有小費！」隨即揚起勝利的微笑掉頭離開。當媽媽去廁所時，我把五美元紙鈔塞到服務生手裡，她向我點點頭表示深深的理解。她離開後，我想了另一個計畫。

「臭死了！」媽媽從廁所回來後，低聲抱怨道。她用一小包舒潔衛生紙推了推我，她出門都會帶，因為她不敢用別人的衛生紙。「妳要用嗎？」

我搖搖頭。「但載妳回去前，我們先去我家一下，我有東西要給妳看。」

媽媽已經有好幾個月沒來我的公寓了。在我第一段婚姻時，她常常一聲不響地上門，直到有天我向她提出過來前可以先打個電話通知的想法後，她就不再來了，除非我正式邀請她來。

所以我觀察她對我公寓產生的變化有什麼反應，從離婚後原本冷清的樣貌，因為突然間多出很多時間維持生活品質，到如今亂哄哄、充滿愛與生活的痕跡。走廊上，肖莎娜的玩具丟的到處都是，客廳放著理奇的一組槓鈴，茶几上兩個喝過的白蘭地杯，還有某天理奇和肖莎娜為了研究聲音從何而來拆開的手機殘骸。

「就在後面。」我說。我們一直走到後面的臥房。床上一片凌亂，梳妝台的抽屜上掛著襪子和領帶，媽媽跨過跑鞋、更多肖莎娜的玩具、理奇的黑色樂福鞋、我的圍巾和剛從乾洗店拿回來摺好的襯衫。

她露出難以置信的表情，讓我想起很久以前她帶我和哥哥們去一家診所做小兒麻痺的後續注射。當針刺進我哥哥的手臂裡時，他放聲尖叫，媽媽一臉痛苦地看著我，向我保證：「下一針不會痛。」但現在，媽媽怎麼可能沒注意到我們同居的這件事，我們是認真的，不會因為她不談就沒這回事，她必須給點反應。

我去衣櫃拿了理奇聖誕節送我的貂皮大衣，這是目前我收到最奢侈的禮物。

我穿上那件大衣。「送這當禮物挺傻的。」我緊張地說：「在舊金山很難冷到需要穿貂皮大衣，但這似乎是一種流行，最近很多人會買來送老婆或女朋友。」

媽媽沒有回話。她在看我打開的衣櫃，擺著滿滿一排鞋、領帶、我的洋裝和理奇的西裝。她手指滑過那件貂皮大衣。

「材料沒有很好。」她最後開口：「這是用剩下的面料做的，毛皮太短了，不是長毛。」

「妳怎麼能批評別人的禮物！」我不滿道，感到非常受傷。「這是他用心準備的。」

「所以我才擔心。」她說。

我透過鏡子看著那件大衣，再也無法抵抗她頑強的意志，她總是能讓我看見顛倒的事實。那件大衣看起來破舊，像是浪漫的仿製品。

「妳沒有別的要說了嗎？」我輕聲問。

「我要說什麼？」

「這個公寓呀，還有這個？」我指著所有理奇生活在這裡的痕跡。

她環顧整個房間，看向走廊，最後說：「妳工作賺錢很忙，把家弄得亂七八糟，我能說什麼？」

媽媽總是知道怎麼踩我的痛處，沒什麼比得上我所承受的痛。因為她的所作所為總是讓我感到震驚，就像打雷一樣，永遠存在我的記憶當中。我還記得第一次有這種感受是什麼時候。

＊＊＊

當時我十歲。即使我還小，我很清楚我會下棋是因為我有天賦，簡直輕而易舉。我可在看見棋盤上別人看不見的東西，我可以製造對手看不見的隱形屏障，保護自己的棋子。這個天賦給了我無比的自信，讓我知道對手的一舉一動。我完全知道比賽進行到什麼時候，他們的臉色會垮下來，因為我的策略看似簡單幼稚，卻能殺得他們措手不及。我喜歡贏棋的滋味。

而媽媽喜歡帶我出去炫耀，把我當作她擦亮的獎盃之一。她常常跟別人談論我的比賽，一副都是她教的樣子。

「我叫我女兒用騎士踏平敵人。」她跟一個店家說：「這樣很快就贏了。」當然她在比賽前是有這麼說過，還有其他一百件跟我贏得比賽無關的瑣事。

她會跟來我家拜訪的家族朋友推心置腹。「贏棋不見得要聰明，只需要一些技巧。妳要像一陣風從四面八方吹來，對方就會一頭霧水，不知道該往哪個方向逃。」

我討厭她把我所有的成就都歸功於自己教導有方，有一天我這麼跟她說了，我在人來人往的市德頓街上對她大吼，說她什麼都不會，所以不該到處炫耀，她應該閉嘴之類的話。

從那天晚上到隔天，她都不跟我說話。她會當作我不存在似的，對著爸爸和哥哥嚴厲地批評我。她說她扔掉了一條臭掉的魚，魚腥味卻揮之不去。

我知道這個手段，狡猾地讓別人氣得跳腳後反擊，然後落入陷阱。所以我不理她，也不跟她說話，等她自己來找我。

我們互不說話過了好幾天，我坐在房裡，盯著我的六十四格棋盤，試圖想出另一個方法。我就是在那時決定不要下棋了。

當然不是永遠都不下了，最多可能停止幾天。我開始裝模作樣，晚上不再待在房裡練習，我去到客廳和兩個哥哥一起看電視，他們會瞪我，把我當不速之客。我利用我哥哥讓計畫更進一步，我扳著我的手指關節吵他們。

「媽！」他們叫道：「叫她住手，讓她走開啦。」

但媽媽什麼也沒說。

我絲毫不擔心，但我知道我必須做得堅決一點。我決定要放棄一個禮拜後的錦標賽，我會拒絕參加比賽，媽媽就不得不跟我談這件事。因為贊助商和慈善團體會打給她詢問原因，對她大吼大叫或懇求她讓我繼續下棋。

而後從錦標賽開始到結束，她都沒有來找我哭訴：「妳為什麼不下棋了？」但我心裡很難過，因為我聽說先前比賽被我輕易打敗兩次的男孩贏了。

我這才意識到媽媽的手段比我精明多了，但我已經累了，不想繼續跟她周旋。我想開始為下次的比賽練習，所以我決定假裝讓她贏，我會先跟她說話。

「我準備再次下棋了。」我對她說，想像她會對我微笑，問我想吃什麼好吃的。

她卻眉頭深鎖，直直盯著我的眼睛看，彷彿可以藉此看穿我內心的真實想法。

「妳跟我說這個幹嘛？」她最後用刻薄的語氣說：「妳覺得人生這麼簡單，前一天退出，隔天又反悔，對妳來說每件事都是如此，都很輕鬆、簡單、迅速。」

「我說我要下棋。」我嘟囔著說。

「不行！」她大吼，嚇得我魂都要飛了。「已經沒那麼簡單了。」

我渾身顫抖，被她說的話驚呆了，不明白她的意思。然後我回到房間，盯著棋盤上六十四個方格，思考該怎麼擺脫這個亂七八糟的狀態。我就這麼盯著棋盤好幾個小時，真的相信自己有辦法讓白格和黑格對換，一切都會好起來。

果不其然，我贏回了媽媽的愛。那天晚上我發了高燒，她坐在我床邊，唸我不穿毛衣就去上學。到了早上她還在，餵我她用雞湯熬的稀飯。她說她餵我吃這個是因為我得了水痘，可以「以雞攻雞[11]」。下午的時候，她坐在我房間的椅子上，幫我織一件粉紅色毛衣，一邊告訴我宿願阿姨也幫她女兒朱恩織了一件，非常難看，而且用的是品質很差的毛線。我很開心原本的媽媽終於回來了。

但感冒好了以後，我才發現媽媽真的變了。我在做不同的棋賽練習時，她不再待在旁邊看，不會每天都擦我的獎盃，不會把報紙出現我名字的小文章剪下來。她就好像豎起一道隱形的牆，而我每天都在摸索那道牆有多高多寬。

下一場錦標賽，我雖然整體下得很好，卻因為比分不夠輸了。更糟的是，媽媽什麼也沒說，她

11 水痘英文為 chickenpox，chicken 為雞肉之意。此指靠補充雞肉對抗水痘病毒。

似乎很得意，彷彿一切都是她計算好的。

我嚇壞了，每天花很多時間思考我失去了什麼。我知道不只是上一場比賽。我檢查我走的每一步、每一顆棋和每一個方格，我再也看不見棋子的祕密和方格相交處的魔力；我只能看見我的失誤與軟弱，就好像失去魔法護甲，每個人都看到了我的弱點，輕而易舉就能攻下我。

在接下來的幾週，以及隨後的幾個月和幾年中，我持續下棋，但早已失去原有的自信。我下得很艱難，帶著膽戰心驚的心情拚死一搏。要是贏了，就會很感激，鬆了一口氣；倘若輸了，就滿心恐懼，害怕我不再是天才兒童，失去天賦，成為了普通人。

當我輸給一個幾年前被我輕鬆打敗的男孩兩次後，我便完全放棄了下棋，沒人有意見，那年我十四歲。

＊＊＊

「其實我真的不懂妳。」我讓媽媽看了那件貂皮大衣後隔天晚上，我打給瑪琳，她這麼對我說。「妳敢叫國稅局滾蛋，卻不敢面對妳媽。」

「我也想啊，但她又開始玩一些有的沒的把戲，顧左右而言他，說一些難聽的話，然後……」

「妳幹嘛不叫她別再傷害妳了。」瑪琳說：「叫她不要毀了妳的人生，叫她閉嘴。」

「那很好笑。」我乾笑了聲。「妳要我叫我媽閉嘴？」

「對啊，不行嗎？」

「我是不知道法律有沒有明文規定啦，但妳絕對沒辦法叫一個中國母親閉嘴，妳這樣等同於自殺。」

其實我沒有很擔心媽媽，我擔心的是理奇。我早就知道她會怎麼做，會用何種手段攻擊並批評他。首先她會保持沉默，接著提起一件她注意到的小事，一件接著一件，每一件事都像一小坨沙灑過來，一下從這個方向，一下從後面來，問題越積越多，直到他的臉色、性格、靈魂逐漸崩壞瓦解。即使我深知她的手段，了解她狡猾的攻擊，我還是怕有不明的真相落入我的眼中，模糊我的視線，把理奇從我以為的新好男人變成凡夫俗子，被討厭的習慣及煩人的缺點刺傷。

這個狀況發生在我的第一段婚姻，對象是馬文．陳。我十八歲跟他私奔，當時他十九歲。我跟馬文陷入熱戀時，他近乎完美。他在洛威高中以全班第三名的成績畢業，拿全免獎學金進史丹佛大學就讀。他會打網球，小腿的肌肉很發達，又黑又直的胸毛十分濃密。他很幽默，總是逗得別人哈哈大笑，他的笑聲渾厚宏亮，充滿男人味的性感，他以自己在一週內不同日子和時間都有喜歡的性愛體位為榮，他只需要在我耳畔低語「星期三下午」，就讓我渾身顫抖不已。

但在媽媽對他數落一番後，我發現他是一個懶得動腦的人，導致現在只擅長找理由；他打高爾夫和網球只為了逃避家庭責任；他會上下打量女生的腿，便再也不知道下班要直接回家；他喜歡開玩笑，讓別人自慚形穢；他會大動作地給陌生人一張十元美鈔當小費，卻吝於買禮物給家人；比起帶自己的妻子去兜風，他更願意把整個下午的時間拿來幫他那輛紅色跑車打蠟。

我對馬文的感覺從來就沒有到恨的地步，就某種程度來說更慘。我從失望到鄙視，再到漠不關心而無聊。一直到我們分居後，晚上肖莎娜睡了，剩我一個人孤零零地醒著時，我才想到這段婚姻或許被媽媽詛咒了。

謝天謝地，她的詛咒沒有蔓延到我女兒肖莎娜身上。但當初我差點去墮胎。當我發現自己懷孕時，我很憤怒。我偷偷把我懷孕這件事視為我「日益不滿的情緒」，我把馬文拉到診所，要他跟我承受一樣的痛苦。結果我們去錯了診所，他們讓我們看一部電影，一種徹底的道德洗腦。我看到那些小東西，才七週大就被稱為寶寶。他們有小小的指頭，電影說寶寶透明的手指會動，我們要想像他們正緊緊抓著自己的生命，不讓機會溜走，這就是生命的奇蹟。如果他們讓我看的不是小小的手指頭，而是別的，我可能會……幸好他們這麼做了，因為肖莎娜真的是個奇蹟。她很完美，一舉一動都令人驚嘆，特別是她勾起蜷曲手指的樣子。她把拳頭從嘴巴移開大哭的那一刻，我就知道我對她的愛不容置疑。

但我擔心理奇。因為我知道我對他的感覺在媽媽的質疑、議論和暗示面前不堪一擊，而我怕自己會因此失去什麼。因為理奇．席爾茲愛我就像我愛肖莎娜一樣，他的愛堅定不移，沒什麼能改變的。他從未期待我給他什麼，只要我存在就夠了。與此同時，他又說他變了，因為我而變得更好了。他的浪漫令人尷尬，但他堅持他以前不是個浪漫的人，這也讓他的浪漫之舉更加讓人心動。在工作上，他會把「FYI——僅供參考[12]」的文件，跟我要看的案例摘要和公司申報表訂在一起，在下方寫道：「FYI——永遠的妳和我」。公司並不知道我們的關係，所以他這種魯莽的行為讓我很高興。

我們之間的化學效應真的讓我大吃一驚。我本以為他是屬於安靜的類型，有點笨拙的溫柔，像那種會在我一點感覺都沒有時，問「我弄痛妳了嗎？」的木訥男生，但他對我的每個動作都瞭若指掌，我很確定他會讀心術。他生性隨和，但凡發現我有一點不自在，就會像發現寶藏似地小心撬開我的內心世界。他看見所有我私人的一面，不只關於性愛方面，還有我的陰暗面——我的卑鄙、小氣以及自我厭惡，我藏起來的全部缺點。所以在他面前我完全是赤裸的，而當我脆弱到無以復加，只要說錯一句話就能讓我奪門而出，永遠不回來的時候，他總會在正確的時機說出對的話。他不讓我將自己隱藏起來，他會抓住我的手，深深地看進我的眼睛，對我訴說新的情話，關於他愛上我的原因。

我從未遇過如此純淨的愛，我怕這份愛會因為媽媽變得混濁不堪，所以我努力把所有我對理奇的愛意存在記憶裡，以備不時之需。

經過幾番深思熟慮後，我想到一個絕妙的主意。我要製造機會讓理奇和媽媽見面，贏得她的認

12 僅供參考（For Your Information）和後文的永遠的妳和我（Forever You & I）英文的頭字母相同。

可，而且我的安排會讓媽媽特意請他吃飯。宿願阿姨幫了這個計畫一點忙。宿願阿姨是媽媽的老朋友了，他們關係很好，意思是他們會互相炫耀並交換祕密，而我正好給宿願阿姨一個祕密去炫耀。

某個星期日我們穿過北灘散步時，我向理奇提議去拜訪宿願阿姨和坎尼叔叔，給他們一個驚喜。他們住在萊文沃思街，位於媽媽公寓以西幾個街區遠的地方。那時已接近傍晚，剛好趕上宿願阿姨星期日準備晚餐的時間。

「別走！留下來吃飯！」她堅持道。

「不了，我們只是剛好到這附近。」我說。

「我煮的夠吃了，妳看，四菜一湯，不吃最後也是要倒掉，浪費啦！」

我們怎麼能拒絕？三天後，宿願阿姨收到我和理奇的感謝信。「理奇說阿姨做的菜是他吃過最棒的中式料理。」我寫道。

隔天媽媽便打電話來，要我晚上回去吃飯，參加爸爸遲來的慶生會。我哥哥文森會帶他的女朋友麗莎・藍去，我也可以攜伴參加。

我早料到了，因為料理是媽媽展現愛意、驕傲和力量的方式，以此證明她比宿願阿姨懂得還多。「等一下一定要記得稱讚她煮的菜是你吃過最棒的，比宿願阿姨煮的還好吃。」我跟理奇說：「相信我。」

到了晚餐時分，我坐在廚房裡看她煮菜，等待確切時機告訴她我們要結婚的事。我們準備在明年七月結婚，大概是七個月後。她邊把茄子切碎，邊跟我嘮叨宿願阿姨。「她煮菜只會照本宣科，我的厲害在於這雙手，我鼻子很靈，一聞就知道該放什麼食材！」她惡狠狠地切菜，似乎漫不經心地剁著那把鋒利的菜刀，我很怕她的手指會成為紅燒茄子和炒豬肉絲的材料。

我希望她先說說對理奇的看法。她一開門我便看見她的表情，她擠出一個微笑，將理奇從頭到腳審視一遍，把自己的印象跟宿願阿姨告訴她的做比較。我試想他會受到怎樣的批評。

理奇除了不是中國人，還比我小了幾歲；他剛好有一頭紅色捲髮和細白的皮膚，鼻樑上點綴著細小橘斑，顯得更年輕了；他的身高不算高，但長得結實；一身深色西裝看起來體面，卻很難讓人留下印象，彷彿某人的外甥來參加葬禮似的。這也是第一年我們剛開始共事時，我沒有注意到他的原因。但媽媽全都看得一清二楚。

「那妳覺得理奇怎麼樣？」我忍不住問道，期待她的回答。

她把茄子扔進滾燙的油鍋裡，發出了猛烈的嘶嘶聲。「臉上有很多斑。」她說。

她的話讓我如芒刺在背。「那是雀斑。妳知道嗎，雀斑代表好運。」為了壓過炒菜的聲音，我放大了音量，有些太激動了點。

「是嗎？」她故作無知地問。

「對，斑點越多越好，大家都知道。」

她思考了半晌，微微一笑，然後用中文說：「大概是真的吧。妳小時候得了水痘，長了很多，不得不請假在家休息十天。妳也覺得很幸運。」

在廚房我救不了理奇，之後在餐桌上同樣也無能為力。

他帶了一瓶法國紅酒，不知道爸媽不懂喝酒，他們家甚至沒有紅酒杯。他也不該用磨砂玻璃杯喝了滿滿兩杯紅酒，其他人只倒了一點「嚐嚐味道」。

當我拿叉子給理奇用時，他堅持用滑滑的象牙筷吃。他用筷子夾了塊紅燒茄子，手上的筷子就像鴕鳥長長的腿往外翻。他半張著嘴，準備把茄子送入口中，卻在半途掉到那身筆挺的白襯衫上，滑到他褲檔的位置，這讓肖莎娜尖笑了好一會兒。

他一個人舀了一大瓢荷蘭豆炒蝦仁，沒注意到他應該先客氣地撈一點，等其他人都嚐過這道菜再拿。

他不吃炒鮮蔬。媽媽炒的是豆科植物新採的嫩葉，在新芽長成豆子前就要摘下來，價錢不便宜。肖莎娜也跟著挑食，指著理奇說：「他沒吃！他沒吃！」

他以為第二次就拒絕是一種禮貌，但他應該跟爸爸一樣，再次大動作盛一點到碗裡，然後盛第三次，甚至第四次。爸爸老是說自己欲罷不能，一口接著一口地吃，最後嘆息一聲說他已經很飽了，肚子脹得快要爆炸。

但最慘的是理奇批評媽媽煮的菜，他根本不知道自己做了什麼好事。按照中國人宴客的習慣，媽媽總會貶低自己的料理。那天晚上她指著她的拿手好菜——蒸豬肉和醬菜，她格外驕傲的兩道料理，說道：

「唉！這道不夠鹹，沒味道。」她吃了一小口後，抱怨道：「太難吃了。」

這時我們就該嚐嚐，然後誇獎這是她做過最好吃的一次。但我們還沒來得及動筷，理奇就說：「這道菜其實只需要加一點醬油。」隨即在媽媽驚恐的注視下，從那盤鹹黑的東西舀了一大勺到盤裡。

雖然我希望媽媽能透過這次晚餐看見理奇好的一面，他的幽默和男孩般的魅力，但我知道他在她的眼中早已一敗塗地。

顯然理奇對那個晚上發生的事有不同的感受。當晚我們回到家，讓肖莎娜上床睡覺後，他謙虛地說：「我覺得我們處得不錯。」他露出大麥町般憨厚的表情，直喘著氣地我表達忠誠，等我拍拍他的頭。

「嗯哼。」我說，穿上舊睡袍，表達自己沒有親熱的興致。我仍驚魂未定，想起理奇牢牢地與爸媽握手，態度就跟面對緊張的新客戶一樣親切隨和。「琳達、提姆。」他說：「我們很快會再見的。」爸媽的名字是林冬和提恩·鍾，而除了幾個家族老朋友外，沒人會直呼他們的名字。

「妳告訴她時，她怎麼說？」我知道他指的是我們結婚的事，我先前跟理奇說我會先跟媽媽說，讓她轉達讓爸爸知道。

「我沒機會說。」我沒騙人。我怎麼能在只有我們兩人時跟媽媽說我要結婚了，她好像對理奇有諸多不滿，覺得他喜歡喝昂貴的酒，他看起來臉色慘白不健康，或是肖莎娜感覺很不開心。

理奇面帶微笑。「說這種事要多久，爸、媽，我要結婚了？」

「你不懂，你不了解我媽。」

理奇搖搖頭。「喲！一點也沒錯。她英文好爛，她在說《豪門恩怨》裡出現的那個死人時，我還以為她在說中國古代發生的事呢。」

＊＊＊

那天吃完晚餐後，我躺在床上，神經緊繃。這次的失敗已讓我不抱任何希望，慘的是理奇似乎根本沒感覺。他看起來好可悲——可悲。又來了，媽媽再次讓我黑白不分。在棋盤上，我永遠是兵，只能逃跑，而她是皇后，可以從四面八方來，對我窮追猛打，總有辦法攻擊我最脆弱的地方。

我睡晚了，起床時緊咬牙關，感到緊張不安。理奇已經起來了，他沖了澡，正在讀星期日的早報。「早啊，美女。」他說，嘴裡發出咀嚼玉米片的聲音。我換上慢跑的衣物出門，坐進車裡，驅車前往爸媽家。

瑪琳說得對，我得向媽媽攤牌——跟她說我知道她在打什麼主意，她千方百計地想讓我痛苦。我到的時候已難以壓抑心中怒火，就算千刀萬剮我也不怕。

爸爸開門後看見是我，一臉驚訝。「媽在哪？」我問，努力平復呼吸。他朝身後的客廳指了指。我看見她正在沙發上熟睡，頭枕著白色繡花飾布。她的嘴巴微張，臉上的線條消失了。她的臉變得柔和，讓她看起來像個小女孩，脆弱無害又純真。她一隻手無力地垂在沙發側面，胸部平緩地起伏著。她失去了力量，手無寸鐵，周遭不再圍繞著負面情緒。她看起來毫無抵抗能力，潰不成軍。然後一股恐懼油然而生，我想著她這副模樣是因為她死了。因為我對她產生可怕的想法，所以她死了。我希望她從我生命中消失，而她同意了，離開自己的身體逃避我可怕的恨意。

「媽！」我著急地喊道：「媽！」我聲音嗚咽，哭了出來。

她眼睛慢慢睜開，眨了眨，手也動了起來，恢復活力。「什麼？妹妹啊？是妳嗎？」

我說不出話來，她有好多年沒用這個小時候的乳名叫我了。她坐了起來，臉上的線條再次浮現，只是現在看起來沒那麼苛刻，因為擔心變得輕柔許多。「妳怎麼來了？妳幹嘛哭？是不是出事了！」

我頓時手足無措。我在短短幾秒內從被她的強勢激怒，到對她的純真感到驚訝，最後因為她的脆弱而害怕。而現在我感到麻木，突然一陣無力，彷彿有人把我的插頭拔掉，使我體內的電流停止流竄。

「沒事啦，什麼都沒有，我也不知道我怎麼會來。」我聲音嘶啞地說：「我想跟妳談談……我想跟妳說……我和理奇要結婚了。」

我緊閉雙眼，準備等著聽她數落、聽她長吁短歎，用她乾啞的聲音做出某種令人痛苦的審判。

「我知道。」她說，語氣很像在問我為什麼告訴她這個。

「妳知道？」

「是啊，就算妳沒親口跟我說。」她簡短回道。

這個狀況比我想得還嚴重。她知道，在她批評那件貂皮大衣、貶低他的雀斑並抱怨他喝酒的習慣時，一直都知道。她不希望我跟他結婚。「我知道妳討厭他。」我聲音顫抖地說：「我知道妳覺得他不夠好，但我……」

「討厭？妳為什麼覺得我討厭妳未來的丈夫？」

「妳一直不想談他。之前我跟妳說他帶肖莎娜去探索博物館玩的事，妳……妳就轉移話題……開始跟我說爸的探知手術，然後……」

「妳覺得哪個更重要？探索博物館，還是探知手術？」

這次我不打算放過她。「妳看到他時說他臉上長了很多斑。」

她一臉疑惑地看著我。「那不是事實嗎？」

「是沒錯，但妳這麼說是故意的，妳想讓我難受……」

「唉呀，妳為什麼要把我想得那麼壞？」她的臉看起來老了，充滿了悲傷。「所以妳覺得自己的媽媽很壞，我的所作所為都是在暗示，但其實是妳自己心裡這麼想。唉呀！她以為我是個壞媽媽！」她挺直身軀坐在沙發上，閉緊雙唇，雙手緊緊握在一起，眼眶因為生氣泛著淚光，眨著眼不讓眼淚掉下來。

噢，她的強勢和脆弱都將我撕碎！我的神智飛往一方，心則飄向別處。我坐在她旁邊的沙發上，兩人都沉浸在彼此的打擊中。

我感覺自己輸了一場戰爭，但這是一場我毫無意識的勝負。我感到筋疲力盡。「我要回家了。」我最後說：「我現在感覺不太好。」

「妳生病了？」她低語道，把手貼在我的額頭。

「不是。」我急著想走。「我……我只是不知道我內心現在是什麼感覺。」

「那我來告訴妳。」她簡短地說，我直勾勾地盯著她。「妳的體內有一半……」她用中文解釋：「來自妳爸爸那邊的血脈，這很正常。他們是鍾姓氏族，廣東人。是一群善良、誠實的人，雖然有時候脾氣不好還很小氣。妳也知道妳爸是怎樣的人，除非我提醒他，不然不知道他會成什麼樣。」

然後我心裡想，她跟我說這個幹嘛？這兩者有什麼關聯？但媽媽繼續說了下去，臉上掛著燦爛的笑容，揮著她的手。「另一半來自我這邊，太原孫氏。」她在一個信封背面寫下幾個中文字，忘記我看不懂中文。

「我們家族很聰明、強大和狡黠，過去打仗的時候很出名。妳知道孫逸仙吧？」

我點了點頭。

「他也是孫氏一脈，但他的家族很久以前就遷往南方，跟我們也不算真的是同一族的人。我們家族一直以來都定居太原，甚至在孫威之前，妳知道孫威嗎？」

我搖搖頭，雖然我還是不知道這個話題的重點是什麼，我卻感到很安心。這好像是我們母女間第一次稱得上正常的對話。

「他跟成吉思汗打仗，蒙古士兵朝孫威的鎧甲射箭——喝！——弓箭就猶如雨下到石頭上般彈開。孫威製作的鎧甲威力之強大，讓成吉思汗相信他擁有魔力！」

「那成吉思汗一定發明了魔法箭。」我說：「他可是征服了全中國啊。」

媽媽卻好像沒聽見我說話。「沒錯，我們一直都知道怎麼贏，所以妳現在知道，妳的內在幾乎集結太原所有好的方面。」

「我猜我們已發展到僅僅在玩具和電子產品市場中拔得頭籌。」我說。

「妳怎麼知道？」她殷切地問。

「在很多東西都看得到啊——『台灣製造』。」

「唉！」她大聲叫道：「我不是來自台灣！」

就像這樣，我們才建立起的脆弱連結就這麼硬生生斷了。

「我是在中國太原出生的。」她說：「台灣不是中國。」

「噢，我以為妳說台灣，因為聽起來很像。」我反駁說。她因為我一個不經意的錯誤就生氣，讓我覺得很惱怒。

「聽起來完全不一樣！國家也不一樣！」她生氣地說：「那裡的人只是夢想那裡是中國，因為如果妳是中國人，中國就會永遠存在妳心中。」

我們陷入一陣沉默，無法打破的僵局。然後她的雙眼亮了起來。「聽著，妳也可以叫太原的簡稱『并』。在那裡長大的人都這麼叫，對妳來說不難唸。并，這是它的暱稱。」

她寫出那個中文字，我像是恍然大悟似地點頭。「跟在這裡一樣。」她用英語補充道：「你們會用大蘋果稱呼紐約，叫舊金山佛西斯科。」

「沒人那樣說啦。」我笑道：「那樣說的人根本什麼也不懂。」

「現在妳懂我的意思了。」媽媽得意地說。

我微微一笑。

我真的終於能夠了解。並非了解她說的話，而是一直以來的真相。

我看見我一直在對抗的人就是自己，一個膽戰心驚的孩子，很久以前便逃到一個自以為安全的地方。我躲在這個地方，前方豎立著一道隱形屏障，我知道在另一邊的是什麼：她來自側面的攻擊、她的祕密武器，以及找出我弱點的奇特能力。但就在我往屏障外短促一瞥時，我終於可以看到那裡真正的景象：一個老太太拿著炒鍋當盔甲，針織棒做劍，看上去有些暴躁，耐心地等待自己的女兒邀請她進來。

＊＊＊

我和理奇決定將我們的婚禮延期。媽媽說七月去中國度蜜月不太合適，因為她跟爸爸剛從北京和太原旅行回來。

「那裡夏天太熱了，你會長更多斑，臉會曬得紅通通！」她跟理奇說。理奇露出微笑，伸出拇指朝媽媽指了指，對我示意：「妳相信她剛說了什麼嗎？現在我知道妳可愛機靈的個性是從哪來的了。」

「你們一定要十月去，那是最好的季節，不會太熱也不會太冷。我在想到時候再回去一趟。」她強勢地說，很快地加上一句。「當然不是跟你們一起！」

我緊張地笑了笑，理奇打趣地說：「那很棒啊，林冬，你可以幫我們翻譯菜單，確保我們不會誤吃蛇和狗之類的。」我差點要踢他一腳。

「不，我不是這個意思。」媽媽堅持道：「我真的沒有要你們帶我去。」

我知道她真正的意思。她很願意跟我們一起去中國玩，但我會不高興。三個星期夠她抱怨筷子很髒和湯不熱了，一天有三餐——這絕對會是天大的災難。

但有部分的我覺得這整個想法很不錯。我們三個人，拋開彼此的不同，一起踏上飛機並肩而坐，然後升上空中，從西方飛往東方。

缺木

蘿絲．許．喬丹

我曾對媽媽所說的一切深信不疑，即使我聽不懂她在說什麼。在我小時候，有一次她說要下雨了，因為有迷失的亡靈在窗邊徘徊，發出「嗚——嗚——」的呼聲，想要進來。要是不好好檢查門鎖，鬼就會在半夜闖進門來。她還說鏡子只能照出人影，但就算我不在房間，她也能從裡到外看穿我。

這些事在我聽來都很真實，她的話就是有如此強大的力量。

她說如果我聽她的話，長大就會像她那樣，聽見來自高處的聲音，用頭腦做出正確的判斷；如果不聽她的話，耳根子就會變軟，容易聽信他人，全是一些毫無益處的話，因為那是來自他們心底的慾望，跟我沒有任何關係。

印象中，媽媽說的話的確來自高處，因為我總是躺在枕頭上，仰臉看著她。那時候，我和兩個姊姊睡在同一張大床上。大姊珍妮絲有過敏，晚上睡覺時一邊鼻孔會發出像鳥鳴的聲音，所以我們都叫她鼻哨。露絲的綽號是怪腳，因為她的腳趾能像女巫的爪子一樣撐開。而我是膽小眼，因為我怕黑，我會閉緊眼睛，就不覺得黑了。珍妮絲和露絲都說我這樣做很笨。小時候我都是最慢睡著的那個人，我會蜷縮在床上，遲遲不肯入睡。

「妳姊姊都已經去夢周公了。」媽媽用中文低語道。聽媽媽說，周公是夢境的守門人。「妳準備好去見周公了嗎？」每次我都會搖頭。

「周公會帶我去可怕的地方。」我哭道。

周公帶我姊姊進入夢鄉，他們從不記得昨晚夢見什麼。但周公會把門敞開讓我走進去，每當我踏出一步，他便猛地將門關上，想將我像蒼蠅般壓扁，我才每次都被驚醒。

但最後周公累了，不再看著門。我的床頭會逐漸變沉，慢慢傾斜，讓我頭朝下往下滑到門內，進入一個沒有門窗的屋裡。

記得有一次，我夢見落入地上的洞，發現我在一個夜晚的花園裡，周公大喊：「是誰在我的後院裡？」我跑走了。不一會兒，我發現自己踏在有血脈的植物上，跑過一片像紅綠燈般一直變換顏色的金魚草田，直到我來到一個巨大操場，裡面有好幾排方形沙箱。每個沙箱都有一個娃娃。媽媽明明不在那裡，卻能將我裡外看透，她跟周公說她知道我會選擇哪個娃娃，所以我決定拿平時不會選的那個。

「阻止她！阻止她！」媽媽大叫。我試圖逃跑，周公追了過來，吼道：「看看不聽媽媽的話會怎樣！」我頓時渾身僵硬，怕得不敢動彈。

隔天，我把我做的夢告訴媽媽，她笑著說：「別理周公，那只是做夢，妳只要聽我的話就好。」然後我哭著說：「可是周公也聽妳的話啊。」

時隔三十幾年，媽媽仍設法讓我聽話。在我告訴她我跟泰德要離婚的消息一個月後，我在教堂見到她。那天是中國馬利亞的葬禮，她高齡九十二歲過世，是一位很了不起的女性，她同時也是每個踏進第一華人浸信會大門的孩子的教母。

「妳太瘦了。」媽媽在我坐到她旁邊時，痛心疾首地說：「妳要吃多一點。」

「我很好。」我微笑地向她保證。「而且妳不是一直說我的衣服太緊嗎？」

「多吃點。」她堅持說，用一本螺旋裝訂的小本子輕輕推了推我，標題是手寫的：「中式烹飪——中國馬利亞・陳著」。這是在教堂門口賣的書，每本只要五美元，為了難民獎學基金募款。

管風琴聲戛然而止，牧師清了清喉嚨。他並不是專職的牧師，我認出他是溫，以前常跟我弟弟路克一起偷棒球卡的男孩。只是溫後來幸得中國馬利亞幫助，進入神學校就讀，路克卻因為販賣偷來的汽車音響，進了郡監獄。

「我仍然聽得見她的聲音。」溫對前來送葬的人說：「她跟我說，上帝在創造我時用了好原料，我如果墜入地獄燃燒就太可惜了。」

「已經火化了。」媽媽輕描淡寫地低語，朝祭壇的方向抬了抬頭，那裡擺著中國馬利亞裱框的彩色照片。我像圖書館員般豎起一根手指抵在唇前，但她不懂我的意思。

「那是我們送的。」她指著一大束黃菊花搭配玫瑰的花束。「三十四美元。全是假花，永遠不會凋謝。妳可以晚點再付我錢，珍妮絲和馬修也有出，妳有錢嗎？」

「有，泰德寄了張支票來。」

然後牧師要所有人鞠躬祈禱，媽媽終於不再說話。在牧師致詞時，她用舒潔衛生紙擦了擦鼻子。

「現在我看見她了，天使對她精湛的中式料理及好心腸讚賞不已。」

每個人抬起頭來，齊聲唱起中國馬利亞最喜歡的第三百三十五號詩歌：「一位天使，從天顯現……」

但媽媽沒有唱，她看著我。「他幹嘛寄支票給妳？」我仍看著讚美詩的歌詞，唱道：「陽光普照，生來喜樂。」

她便嚴肅地兀自答道：「他跟別人做了偷雞摸狗的事。」

偷雞摸狗？泰德？我很想笑——除了她的形容方式，還有這整個想法！她說的是那個冷靜沉著，體毛稀少，高潮時喘都不喘一下的泰德嗎？我在腦海想像他的模樣，一邊發出「哦哦哦——」的聲音，一邊搔抓著腋下，在床上跳上跳下，試圖抓住女生的乳房。

「他不會。」我說。

「為什麼？」

「我覺得我們不該在這種時候、這個場合談泰德的事。」

「為什麼妳能跟心情醫生說，卻不能跟自己的媽媽談？」

「是心理醫生。」

「心靈醫生。」她重說了一遍。

「跟媽媽談心最好，媽媽才懂妳內心在想什麼。」她的聲音混在歌聲中。「心靈醫生只會讓妳糊里糊塗，前方一片黑濛濛。」

回家後，我回想她跟我說的話，覺得她說得沒錯。最近我一直感覺我的生活過得糊里糊塗，周遭的一切看起來黑濛濛的。我從未想過這兩個詞用英文要怎麼表達，最接近的意思應該是「混亂」和「黑霧」吧。

但其實，這兩個詞的意義遠不止於此。之所以難翻譯或許是因為這兩個詞涉及到只有中國人才懂的情感。就像頭朝下掉進周公的門，試圖找出回來的路，卻因為太害怕，不敢睜開眼睛，所以只能跪趴在地，在黑暗中摸索，聽聲音告訴妳該往哪個方向。

我跟很多人談過我的婚姻，包括我的朋友，似乎除了泰德以外的所有人都找過了。每次我說的都不一樣，但我很確定都是實話，至少在那個當下是這樣沒錯。

我告訴我的朋友薇芙莉，直到發現泰德傷我多深，我才知道我有多愛他。我感到痛徹心扉，是真的能感覺到的那種痛，就像我的雙臂在沒有全身麻醉的情況下被別人扯掉，沒有縫回去。

「難道妳有在打麻醉被扯下手臂過嗎？天啊！我從沒看過妳這麼歇斯底里的樣子。」薇芙莉說：「要我說，妳離開他比較好。妳會覺得痛苦，只是因為妳花了十五年才看清他是一個情緒化的孬種。聽著，我了解妳的感受。」

我接著告訴我的朋友琳娜，離開泰德讓我變得更好了。過了最初的震驚後，我發現我一點也不想他。我只是想念跟他在一起時的感覺。

「什麼感覺？」琳娜嘆氣道：「那時妳很沮喪，妳一直被他掌控，覺得自己在他身邊什麼也不是，現在妳又覺得沒了他什麼也不是。如果我是妳，我會請一個好律師，盡可能爭取一切報復他。」

我告訴我的心理醫生我一心想報仇。我幻想自己打電話邀請泰德共進晚餐，地點選在那種時髦的有名餐廳，像是「美好咖啡廳」或「蘿莎莉」。當他開始吃第一道菜，感覺一切美好且放鬆時，我就會說：「沒那麼容易，泰德。」隨即從包包拿出琳娜從她公司的道具部借我的巫毒娃娃。我會把我的蝸牛叉對著巫毒娃娃的重點部位，當著時尚餐廳所有客人的面，大聲說：「泰德，你就是個無能的混蛋，我會讓你永遠舉不起來。」轟！

此話一出，我感覺自己來到人生一個重大的轉捩點，經過兩週的心理治療，整個人已煥然一新。但我的心理醫生一副無聊的表情，雙手仍撐著下巴。「感覺妳經歷了某些強烈的情緒。」他睡眼惺忪地說：「我覺得我們下禮拜可以多談談這些情緒。」

我不知道我到底該想些什麼。接下來的幾週，我開始審視自己的生活。我去每個房間轉了轉，努力回想房子裡所有東西的歷史來源：我認識泰德前收藏的東西（手工吹製的玻璃杯、編織掛飾和換過藤條的搖椅）、我們結婚後不久一起買的東西（大部分大型家具）、別人送的禮物（已經不會走的玻璃圓頂鐘、燒酒杯組和四個茶壺）、他買的東西（一套總共兩百五十張，卻連二十五張都沒收集到的簽名版畫，和Steuben的水晶草莓），還有我忍不住買下來的東西（車庫拍賣買的兩個單支燭台、一條破洞的古董被、一些怪狀奇形的藥膏、香料和香水瓶）。

我在整理書架時，收到泰德的信。其實說是字條更恰當，處方箋紙上用原子筆寫了一行潦草的字。「在畫叉的地方簽名。」末尾，又用藍色墨水的鋼筆寫道：「隨信附上支票，幫妳解決錢的問題。」字條跟我們的離婚協議書夾在一起，還有一張一萬美元的支票，其簽名出自同一隻藍色墨水的鋼筆。我並不覺得感激，反倒感到很受傷。

他為什麼要把支票和協議書一起寄給我？為什麼要用兩種不同的筆寫？是因為後來才想到用支票補償我嗎？他在辦公室坐了多久才確定多少錢足夠？為什麼他要用**那支**筆簽名？

我還記得去年他小心翼翼拆開金箔包裝紙時的表情，他藉著聖誕樹燈從各個角度慢慢欣賞那支筆，眼中流露出驚訝。他親吻我的額頭說：「我只會用這支筆簽重要文件。」他向我許下承諾。

我手握支票回想那件事，只能呆坐在沙發邊緣，感覺頭越來越沉。我盯著離婚協議書上畫叉的位置、處方箋紙上的字、兩種顏色的筆跡、支票上的日期和他對金額謹慎地書寫方式——「壹萬美元整」。

我靜靜地坐著，試著傾聽內心的聲音，做出正確的決定。但我意識到我不知道我還能怎麼選擇，所以我把協議書和支票收起來，放到我收集商店優惠券的抽屜裡。我每次拿到都不會丟掉，也從未用過。

媽媽跟我說過為什麼我總是搖擺不定。她說我命中缺木。命中缺木代表我很容易受別人的想法影響。她知道是因為她幾乎跟我一樣。

「女生就像一棵年輕的樹。」她說：「妳必須展現出自信，聽身旁媽媽的話，只有這樣才能成長茁壯。倘若妳彎腰去聽別人的話，就會長歪，變得不堪一擊。一陣強風吹來，就會倒塌在地。然後妳就會像雜草一樣，四處亂竄，在地上滋長蔓延，直到有人將妳拔起丟棄。」

但當她說出這番話時，已經太遲了。我早已開始往地面生長。那時我已開始上學，一個名叫貝瑞的女老師叫我們排成一排。「同學們，跟我來。」聽她的口令進出教室，在走廊上來回。如果不聽她的話，她就會叫我們彎下腰，用碼尺打屁股十下以示懲戒。

我還是會聽媽媽的話，但我也學會怎麼讓她的話變成耳邊風。有時候我的腦裡充斥著他人的想法——全是英文——所以當她要看我的內心時，就會感到一頭霧水。

這麼多年來，我學會從最佳意見中做選擇。中國人有中國人的想法，美國人有美國人的思維。而在多數情況中，美國人的思維都佔了上風。

只是後來我才發現美國思維有一個很大的漏洞。就是有太多選擇了，所以我很容易陷入迷惘，做出錯誤的決定。這就是我對我和泰德之間關係的感受。有太多事要想，太多事要決定，每個決定都意味著人生的一次轉彎。

例如說那張支票，我在想泰德是否真的想引我入洞，藉此讓我承認放棄這段婚姻，不會跟他打官司。假使我兌現了，他之後可能會說那張支票就是全部的協議金。然後我有點感性並幻想——雖然只有一下子——他寄給我一萬美元是因為他真的愛過我，他在用自己的方法跟我說我對他有多重要。我才發現一萬美元對他來說根本不算什麼，我也是一樣。

我想過結束這場折磨，在離婚協議書上簽字算了。我從放優惠券的抽屜裡拿出協議書時，才想到房子的問題。

我思忖著，我喜歡這棟房子。巨大的橡木門通往飾有彩色玻璃窗的門廳，陽光灑進早餐室裡，從前廳可以看到城市南面的景色，還有泰德種植的花和香草園圃。以前週末常看到他在花園忙碌的身影，跪在綠色橡膠墊上，癡迷地檢查每一片葉子，彷彿修剪指甲似的。他把植物移植到特定的花箱裡，鬱金香不能跟多年生植物混種，琳娜給我的一段費拉蘆薈沒有種在那裡，因為我們沒有種別的多肉植物。

我看向窗外，海芋已變得萎靡枯黃，雛菊受不了本身的重量往下垂，萵苣都已凋謝結子。臨近地面的匍匐莖隨著石板小徑的縫隙鑽來鑽去，在花箱之間纏繞。幾個月沒整理，整個花園早已雜草叢生。

看見花園成了這副乏人問津的模樣，我想起曾在幸運餅乾裡的字條看過一段話：當一個丈夫不再打理花園時，就代表他想抽根離土。泰德上一次修剪迷迭香是什麼時候？他在花床附近噴除蝸牛藥後又過了多久？

我快步走進花園棚屋，尋找殺蟲劑和除草劑，彷彿瓶中剩餘的量、有效期限等任何事情都能幫助我對自己人生多一點了解。而後我放下瓶子，感覺有人正在窺視我的一舉一動，嘲笑我。

我回到屋裡，決定打給律師。正當我準備撥電話時，我突然感到一股迷惑。我放下話筒，我要說什麼？我想從我們的離婚得到什麼——正如我從來不知道我想從這段婚姻中得到什麼？

到了隔天早上，我仍在思考我的婚姻。十五年來，我都活在泰德的陰影下。我躺在床上，雙眼緊閉，連最簡單的決定都做不了。

我在床上躺了三天，起來只為了上廁所，或再把雞湯麵罐頭熱來吃，但大部分的時間我都在睡。我吃了泰德留在藥櫃裡的安眠藥，這是我第一次清楚記得我沒做夢。我只記得自己平穩地落入一片漆黑之中，沒有任何空間及方向感。整個黑暗空間只剩下我。每次我醒來後，都會再吃一顆藥，然後回到那個空間裡。

然而，到了第四天，我做了惡夢。一片漆黑中，我看不見周公，但他說他會找到我，一旦他找到我，就會把我擠壓到地底下。他身上有鈴聲傳來，聲音越大，就表示他離我越近。我屏住呼吸，忍住不要放聲尖叫。但鈴聲越來越大聲，直到我驚醒為止。

電話在響，肯定持續響了一個小時。我接了起來。

「妳終於醒了。我帶了剩菜剩飯過來。」媽媽說，聽起來像是能看見我似的，但我的房間沒開燈，窗簾緊密地拉上。

「媽，我沒……」我說：「我現在沒時間，我在忙。」

「忙到沒時間見媽媽？」

「我有約……跟我的心理醫生。」

她沉默了一會兒。「妳為什麼不說出來？」她最終用難過的語氣說：「妳為什麼不跟妳丈夫談談？」

「媽。」我感到一陣無力。「拜託不要再叫我挽回我的婚姻了。現在就已經夠累人了。」

「我不是要妳挽回婚姻。」她反駁說：「我只是覺得妳應該跟他談談。」

剛掛上電話，鈴聲又響了起來。這次是我心理醫生的助理打來的，我錯過了早上的約診，還有兩天前的。我要重新約時間嗎？我回覆等我確認行程再回電。

五分鐘後，電話又響了。

「妳在哪？」電話那頭的人是泰德。

我開始發抖。「外面。」我回道。

「這三天我一直在找妳，我還打去電信公司確定線路是否正常。」

我知道他的確這麼做了，不是出於對我的關心，而是為了達到他的目的，他對讓他等待的人都很不耐煩且不可理喻。

「妳知道已經兩個星期了。」他的聲音明顯流露出惱怒。

「兩個星期？」

「妳沒兌換支票，也沒有把離婚協議書寄回來。我想心平氣和地處理這件事，蘿絲，妳知道我可以託人親自把文件送到妳手上。」

「是嗎？」

他接著毫無一絲停頓地說出他打電話來的真正意圖，比我設想的所有情況還可惡。

他要我在協議書上簽字寄回去，他想要這棟房子，希望離婚的事能夠盡快辦妥，因為他想再婚，娶另一個女人為妻。

我下意識便脫口而出：「你的意思是你在做偷雞摸狗的事？」我覺得我受盡屈辱，幾乎要哭出來。

好幾個月來，我一直處於不上不下的狀態中，這還是我第一次感覺一切都靜止了。所有的問題瞬間迎刃而解，因為我根本別無選擇。我覺得內心空蕩蕩的，同時我又感到自由自在，我聽見腦海裡傳來有人在笑的聲音。

「有什麼好笑的？」泰德生氣地說。

「抱歉。」我說：「只是……」我試著壓抑自己的竊笑，卻不小心從鼻孔冒出一個哼聲，令我大笑起來，泰德的沉默讓我笑得更厲害了。

我上氣不接下氣，試著重新開口：「聽著，泰德，抱歉……我覺得最好的辦法是你下星期過來一趟。」我不知道我為什麼要這麼說，但我覺得這麼做是對的。

「我們沒什麼好談的，蘿絲。」

「我知道。」我的聲音很冷靜，連自己也嚇了一跳。「我只是想讓你看個東西，別擔心，你會拿到你要的離婚協議書，相信我。」

我沒有計畫，不知道之後要跟他說什麼。我只知道我想在離婚前，跟泰德見一面。

最後我讓他看的東西是花園。他到的時候，夏日傍晚的霧氣已然下降。離婚協議書就放在我的風衣口袋裡。泰德穿著一件運動外套微微顫抖，看了看雜草叢生的花園。

「一團亂啊。」我聽見他喃喃自語，試圖把爬到小徑上的黑莓藤甩下褲腳。我知道他在計算得花多少時間把這個地方重新整理好。

「我喜歡這個樣子。」我說，拍了拍過度生長的紅蘿蔔，橘色的頭衝出地面，像是要生出來似的。然後我看到了雜草，有些從露台的裂縫竄出，其他則聚積在房子地基四周。還有很多藏在屋瓦下，正往屋頂上爬。一旦雜草入侵石基，就再也拔不掉了，最後會把整棟建築弄垮。

泰德撿起滾落地上的李子，把它們丟過圍欄，掉到鄰居的院子裡。「離婚協議書呢？」他最後問。

我把協議書遞給他，他立刻把文件塞進外套的暗袋內。他面向我，我對上他的目光，我曾誤會他的眼神中帶著溫和及呵護。「妳不用馬上搬出去。」他說：「我知道妳至少需要一個月找房子。」

「我已經找到了。」我很快接口，因為就在那時我知道我要住哪了。他挑起眉毛，嘴角微微揚起，直到我說：「就是這裡。」

「妳什麼意思？」他厲聲說。他仍吊著眉梢，不過已沒了笑容。

「我說我要住這裡。」我重複一遍。

「誰說的？」他雙手環胸，瞇起眼睛，審視我的表情，就好像他知道我隨時會變臉。以前他這個表情常把我嚇得口齒不清。

但現在我什麼也感覺不到，既不害怕也不生氣。「我說我要留下來，我的律師也贊同，我們之後會把協議書寄給你。」我說。

泰德拿出協議書，瞪著那份文件。他畫叉的地方還在，空白仍然是空白。「妳這是在幹嘛？妳就直說吧？」他說。

而那個凌駕一切的答案，透過我的身體，從我的嘴裡冒出來。「你不能就這樣隨便把我從你的生活中抽離扔掉。」

我看到我想要的：他的眼神先是困惑，然後害怕。他變得糊里糊塗，我的話就是擁有如此強大的力量。

當晚，我夢見自己在花園裡閒逛。濃霧瀰漫在樹叢間，然後我看見周公和媽媽的身影出現在遠方，他們繁忙的動作使周圍的霧氣出現漩流，兩人彎腰面對某個花箱。

「她來了！」媽媽叫道。周公向我微笑並招手。我朝媽媽走去，看見她守著某個東西，彷彿照看孩子一般。

「妳看。」她微笑地說：「我今早種下的，一些給妳，一些給我。」

在一片黑濛濛中，是一整片雜草沿著地面蔓延開來，四處亂竄。

最佳品質

吳菁妹

五個月前，為了慶祝中國新年，我們一起吃了螃蟹大餐。那天晚上，我從媽媽那兒拿到了「護身符」，一個掛在金鍊上的玉墜。我自己並不會戴這種類型的首飾，它幾乎跟我的小指差不多大，綠色中帶有白色的雜質，經過精心雕琢。對我來說，這條項鍊一點也不好看：墜子太大，顏色太綠，樣式也過於花俏。我把項鍊放進一個漆盒裡後，便忘了它的存在。

但最近我一直想起我的護身符，我在想那個玉墜有什麼含意。因為媽媽三個月前剛過世，就在我三十六歲生日前六天。她是我唯一能問的人，只有她能告訴我護身符的事，幫助我了解我的悲痛。

現在我每天戴著那條墜子。我認為墜子上的雕刻代表某個意義。直到有人告訴我前，我一直沒注意到形狀和細節對中國人而言富有含意。雖然我也可以問林冬阿姨、安梅阿姨和其他中國朋友，但我知道他們告訴我的答案不會是媽媽想說的。萬一他們跟我說這塊玉上面的三個橢圓形代表石榴，而媽媽是希望我能多子多孫的話怎麼辦？要是媽媽的意思是這塊玉的紋路代表梨子，希望我純潔誠實呢?或者這是從一座魔山飛出的萬年水滴,指示我人生的方向,並帶給我一千年不朽的名氣?

由於我一直在想這件事,我總會注意那些跟我戴一樣玉墜的人——不是那種扁平的牌形玉珮,或者中間穿洞的圓形白玉,而是像我戴的一樣,兩吋大、青蘋色的橢圓形。彷彿我們彼此宣誓要遵守同一個密約,守護連我們自己都不知道的祕密。比方說,上星期我看到一個酒保戴著同樣的玉珮,我摸著自己的玉珮,問他:「你的玉珮從哪來的?」

「我媽給我的。」他說。

我問他原因,這種管閒事的問題只有當彼此都是中國人才問得出口。在一堆白人的世界裡,兩個中國人早就像家人一樣。

「我離婚後,她給我這塊玉佩,我猜我媽是想告訴我仍然擁有價值。」

而我聽得出他聲音中蘊含疑惑,表示他其實也不知道那塊玉佩的真正意義。

去年中國新年圍爐時,媽媽煮了十一隻螃蟹,一人一隻,還多出一隻額外的螃蟹。螃蟹是我和媽媽去唐人街的市德頓街買的。我們從爸媽位於陡峭山坡上的公寓走下來,就是他們買在離加利福尼亞街很近的萊文沃斯街上的六戶住房大樓的一樓。他們家離我擔任文案企劃的廣告公司只有六個街區遠,所以我一星期會在下班後去個兩、三次。媽媽會準備豐盛的菜餚,要我留下來吃晚餐。

那年,中國農曆新年是在星期四,所以我早早下班陪媽媽購物。媽媽那時七十一歲,依然健步如飛。她瘦小的身軀站得筆挺堅毅，提著一個五顏六色的花塑膠袋，我則拉著一個金屬購物車跟在後頭。

每次跟她去唐人街時，她會指著其他與她差不多年紀的華人婦女。「他們是香港人。」她說，邊看著兩個身穿黑色貂皮大衣，一頭黑髮做著完美造型、打扮入時的女人。「廣東人，村裡來的。」當我們經過戴著針織帽、上身穿著羽絨衣，外面套上男士背心的女人時，她會低聲說。媽媽穿著聚脂纖維的褲子，搭配紅色毛衣和綠色兒童羽絨外套——看起來別具一格。她在一九四九年來到這裡，結束從一九四四年始於桂林的漫長旅程。她曾往北去到重慶，在那裡遇見爸爸，然後他們又去了位於東南方的上海，逃往更南方的香港，搭上前往舊金山的船。因此，媽媽來往四面八方。

現在，她一邊喘著氣往下走，一邊抱怨。「就算不喜歡他們，還是擺脫不了。」她再次跟我抱怨二樓的住戶。就在兩年前，她以中國親戚要來住為由，想趕走他們，但那對夫妻看穿了她想逃避租金管制的計謀，他們說除非親戚來了，不然他們不會搬走。自此，我就不得不聽她一直抱怨這對夫妻對她造成的不公平。

媽媽說那個頭髮花白的老先生拿太多袋子套垃圾桶：「害我多花錢。」

他的妻子是個優雅的藝術家，有著一頭金髮，據說把公寓漆成恐怖的紅色和綠色。「真可怕。」媽媽嘟囔道：「一天還洗兩、三次澡，水一直流個不停！」

「上星期。」她說，每走一步越生氣。「那個外國人還污衊我。」她把每個白人都稱作外國人。

「他們說我在魚裡下毒，毒死那隻貓。」

「什麼貓？」我問，但我很清楚她說的是哪一隻貓。我看過那隻貓很多次，那是隻灰白紋的獨耳大貓，學會跳到媽媽公寓廚房窗外的窗台。媽媽會踮起腳尖拍窗嚇走那隻貓，而那隻貓會堅守陣地，發出嘶嘶聲回應媽媽的吼叫。

「那隻貓總是在我家門前放屁。」媽媽抱怨道。

有一次我看見她拿著一鍋熱水在樓梯間追著牠跑，我想問她是否真的在魚裡下毒，但我已經學會絕對不要跟媽媽唱反調。

「那隻貓怎麼了？」我問。

「走了！不見了！」她攤開雙手，露出微笑，突然變得很高興，然後再次怒罵道：「還有那個男的，他這樣舉起拳頭，說我是最爛的福建房東。我又不是福建人。哼！他什麼都不知道！」她說，很開心自己挫了他的銳氣。

我們在市德頓街逛了好幾間魚店，尋找最新鮮的螃蟹。

「死的不要買。」媽媽用中文說：「連乞丐也不吃。」

我用鉛筆戳著螃蟹，看看牠們是否有活力。只要螃蟹用鉗子夾住我的鉛筆，我就會把牠抓出來放進塑膠袋裡。我用這種方法抓了一隻螃蟹，發現牠的腳被另一隻螃蟹夾住了。稍微拉扯間，那隻螃蟹一隻腳被扯斷了。

「放回去。」媽媽低語道：「缺一隻腳在中國新年是不好的兆頭。」

但一個穿著白罩衫的男人走了過來，他扯著嗓門用廣東話跟媽媽交談，媽媽的廣東話說得不好，程度跟她的普通話一樣，她也大聲地回他，指著那隻螃蟹和牠的斷腳。幾番激烈的爭執後，那隻斷了腳的螃蟹落到了我們的袋中。

「沒關係。」媽媽說：「這隻是第十一隻，多出來的。」

回家後，媽媽打開報紙，將螃蟹丟到一盆冷水裡。她拿出用很久的木頭砧板和菜刀，開始切薑和蔥，把醬油和香油倒到淺盤裡，整個廚房瀰漫著濕報紙和中式菜餚的香味。

她接著抓著螃蟹的背殼，一個一個提起來，把水甩乾，螃蟹也醒了過來。螃蟹在半空中屈起腳，被從水槽移動到爐子上。她將螃蟹堆放在一個多層蒸籠中，置於雙口瓦斯爐上，蓋上蓋子，然後轉開火。我看不下去螃蟹活活蒸熟的畫面，便走出去，進了飯廳。

我八歲的時候，曾經把媽媽在我生日買回家當晚餐的螃蟹抓來玩。我會用手戳牠，在牠的鉗子夾到我前往後跳。然後我覺得我和那隻螃蟹達成了共識，因為牠最終抬起身體沿著流理台爬行。但我還來不及為我的新寵物取名字，媽媽就把那隻螃蟹扔進一鍋冷水中，然後抬到一個高腳爐上。我在旁邊看著，感到越來越害怕，因為當水開始加熱，螃蟹試著從自己的熱湯中爬出來，敲打著鍋子，發出鏗鏘的聲響。直到今天，我還記得那隻螃蟹發出尖鳴，從沸騰的鍋旁伸出一隻鮮紅色的大螯。那一定是我自己的聲音，因為現在我知道螃蟹沒有發聲的器官。而我也試著說服自己，螃蟹的大腦無法判斷被熱水煮熟和慢慢死的差別。

為了慶祝新年，媽媽邀請她的老朋友林冬和提恩．鍾夫婦來家裡。不用問媽媽也知道，鍾家的小孩也會出席。他們三十八歲仍住在家的兒子文森，以及他們和我同齡的女兒薇芙莉。文森打來問是否可以帶他的女友麗莎．藍出席。薇芙莉說她的未婚夫理奇．席爾茲也會出席，對方跟薇芙莉一樣，是普華會計師事務所的稅務律師。她還說她與前任生的四歲女兒肖莎娜想知道爸媽家有沒有錄影機，可讓她在無聊時看《木偶奇遇記》。媽媽還提醒我邀請老莊一起圍爐，他是我以前的鋼琴老師，仍住在我家以前住的公寓，距離三個街區遠的地方。

加上爸媽和我就是十一個人。但媽媽只算十個人，因為她覺得肖莎娜是小孩不算數，至少以螃蟹來說。但她沒有考慮到薇芙莉可能不這麼想。

當那盤蒸螃蟹上桌時，薇芙莉首先動筷，選了色澤最鮮艷、肉看起來最多、最好的那隻螃蟹放在她女兒盤裡，接著又為理奇挑一隻好的，再來是她自己。而由於她挑選最好的個性遺傳自她媽媽，她媽媽理所當然為丈夫挑了另一隻好螃蟹，然後是她兒子、兒子的女友，最後是她自己。而我媽媽看了下剩下的四隻螃蟹，把看起來最好的一隻夾給老莊，因為他已年近九十，我們應該給他這種尊重。接著挑了另一隻好的給爸爸。盤子就只剩下兩隻：一隻淡橘色的大螃蟹和第十一隻，斷腳的螃蟹。

媽媽在我面前搖了搖盤子。「夾去吧，要冷了。」她說。

自從目睹我的生日螃蟹被活活煮熟後，我就不是很喜歡吃螃蟹，但我沒辦法拒絕。這是中國母親愛自己兒女的方式，並非擁抱和親吻，而是透過硬塞過來的餃子、鴨胗和螃蟹。

我以為我做了正確的判斷，夾了斷腳的那隻，但媽媽叫道：「不是那隻！妳吃大隻的，我吃不完。」

我記得每個人大快朵頤的聲音——敲碎蟹殼、把蟹肉吸出來、用筷子末端刮掉殘留的肉——以及媽媽安靜的盤子。在場只有我注意到她撬開蟹殼，聞了下蟹肉，然後起身端起盤子去了廚房。回來後並沒有手上沒有螃蟹，反而帶了更多裝著醬油和薑蔥的碗。

等肚子填飽後，所有人開始聊天。

「宿願！」林冬阿姨對媽媽說：「妳怎麼穿這個顏色？」林冬阿姨拿著一根蟹腳，指著媽媽身上的紅色毛衣。

「妳怎麼還穿這個顏色？太年輕了！」她斥責道。

媽媽表現得像是被稱讚似的。「我在坎普威爾百貨買的。」她說：「十九美元，比自己織還便宜。」

林冬阿姨點點頭，好像這個顏色值得那個價。然後她用蟹腳指向自己未來的女婿理奇說：「看到這傢伙不會吃中式料理了沒。」

「螃蟹不算中式料理。」薇芙莉語氣不滿地說。我很驚訝薇芙莉說話的習慣仍跟二十五年前一樣，當我們十歲時，她也用同樣的語氣對我說：「妳不是像我一樣的天才。」

林冬阿姨惱怒地看著自己的女兒。「妳怎麼知道什麼是中式，什麼不是？」然後她轉向理奇，語氣更加強勢地說：「你為什麼不吃最好的部分？」

然後我看到理奇笑了笑，神色愉悅，並未露出謙卑的態度。他跟他盤中的螃蟹有著相同的顏色：紅色的頭髮、淡奶油色的皮膚，還有大顆的橘色雀斑。當他面露傻笑時，林冬阿姨示範了正確的吃螃蟹技巧，把她的筷子戳入橘色海綿狀的部分：「你要挖這裡，把裡面的東西弄出來，蟹腦最好吃了，試試看。」

薇芙莉和理奇互看了一眼，露出噁心的表情。我聽見文森和麗莎在一旁竊竊私語：「真噁。」然後偷笑起來。

提恩叔叔逕自笑了起來，讓我們知道他想到了好玩的事。從他鼻子發出的哼聲和用手拍打大腿看來，他一定練習這個笑話很久了。「我跟我女兒說，為什麼要過窮生活，嫁給有錢人就好啦！」他哈哈大笑，輕拍坐在他旁邊的麗莎。「妳聽不懂嗎？看怎麼著？她就要跟這邊這個男人理奇結婚了。因為我叫她嫁給有錢人。」

「你們什麼時候辦婚禮？」文森問。

「我還要問你們呢。」薇芙莉說。麗莎在文森忽略這個問題時面露尷尬。

「媽，我不喜歡吃螃蟹！」肖莎娜抱怨道。

「髮型不錯。」薇芙莉越過桌子對我說。

「謝謝，大衛技術一直不錯。」

「妳的意思是妳現在還去霍華街那家美髮院？」薇芙莉挑了挑眉。「妳不怕嗎？」

我能感覺她語氣的詭異，但我還是問道：「怕什麼？他剪得一直不錯。」

「我的意思是他是同性戀。」薇芙莉說：「他可能有愛滋。他幫妳剪頭髮，就等於剪掉活生生的人體組織。或許我太偏執了，但做為一個媽媽，但這些日子真的不得不非常小心……」

我坐在那兒感覺好像頭髮染了病似的。

「妳應該去找我的設計師。」薇芙莉說：「羅里先生技術很好，雖然收的費用可能比妳那個高。」

我很想放聲尖叫，她總是這麼不著痕跡地羞辱別人。例如說，每次我詢問她很簡單的稅務問題，她會到處東扯西扯，弄得好像我很窮，花不起錢諮詢她的法律專業。

她會說：「我真的不喜歡在辦公室以外的地方談重要的稅務問題。萬一妳就在吃午餐時隨口一問，我也隨便給些建議，妳聽我的建議去做，因為沒有給我完整資訊出了問題，我會覺得很糟糕，妳也一樣，不是嗎？」

在螃蟹大餐期間，我很氣她說我髮型的事，所以我想羞辱她，在大家面前揭露她有多小氣。所以我決定當著她的面，提起我為她公司的稅務服務手冊所寫的、總共八頁的文案。她的公司已經晚付款超過一個月。

「如果某人的公司有及時付款的話，或許我付得起羅里的設計費。」我露出嘲弄的笑容。我很開心看到薇芙莉的反應，她真的很慌張，一言不發。

我忍不住繼續戳她痛處。「一個會計的大公司竟然無法及時付款真的很諷刺。說真的，薇芙莉，妳到底在什麼公司上班啊？」

她的臉色沉了下來，保持沉默。

「嘿、嘿，你們兩個，不准吵架！」爸爸說，彷彿我們倆仍然是為三輪車和蠟筆顏色吵架的小孩。

「是呀，我們現在不該談這個。」薇芙莉小聲說。

「所以你們覺得巨人隊這次成績如何？」文森說，試圖活躍氣氛，但沒人笑。

這次我不想放過她。「每次我打電話給妳，妳也不想談。」我說。

薇芙莉看向理奇，後者聳了聳肩。她又轉向我，嘆了口氣。

「聽著，朱恩，我不知道該怎麼跟妳說。妳寫的東西，嗯……公司覺得沒辦法用。」

「騙人，妳說寫得很棒啊。」

薇芙莉又嘆了口氣。「我是說過，因為我不想讓妳難過，我試過想辦法看看能不能修，但還是沒辦法。」

就這樣，我彷彿手臂在空中掙扎，毫無預警地被扔進深水中，溺斃下沉。「大部分的文案都需要微調。」我說：「第一次不完美很……正常，我可以把過程解釋得更好。」

「朱恩，我真的覺得……」

「重寫不收費，我跟妳一樣想把文案修好。」

薇芙莉假裝沒聽見我的話。「我很努力說服他們至少付妳一些時間費用。我知道妳花了很多心血去寫……這是我欠妳的，因為是我推薦妳接這個案子。」

「妳跟我說他們想怎麼改，下星期我會打給妳，我們一句一句改。」

「朱恩——不行。」薇芙莉果斷地說：「妳的文字就是沒……那麼精細。我知道妳為其他客戶寫的東西很棒，但我們是大公司。我們需要了解我們……風格的人。」她說著把手放在胸前，彷彿她說的是她的風格。

而後她輕鬆地笑了。「我說真的，朱恩。」然後她開始用低沉電視主播的口吻說：「購買的三個好處、三個需求、三個原因……保證諸君滿意……對今天和未來的稅收需求……」

她用一種滑稽的口吻說著，以至於大家都覺得她在說笑，笑了起來。然後，讓事情變得更糟的是，我聽見媽媽對薇芙莉說：「沒錯，風格是教不來的。朱恩的心思不比妳細膩，一定是天生如此。」

我很驚訝自己竟然受到如此屈辱，我再一次被薇芙莉比下去，又受到自己媽媽的背叛。我努力維持微笑，讓我的下唇抽搐了起來。我試著找別的事情做，轉移注意力，我記得我拿起自己和老莊的盤子，像在清理桌面。我透過淚光，清晰地看到留在盤子上的殘屑，心想為什麼媽媽不用五年前我買給她的新盤子。

桌上都是吃完的螃蟹殘骸。薇芙莉和理奇抽起了菸，把一個螃蟹殼放到中間當菸灰缸。肖莎娜走到鋼琴旁，兩手各拿著一隻蟹腳敲打琴鍵。多年來以完全失聰的老莊看著肖莎娜彈琴，稱讚道：「好極了！」除了他在鬼吼鬼叫外，所有人都不發一語。媽媽去了廚房，接著端了一盤剝成一片一片的橘子回來。爸爸戳了戳自己吃完的螃蟹殼，文森清了兩次喉嚨，拍拍麗莎的手。

最後打破僵局的人是林冬阿姨：「薇芙莉，妳讓她再試一次，第一次妳給她太少時間了，她當然沒辦法做好。」

我能夠聽見媽媽吃橘子的聲音，在我認識的人之中，她是唯一一個嚼橘子像在咬果肉較脆的蘋果般嘎吱作響的人。那個聲音比咬牙切齒還糟糕。

「慢工出細活。」林冬阿姨說著點點頭，對自己的說法頗為贊同。

「要付諸行動。」提恩叔叔提議道：「付諸行動，我喜歡這樣，這也是妳所需要的，修正它吧。」

「算了。」我微笑地說，端起盤子去到水槽。

那天晚上在廚房，我意識到自己其實好不到哪裡去。我是個文案企劃，在一家小型廣告公司工作。我向每個客戶保證：「我們可以讓肉燒得滋滋作響。」滋滋作響通常可總結為「購買的三個好處、三個需要和三個理由」，肉通常說的是同軸電纜、數據多工器和通訊協定轉換器之類的商品。我之前的工作做得很好，成功完成那種小型案子。

我轉開水洗碗，不再對薇芙莉感到生氣。我覺得又累又蠢，彷彿我一直在逃避某人的追捕，回頭一看卻發現根本沒有人。

我拿起媽媽用的那個盤子，她在晚餐期間端進廚房的那個。那隻螃蟹沒動過，我拿起蟹殼聞了聞。或許因為我本來就不喜歡吃螃蟹，我聞不出來有哪裡不對。

大家離開後，媽媽也進到廚房裡，我正把餐盤收起來。她又裝了壺水去燒，準備泡更多茶，坐在一旁的小廚桌前。我等著她罵我。

「今天晚餐很豐盛。」我禮貌地說。

「沒那麼好啦。」她說，用牙籤剔牙。

「妳怎麼沒吃螃蟹？為什麼要丟掉？」

「沒有很好。」她又說了一遍。「那隻螃蟹死了，乞丐都不想吃。」

「妳怎麼知道？我沒聞到怪味呀。」

「我煮之前就知道了！」她站了起來，從廚房的窗戶看向外頭的夜色。「我煮之前搖了下那隻螃蟹。牠的腳下垂、嘴巴張開來，已經呈現死態。」

「妳知道螃蟹死了，幹嘛還煮？」

「我以為……可能只是死了，味道不會太差。但我聞得出腥味，肉不紮實。」

「要是別人夾了那隻呢？」

媽媽看著我笑了笑。「只有妳夾了那隻，沒有人夾。別人都想要最好的，妳的想法不一樣。」

她說話的口氣彷彿是在證明一件好事。她總是說一些聽起來不明所以，好壞參半的話。

我收好最後一個缺角的盤子，想起另一件事。「媽，妳為什麼不用我買給妳的新盤子？如果妳不喜歡，妳應該跟我說，我可以拿去換。」

「我當然喜歡。」她語氣有些惱怒。「有時候我想把好東西保存下來，然後就忘了。」

然後，就像剛想起似的，她解開脖子那條金項鍊的扣子，把那條玉墜放入我的手心，將我的手闔起來。

「不行，媽。」我說：「我不能拿。」

「拿啦，拿啦。」她說，彷彿斥責的語氣。她接著用中文說：「我很早就想把這條玉墜給妳了。妳看我一直戴在身上，等妳戴上後，就會明白我的意思。這是妳的護身符。」

我看著那條項鍊，一個淡綠色的玉墜子。我想把它還回去，我不想收下這個。但我感覺自己好像早已收下。

「妳給我這個是因為晚上發生的事嗎？」我最後開口。

「什麼事？」

「薇芙莉說的那件事，還有其他人的閒話。」

「嘖！妳何必聽她亂說？妳幹嘛追著她的話跑？她就像這隻螃蟹。」媽媽指向垃圾桶裡的蟹殼。

「總是走旁道，歪歪斜斜地移動，妳可以走別的地方。」

我戴上項鍊，感覺一陣冰涼。

「這塊玉沒有很好。」她平鋪直敘地說，摸著那塊玉墜，用中文補充道：「這塊玉還很新，顏色還很淡，但妳天天戴就會變綠。」

自從媽媽過世後，爸爸一直吃得不好。所以我現在才會在爸媽家廚房為他煮晚餐。我在切豆腐，決定做麻婆豆腐給他吃。媽媽曾說過熱食可以使人恢復精氣。但我做這道菜最主要是因為我知道爸爸愛吃，而且我會做。我喜歡這道菜的蔥薑味，以及一打開蓋子就撲鼻而來的辣椒香。

上面忽地傳來「碰！」的一聲，老舊的水管開始運作。我開著的水龍頭水量逐漸變小。其中一個住在樓上的房客一定在沖澡，我記得媽媽曾抱怨：「即使妳不想要他們，他們就是陰魂不散。」而現在我了解她的意思了。

我在水槽沖洗豆腐時，被突然出現在窗戶上的黑影嚇了一跳。是樓上那隻獨耳貓。牠穩穩地踏在窗台上，側腹摩擦過窗面。

媽媽並沒有殺死那隻該死的貓，我鬆了口氣。然後我看見那隻貓摩擦得更激烈，然後抬起尾巴。

「走開！」我吼道，在窗上拍了三下。但那隻貓只是瞇起眼睛，把剩下的那隻耳朵往後貼，朝我低吼。

Chapter 4

王母娘娘

「噢！壞東西。」女人逗弄著寶貝孫女。「是不是菩薩教妳想笑就笑呀？」寶寶咯咯地笑個不停，女人心中頓時燃起深沉的希望。

她對寶寶說：「就算我能長命百歲，我還是不知道怎麼教妳才好。曾經我也是自由自在、天真無邪，想笑就笑。

「後來為了保護自己，我丟掉了單純和愚蠢。我也教我女兒——就是妳的媽媽——擺脫天真，讓她也不受傷害。

「壞東西，我這樣想錯了嗎？如果我覺得一個人很壞，難道不是因為我也變壞了？如果我看見一個人疑神疑鬼，難道我就沒有察覺到同樣的壞事嗎？」

寶寶笑了起來，聽她外婆唉聲嘆氣。

「噢！噢！妳說妳笑是因為妳已經得到永生，活了一遍又一遍？妳說妳是西王母，現在回來是為了給我答案！好好好，我洗耳恭聽……

「謝謝妳呀，小王母，那妳一定要教教我女兒，怎麼拋開天真又不失去希望，怎麼永遠開懷大笑。」

喜鵲

許安梅

女兒昨天告訴我：「我的婚姻完了。」而她只能眼睜睜地看著她的婚姻分崩離析。她躺在心理治療室的診療椅上，飽受羞愧折磨而擠出眼淚來。我想她會一直躺在那兒，等到她的婚姻已回天乏術，什麼也沒有留下，淚已流乾。

她哭說：「我別無選擇！」但她不知道，保持沉默就是一種選擇。如果她什麼也不試，就永遠沒有機會。

我很了解，因為我是受中國教育長大的：我被教導要無欲無求，接納別人的不幸，把自己的苦往肚裡吞。

但是，即使我教給女兒相反的觀念，她仍然走上相同的道路！或許是因為她是我懷胎所生，又是女孩；我也來自我母親，一個女孩。我們就像在走樓梯，一步接著一步，上上下下，但走的都是同一條路。

我知道保持沉默的感覺，去聆聽和觀察，彷彿人生就是一場夢。不想看還可以閉上眼睛，但倘若不想聽了，又該怎麼辦？至今我仍能聽見六十多年前發生的事。

＊＊＊

母親剛來到位於寧波的舅舅家時，給我的感覺很陌生。當時我九歲，有好多年沒見到她了。但我知道她是我的母親，因為我能感覺到她的悲傷。

「不要看那個女人。」舅媽警告我：「她的臉被她丟光了，全部付諸東流。她心中早已沒了祖靈，妳看到的只是一個腐爛的軀體裝著邪惡的靈魂，爛到骨子裡。」

我凝視著我母親，她看起來一點也不邪惡。我想摸摸她的臉，感受那張和我神似的面孔。

她的確穿了一身奇怪的洋服，但她沒有在舅媽罵她時還嘴。她對舅舅叫哥哥時挨了一巴掌，但她只是把頭垂得更低。婆婆過世時，她哭得傷心欲絕，即便婆婆——也就是她的母親——在很多年前把她趕出這個家。辦完婆婆的葬禮，舅舅便下了逐客令，要她收拾行囊回天津。她喪夫後並未守寡，而是嫁到那裡，成為某個富豪的三姨太。

她怎麼能丟下我一走了之？這不是我可以問的問題。因為我是小孩，只能看和聽。

在她離開前一個晚上，她把我緊緊抱在懷裡，彷彿在保護我不受看不見的危險侵襲。她還沒走，我就哭著想把她找回來。我枕著她的腿，聽她說故事。

「安梅。」她輕輕說：「妳有看到住在池塘的那隻小烏龜嗎？」我點頭。她說的是我們家院子裡的那座池塘，我常用樹枝拍打平靜無波的池水，讓烏龜從石頭下游出來。

「我小時候就知道那隻烏龜了。」母親說：「我常坐在池邊看烏龜游到水面，用牠的小嘴呼吸。牠已經是隻老烏龜了。」

我在腦中回想那隻烏龜的樣子，我知道母親的腦海也浮現了同一隻烏龜。

「那隻烏龜會吃我們的想法。」母親說：「我是在妳這個年紀知道的。妳婆婆說我不再是小孩了，不能再大吼大叫、跑來跑去，或窩在地上抓蟋蟀。就算難過我也不能哭，要文靜一點，乖乖聽長輩的話。如果我沒有照做，她就會剪掉我的頭髮，把我送去尼姑庵。

「那天晚上，妳婆婆跟我說了那些話後，我坐在池邊看著水裡。我因為無法反抗，哭了出來。然後我看見那隻烏龜游到水面上，把我落到水面的淚珠吃掉。牠吃得很快，總共吃了七滴，接著離開池塘，爬到一顆光滑的石頭上，開口說話。

「烏龜說：『我吃了妳的眼淚，所以知道妳的痛苦。但我得警告妳，妳如果哭，妳的人生就會一直沉浸在悲傷中。』

「隨後烏龜張開嘴，接二連三地吐出七顆珍珠般的蛋。蛋破了，生出了七隻鳥，一出來便嘰嘰喳喳地叫個不行。從牠們雪白的腹部和美妙的歌聲，我認出那是喜鵲。那些鳥把鳥喙伸進池塘中，大口地喝了起來。當我伸手去抓其中一隻時，牠們同時飛了起來，拍著黑色翅膀撲向我的臉，飛到空中哈哈大笑。

「『現在妳知道為什麼了，』烏龜說著潛回池裡。『哭沒有用。流淚不會減輕妳的傷痛，反而餵養了別人的歡樂，所以妳必須學會吞下自己的眼淚。』」

但母親說完故事後，我看向她，發現她在哭。我也哭了起來，這是我們的命運，就像兩隻住在池塘底部的烏龜，看著水面的世界。

隔天一早，我被吵醒——並非因為喜鵲在叫，而是遠處傳來怒吼。我從床上跳起來，悄悄地跑到窗邊。

我看見母親跪在前院，手指抓著石板路，彷彿弄丟了什麼，而她知道再也找不回來了。舅舅——我母親的哥哥——就站在她面前大吼。

「妳想帶妳女兒走，把她的人生也毀了！」聽了這個無禮的要求，舅舅氣憤地跺起腳來。「妳該走了。」

母親什麼也沒說，依然維持伏在地上的姿勢，背彎得像池中烏龜的殼一樣圓。她閉緊了嘴悶聲哭著，我也像她一樣哭了出來，將淚水吞進肚裡。

我趕緊換了衣服，當我跑下樓去到前廳時，母親就要走了。一名傭人把她的行李拿到外面，舅媽牽著我弟弟的手，我頓時忘了閉嘴，喊道：「媽！」

「看妳對妳女兒造成什麼壞榜樣！」舅舅叫道。

母親此時仍低著頭，聞言抬起視線看我。我阻止不了眼淚滑落臉頰，然後我想，母親因為看見我這樣哭著而改變了。她站起來挺直身子，看起來幾乎比舅舅還高。她朝我伸出手，而我跑向她。她語氣鎮定平靜地說：「安梅，我不會問妳，但我現在要回天津，妳可以跟我一起來。」

舅媽聽見後，喝斥道：「有其母必有其女！安梅，妳以為妳可以看新東西、坐新車，但妳只能跟在一隻老騾的屁股後面跑，妳的人生就在妳眼前。」

她的這番話讓我更下定決心離開，因為我眼前的人生就是舅舅家，充滿我不明白的陰暗面和苦痛。所以我不想管舅媽說什麼，把臉轉向母親。

舅舅拿起一個瓷花瓶。「這就是妳要的？」他說：「拋棄自己的人生？如果妳跟這女人走，妳會再也抬不起頭來。」說完，他把花瓶砸到地上，成了無數碎片。我嚇了一跳，母親牽住我的手。

她的手很溫暖。「走，安梅，我們得快點。」她說，彷彿知道天就要下雨了。

「安梅！」我聽見身後傳來舅媽哀戚的叫喊，然後舅舅說：「算了！她已經變了。」

在我步向新的生活時，我想知道舅舅說的話是不是真的：我變了，永遠都會抬不起頭來。所以我試著抬起頭。

然後我看見我弟弟，手被舅媽緊緊握著，哭得淅瀝嘩啦。母親不敢連我弟弟一併帶走，一個兒子絕不能去到別人家生活。如果他去了，未來就將永遠失去希望。但我知道他壓根就不管這些。他在哭，既生氣又害怕，因為母親沒有要他跟來。

舅舅說得沒錯，在看見弟弟傷心的模樣後，我根本無法抬起頭來。

在去往火車站的人力車上，母親呢喃道：「可憐的安梅，只有妳知道……只有妳知道我的痛苦。」她的話讓我很得意，因為只有我能看見她細膩、不為人知的心思。

但上了火車，我才意識到我將離開現在的生活多遠，我開始害怕起來。我們一共旅行了七天，一天搭火車，剩下六天坐汽船。一開始，母親興致很高昂，每當我回頭去看我們剛經過的地方時，她就會跟我說在天津發生的事。

她提到聰明的小販會賣各式各樣的小吃：蒸餃、水煮花生以及母親最愛的煎薄餅，中間會打一顆蛋，抹上豆沙，再捲起來——剛離鍋還燙得不行！然後交給飢腸轆轆的客人。

她描述港口的景象和那裡的海鮮，表示比我們在寧波吃的更加美味。大顆的蛤蜊、蝦子、螃蟹、各種魚類，不論海水魚還是淡水魚都是最好的，不然怎麼會有這麼多外國人去那個海港呢？

她向我描述人潮擁擠的狹窄街市。一大清早，農民就會上街賣菜，全都是我沒看過也沒吃過的菜，而母親信誓旦旦地說，我吃了就會知道那些菜香甜滑嫩，非常新鮮。此外，那座城市有部分區域住著各種外國人——日本人、俄羅斯人、美國人和德國人。但他們絕對不會混在一起，每個民族各有不同的習慣，有的人骯髒，有的人乾淨。他們住的房子形狀、顏色各異，有一棟漆成粉紅色，有一棟涵蓋很多房間，造型彷彿維多利亞時代的裙撐，前後凸了出來；還有建築的屋頂像尖頂帽，木雕裝飾為了看起來像象牙漆成白色。

而且冬天會下雪，她說。母親告訴我，再過幾個月，寒露就要來了，到時候會開始下雨，這陣綿綿細雨會一直下到天氣變得乾冷，接著一片白茫茫，宛如春天木梨花開。她會替我穿上毛皮外套和褲子，如此一來，再冷我也不怕！

她跟我說了許多故事，直到我把臉轉正，朝著天津新家的方向。但到了第五天，我們開始靠近天津市的海灣，海水從混濁的黃色變得烏黑，船身搖晃不定，我便感到害怕想吐。當晚，我夢見舅媽口中的東流，那片黑潮會永遠改變一個人。我昏昏沉沉地躺在船上的床上，盯著那片黑潮，害怕舅媽的話會成真。我看見母親早已發生了變化，她臉色陰沉憤怒，望向海面，沉浸在自己的思緒中，我的想法跟著變得烏雲密布。

我們預定抵達天津的那日清晨，她一身白色中式喪服走進睡覺的艙房。等她回到上層甲板的待客室時，看起來就像個陌生人。她的眉峰畫得很粗，眉尖勾得細長；眼周有一圈黑色的痕跡，臉擦得粉白，嘴唇則是暗紅色的。她戴了一頂棕色的小氈帽，上面插著一根有褐色斑點的大羽毛。她把短髮塞進帽子裡，除了額頭上兩綹捲髮彼此相對，彷彿黑色的漆雕。她換上一件棕色長洋裝，白色蕾絲衣領垂至腰間，用一朵絲綢玫瑰固定住。

眼前的景象讓我驚呆了，現在還是服喪期，但我什麼也不能說。我是個小孩，我怎麼能罵自己的母親？我只能對母親大膽穿上這種羞恥的衣服感到丟臉。

她雙手戴著手套捧著一個奶油色的大盒子，上面寫著外國字「量身訂做精美洋服，天津。」我記得她把盒子放在我們之間，催促我：「快！打開它！」她呼吸急促，臉上掛著微笑。母親奇怪的態度讓我感到訝異，直到多年以後，我把這個盒子拿來裝信和照片時，我才覺得納悶母親怎麼會知道。即使她已有很多年沒看過我了，她仍知道總有一天我會跟她走，而到那時，我應該要有新衣服穿。

一打開盒子，我所有的羞愧和恐懼都消失了。裡面是一件白色洋裝，衣領和袖口處皆有抓皺設計，裙襬則有六層。盒裡還放著一雙白色長統襪、白皮鞋，和碩大的白色蝴蝶結髮飾，連著兩條寬鬆的繫帶，隨時可以綁上。

每樣東西都太大了，我的肩膀一直從領口滑出來，腰身大到可以塞下兩個我。但我不在意，她也是。我舉起雙臂，靜靜地站著不動。她拿出別針和線，用鬆散的布料到處塞塞補補。接著在鞋頭塞衛生紙，直到一切符合我的身形為止。穿上這身衣物，我感覺自己像是長出新的手腳，必須學習新的走路方式。

而母親又再次變得憂鬱起來，她坐下來，雙手交疊放在腿上，看著我們的船離碼頭越來越近。

「安梅，現在妳已經準備好過新生活了。妳會住新房子，有新爸爸、很多姊妹，還有另一個弟弟。妳會有新衣服穿，吃好吃的東西。妳覺得這種生活會讓妳開心嗎？」

我靜靜地點頭，想起我弟弟在寧波不快樂的生活。母親不再說起任何有關房子、我的新家人或我開不開心的事。我也沒有問，因為在那時船鐘敲響，一名船員大叫天津到了。母親很快交代船上的行李員，指著我們的兩個小行李箱，並給他錢，彷彿這就是她的日常生活。然後她小心翼翼打開另一個盒子，拿出看起來是五、六隻狐狸屍體的東西，帶有珠子般的圓眼、軟趴趴的腳爪及蓬鬆的尾巴。她把這個可怕的東西圍到脖子和肩膀上，緊緊抓住我的手，隨著人群走下通道。

沒有人來港口接我們。母親慢慢走下舷梯，穿過行李認領處，緊張地四下張望。

「安梅，走吧！妳怎麼那麼慢！」她的聲音充滿恐懼。我拖著腳走路，努力在搖晃的地面上不讓腳從過大的鞋子滑出來。我沒有注意自己往哪個方向走，一抬頭，發現大家都行色匆匆，似乎很不高興。有年邁父母的家庭全穿著黯淡的深色衣服，推拉著生活的行囊；皮膚白皙的外國女子穿得像我母親，和戴帽的外國男子同行；富有的妻子責罵在後面推著行李、手抱嬰孩和提著食物籃的女傭及僱工。

我們站在街邊，人力車和卡車來來去去。雖然我們牽著手，卻各懷心事，看著人們抵達火車站，其他人匆忙離去。時值傍午，雖然外面感覺很溫暖，天空卻一片灰濛濛，烏雲密布。

站了一段時間後也沒看到人，母親嘆了口氣，最終叫了一輛人力車。

搭車途中，母親和車夫起了爭執，後者因為載我們兩個人和行李想多加錢。後來母親抱怨拉車揚起的塵埃、街上味道很臭、地面顛簸、時間太晚了，然後是肚子痛。當她終於不再唉聲嘆氣後，她開始把抱怨目標轉移到我身上：我的裙子沾到汙漬、頭髮打結、襪子變形。我想讓母親開心起來，沿途指著路邊的小公園、飛到頭頂的鳥、邊經過我們邊鳴笛的路面電車問問題。

她卻變得更生氣，說道：「安梅，坐好，不要太興奮，我們只是要回家。」

當我們終於回到家時，早已精疲力盡。

一開始我就知道我們的新家不會是普通的住宅。母親跟我說過，我們會住進一個非常有錢的商人吳慶的家中。她說這個人有很多家地毯工廠，住在天津英租界的豪宅——那裡是中國人在這座城市所能住的最好地段。我們家離賽馬街的派瑪迪不遠，那是只有西方人能住的地方。附近還有很多只賣單種商品的小店：像是茶葉、布料或香皂。

她說那棟房子是外國人建造的。吳慶喜歡洋貨是因為外國人讓他有錢，我認為那就是母親不得不穿洋服的原因，正如中國的暴發戶，喜歡對外炫耀財力。

就算我早就知道這件事了，眼前的景象還是讓我嘖嘖稱奇。

屋前有一道中式石門，上面是拱形，下方則是一扇巨大的黑色漆門，還有一道門檻。我從門口就看到了庭院，感到驚訝不已。院內沒有種柳樹或氣味香甜的阿勃勒樹，沒有花園涼亭及長凳可坐在池邊，也沒有魚池。寬敞的磚砌走道兩側各有一排灌木叢，灌木叢旁則是有噴泉的大草坪區。當我們通過走道走近宅邸時，我看見房子是西方風格。共有三層樓高，由砂漿和石頭建成。每一層都有長形的金屬陽台，煙囪也座落於屋頂的各個角落。

我們走近玄關時，一名年輕女傭跑了出來，高興地和母親打招呼，聲音高亢尖銳。「噢，太太，妳回來了！這是怎麼回事？」她叫張嫣，是母親的貼身女傭，她知道如何正確伺候我母親。她稱我母親太太，這是對一個妻子簡單的尊稱，好像母親是元配，也就是唯一的妻子。

張嫣大聲地叫來其他傭人幫忙提行李，又吩咐另一人備茶和燒熱洗澡水。然後她急忙解釋二太太告訴所有人我們至少下星期才會回來。「真不知廉恥！竟然沒人出來迎接！二太太和其他人都去北京拜訪親戚了。妳女兒真漂亮，跟妳很像。她很害羞，對不對？二太太的女兒……去了另一個佛寺參拜……上星期，一個表親的叔叔上門來，那個人有點瘋瘋癲癲的，結果他根本不是什麼表親，也不是叔叔，誰曉得他是誰……」

一走進豪宅，眼前的景象頓時讓我眼光撩亂：彎曲的樓梯向上環繞，天花板的四個角落各有一張臉，走道蜿蜒曲折地經過一個又一個房間。在我右邊是一個寬敞的房間，比我見過的大上許多，內部擺著堅硬的柚木家具，沙發和桌椅。這個長型房間的另一端是通往更多房間的門，裡面擺了更多家具，接著又有更多門。我左邊是一個光線較昏暗的房間——另一個客廳，這裡擺的都是外國家具：深綠色的真皮沙發、獵犬的畫以及桃花心木桌。每當我往房間裡看時，都會看到不同的人，張嫣會跟我解釋：「這個女孩是二太太的貼身女傭；那個人不重要，只是廚房學徒的女兒；這個男人負責整理花園。」

接著我們走上樓梯，來到樓梯頂端，進入另一間大客廳。沿著左側的一條走廊經過一個房間，然後踏進另一個。「這裡是妳媽媽的房間。」張媽驕傲地對我說：「是妳睡覺的地方。」

進門後，第一個映入眼簾的是一張豪華大床。看上去既沉重又輕盈：上半部是輕柔的玫瑰絲綢，下半部則是泛著光澤的深色木料，上面有龍的雕刻。四根柱子撐起一個絲綢頂篷，每根柱子上懸著一條寬絲帶將床簾束起。床的底座是四個蹲伏的獅爪，一如整張床的重量將獅子壓垮了。張媽教我怎麼用梯凳爬上床，當我跌跌撞撞地摔到絲被上，發現那張軟墊比我在寧波睡的床還厚十倍時，我笑了。

坐在床上，我欣賞眼前的一切，好像我是公主似的。這個房間有一扇通往陽台的玻璃門。門前擺了一張與床相同材質的圓桌，桌子的底座同樣是獅爪，周圍擺了四張椅子。傭人早已將茶和蛋糕備好在桌上，現在正要點燃火爐——一種用來燒煤的小爐子。

我在寧波的舅舅家並不窮，其實他家的生活算是十分優渥，只是這棟天津豪宅實在太驚人了。我心中暗忖，舅舅錯了，母親嫁給吳慶一點也不丟臉。

正當我這麼想時，突然傳來「鏘！鏘！」的響聲讓我嚇了一跳，隨後一段旋律流了出來。床對面的牆上有一個大型的木製掛鐘，上面刻有森林和熊的圖案。掛鐘上的門忽地推開，露出一個擁擠的小房間。一個戴著尖帽、蓄著落腮鬍的男人坐在桌邊，不停地重複低頭喝湯的動作，但他的鬍子會先浸到碗裡，讓他喝不到湯。一個穿著藍色洋裝、圍著白色圍巾的女孩站在桌旁，一次又一次彎腰為男人盛湯。兩人的旁邊是另一個穿著短裙和短外套的女孩，手臂前後擺動拉著小提琴。她總是拉著同一首憂鬱的曲子，這麼多年來，我的腦中仍會響起那段旋律——呢呀！哪！哪！哪！哪呢哪！

那是一個很棒的時鐘，但在我第一個小時聽到報時後，再下一小時，然後每小一時，它都會播放一次，久而久之就成了一個奢靡的噪音。好幾個晚上我都無法入睡，後來我發現自己學會了不聽無謂的聲音。

前幾晚我過得很開心，在那棟新奇的房子裡，和母親一起睡在柔軟的大床上。我躺在那張舒適的床上，回想在寧波的舅舅家，才知道我過去的生活有多麼不快樂，並為我弟弟感到難過，但我大部分的思緒都圍繞在我可以在這棟豪宅看和做的新事物上。

我看著熱水從水龍頭流出來，不只有在廚房，我在這棟房子三層樓的洗手台和浴缸都見過；我看見馬桶被水沖乾淨，不用傭人動手清理；我還發現跟母親那間一樣豪華的房間。張媽向我說明一太太和其他姨太——我們稱二太太和三太太——分別住在哪個房間，還有一些房間沒有人住。「那是客房。」張媽說。

三樓的房間是給男僱工住的，張媽說，其中一間甚至有個通往櫥櫃的門，那裡其實是海盜的祕密藏身地。

現在回想起來，我發現要記住那棟房子的一切很難。住了一陣子後，很多好東西在我看來都差不多，我變得喜新厭舊。「噢，這個呀。」張媽端來我前一天吃過的甜食時，我說：「我吃過了。」

母親似乎恢復親和的性格。她換回先前的穿著，穿上中式長袍和裙子，裙底的位置縫著服喪的黑帶。白天她會指著稀奇古怪的東西告訴我名稱：坐浴桶、布朗尼相機、沙拉叉和餐巾。晚上沒事可做時，我們就會討論傭人，誰比較聰明、誰比較勤奮、誰比較忠心。我們會一邊閒聊，一邊在火爐上烤小顆的雞蛋和紅薯，享受散發出的香味。夜裡，在我縮在母親臂彎裡時，她會再跟我講故事，哄我入睡。

縱觀我的人生，我實在想不出其他更輕鬆自在的時候。那時的我無憂無慮，不曾害怕什麼，也毫無慾望，我的生活就像躺在玫瑰絲繭裡一樣柔軟可愛。然而，我很清楚地記得從何時起，我舒適的生活不再。

我們回家大概兩個星期後，我在寬敞的後院踢球，看著兩隻狗追著球跑，母親坐在桌旁看我玩耍。然後我聽見遠處傳來一聲喇叭聲，接著有人大喊，那兩隻狗一下便忘了追球，開心地吠著跑遠了。

母親的表情就跟我們在港站時一樣難看。她快步走進屋裡，我從房子的側面繞到前門，兩輛閃亮的黑色人力車拉到了門口，後面跟著一輛很大的黑色轎車。一名僱工將行李從一輛人力車卸下，另一輛人力車則下來一個年輕女傭。

所有傭人都圍在那輛車旁，看著自己的臉映在光亮的金屬上，欣賞帶窗簾的車窗和天鵝絨座椅。司機接著打開後座的門，一名年輕女孩下了車。她頂著一頭波浪短髮，看起來只比我大幾歲，卻穿著成年女裝、絲襪和高跟鞋。我低頭看了看身上的白色洋裝，上面沾滿了草漬，覺得很丟臉。

然後我看見傭人伸出手，抓著車裡男人的兩隻手臂，將他扶了起來。那個人就是吳慶。他身材壯碩，個子不高，像一隻鳥把羽毛鼓起來。他看起來比母親老得多，前額很高又亮，一邊鼻孔長了一顆黑色大痣；他穿著西裝外套，裡面的背心緊緊包著他的肚子，但他的褲子很鬆。他從車上下來，出現在眾人面前，發出吃力的呻吟聲。他的腳一踏到地面，便立刻朝屋裡走去，即使人們向他打招呼、忙著開門、替他拿行李並接過他脫下的大衣，他卻一副視若無睹的模樣。他就這樣進了屋，身後跟著那名年輕女孩。她笑盈盈地看著每個人，彷彿他們是來恭候她的。她剛進門，我就聽到一個傭人對另一個說：「五太太真年輕，她沒帶自己的貼身女傭，只帶了乳娘過來。」

我抬頭看向房子，看見母親站在她房間的窗口向下看，目睹了一切。母親便以這種笨拙的方式發現吳慶帶了第四個妾回來，這個女孩只是他臨時起意、陪襯新轎車的有點愚蠢的裝飾品。

母親並不忌妒這個今後將被稱為五太太的年輕女孩。她有什麼理由這麼做？母親不愛吳慶，中國女性結婚不是為了愛，而是地位。我後來發現，母親在這個家的地位是最低的。

吳慶帶著五太太回家後，母親就常待在房裡刺繡。午後，她會帶著我坐車在市內閒逛，找尋一種叫不出顏色的絲綢布。她的不幸也是如此，無法訴諸言語。

雖然一切看似風平浪靜，我知道其實不然。妳可能會想，一個年僅九歲的小孩怎麼會知道這些事？其實我也有相同的疑問，我只記得我很不舒服，我的肚子感覺得到真相，知道可怕的事情就要來了。而且我可以說，這件事幾乎就像十五年後日軍發動空襲，我聽見遠處傳來微弱的轟隆聲，就知道接下來發生的事勢不可擋。

吳慶回來後沒幾天，我半夜醒來，發現母親輕柔地搖著我的肩膀。

「安梅乖。」她聲音疲倦地說：「去張嫣的房裡睡。」

我揉了揉眼睛，清醒過來後，看見一個黑影，頓時哭了出來——是吳慶。

「安靜，沒事的，去找張嫣。」母親低語道。

然後她慢慢地把我抱下床，讓我站到冰冷的地面上。我聽見木製掛鐘響起旋律，吳慶低沉的嗓音抱怨天氣冷。當我走到張嫣的房間時，她好像早就知道我會過去，而且會哭。

隔天清晨，我沒辦法直視母親，但我看見五太太的臉就跟我一樣腫。而在我們吃早餐時，在眾目睽睽之下，她的怒氣終於爆發，言語粗魯地罵一名傭人手腳太慢。每個人——就連母親——都因為她大發脾氣而瞪著她。我看見吳慶嚴厲地看了她一眼，像是父親責備的眼神，她開始哭了起來。但那天早上稍後，五太太便喜孜孜地穿上新衣服和鞋子到處亂跳。

當天下午，母親第一次向我訴說她的不幸，我們坐上人力車外出採買繡線。「妳看見我的生活多丟人了嗎？」她哭道：「妳看到我是如何沒地位了嗎？他帶了個新妻子回家，一個出身低賤的女孩，皮膚黑，毫無家教！從某個窮村莊的做泥磚人家把她買下來，在她沒辦法的夜晚，他就來找我，渾身都是泥臭味。」

她哭了起來，像個瘋子般語無倫次：「妳現在看到了，四太太的地位比五太太低。安梅，妳要記住，我曾經是元配，是一太太，我的丈夫是一個學者，媽媽不是一直都是四太太！」

她說「四」的語氣充滿憤恨，讓我打了個冷顫。「四」這個字聽起來跟「死」很像，我記得婆婆曾跟我說「四」是一個很不吉利的數字，用生氣的語氣說就會出錯。

寒露來了，天氣變得很冷，二太太、三太太和他們的小孩、傭人都回到了天津。他們回來時引起一陣騷動。吳慶允許轎車去火車站接他們，但當然坐不下這麼多人，所以轎車後面跟了十幾輛人力車，像蟋蟀般上下彈跳，跟著一隻黑亮的大甲蟲。女人紛紛從車上下來。

母親站在我身後，準備跟每個人打招呼。一個女人身穿一身素雅洋裝，搭配很醜的鞋子走向我們，身後跟了三個女孩，其中一個年紀跟我差不多。

「那是三太太和她的三個女兒。」母親說。

那三個女孩比我還害羞，低著頭挨在他們的媽媽身旁，不發一語，但我一直盯著他們看。他們的打扮就跟自己媽媽一樣樸素，有著一口大牙和厚唇，眉毛就像毛毛蟲一般濃密。三太太親切地歡迎我，允許我幫她提一個行李箱。

我感覺母親放在我肩上的手僵了一下。「那是二太太，她會要妳叫她大媽。」她低語道。

我看見一個女人穿著黑色毛皮大衣和深色的洋服，打扮很時髦。她懷裡抱著一個小男孩，有著粉嫩的雙頰，看起來大概兩歲多。

「他叫少棣，是妳的么弟。」母親小聲說。他戴著一樣的黑色毛皮帽，小小的手指勾著二太太那串珍珠長項鍊。不知道她怎麼會有個這麼小的寶寶，二太太確實體態端莊，看起來很健康，但她已經老了，大概四十五歲左右。她把寶寶交給一個傭人，開始交代仍圍在一旁的人做事。

二太太隨即走向我，面帶微笑。每走一步，身上的皮毛就熠熠發光。她看著我，好像在打量我，又彷彿認識我似的。最後她微微一笑，拍拍我的頭，那雙纖細的手很快地將那條珍珠長項鍊取下，戴到我的脖子上。

那是我碰過最漂亮的一件珠寶，西式的設計，長長的項鍊，每顆珠子都是一樣的大小，泛著相同的粉紅色調；兩端是華麗的銀色扣針，將項鍊扣在一起。

母親馬上婉拒：「給小孩戴太貴重了，她會弄斷，會弄不見。」

但二太太只是對我說：「這麼漂亮的女孩需要裝飾一下。」

從母親退縮、陷入沉默的樣子，我看得出來她很憤怒。她不喜歡二太太，我得小心地控制心情，不讓母親覺得二太太攏絡了我。然而，我卻在不知不覺中，對二太太給我這個特別的禮物感到開心。

「謝謝妳，大媽。」我對二太太說，低著頭避免讓她看見我的表情，但我仍止不住微笑。

那天下午，當我和母親在房裡喝茶時，我知道她在生氣。

「妳要小心，安梅。」她說：「妳聽到的並非真相，她可以一手招雲，一手喚雨。她是在愚弄妳，這樣妳就會聽命於她。」

我靜靜地坐著，試圖把母親的話拋諸腦後。我在想母親抱怨那麼多事，或許她的不快樂全源自於抱怨太多，所以我想我不該聽她的話。

「把項鍊給我。」她突然開口。

我動也不動地看著她。

「妳不相信我，所以把項鍊給我，我不會讓她用這麼點小錢收買妳。」

她看我仍沒有動作，便起身走過來，把項鍊拿走。在我哭著阻止前，她已把項鍊放到鞋底下踩。當她把項鍊放到桌上時，我才看到她做了什麼，那條幾乎收買我整個心神的項鍊已有一顆珠子碎掉，露出裡面的玻璃。

後來她把那顆碎珠子拿下來，把空出來的地方重新打結，讓項鍊看起來再次完整。她要我戴那條項鍊一個星期，這樣我才會記得迷失在虛假的表象中有多麼容易。當我戴著那條假珍珠項鍊記取到教訓後，她才讓我拿下來。然後她打開一個盒子，對我說：「現在妳認得出什麼是真的嗎？」我點點頭。

她把一個東西放進我手裡，那是一枚沉甸甸的水藍寶石戒指，中心的星光如此純淨，讓我每每看著那枚戒指都感到無比驚奇。

第二個冷月份未到，一太太便從北京回來了。她在那兒有一棟房子，跟兩個未婚的女兒住在一起。我記得我曾想一太太會讓二太太向她行禮，因為一太太是元配，於情於理都是。

結果一太太不過是一個活著的亡靈，對二太太毫無威脅，也無損她堅強的意志。一太太身體渾圓、纏著小腳，一身老式加襯外套和褲子，加上一張脂粉未施、佈滿皺紋的臉，看起來老態畢露，脆弱不堪。但現在我回想她的樣子，她一定沒有那麼老，可能跟吳慶差不多，大概五十歲左右。

我第一次見到一太太時，以為她看不見。她的反應就像是看不見我，看不見吳慶，也看不見母親。但她看得見她的兩個女兒，早已超過適婚年齡卻仍未婚，至少有二十五歲了。她總會及時恢復視線，罵那兩隻狗在她房間聞來聞去、在窗外的花園挖洞或在桌腳尿尿。

「為什麼一太太有時候看得見，有時候看不見？」一天晚上，我在張嫣幫我洗澡時問。

「一太太說她只觀佛。」張嫣說：「對大部分的錯誤都視而不見。」

張嫣解釋一太太選擇忽視她婚姻中的不愉快。她和吳慶結婚時有拜天地，所以他們的婚姻是由雙方父母見證，媒人所安排，靈魂契合的婚姻，受到祖先神靈的庇佑。但在他們結婚一年後，一太太生了一個女兒，有一隻腳過短，正是這個不幸讓一太太開始流連於佛寺間，提供布施，為佛像訂製絲綢禮服，燒香拜佛，希望女兒的腳能伸長。後來佛祖選擇賜予她另一個女兒回應她的祈願，這個女兒雙腳正常，卻有半邊臉長了像茶漬一般的褐色胎記。第二個打擊讓一太太前往濟南開始她的參拜之行，搭火車往南只需半天，吳慶卻在千佛崖和湧泉竹林附近為她買了棟房子。每一年他都會增加她的零花錢，讓她打理那邊的房子。所以出於尊重，她每年會回天津兩次，在一年中最熱及最冷的月份，忍受被丈夫家庭難以入眼的景象折磨。她每次回來，都會待在自己的房間裡，像尊佛像般整天坐著抽鴉片，小聲地自言自語。她不下樓用餐，除了實行齋戒，就是在她的房間用素餐。吳慶每個星期會有一天上午去她房間看她，他會坐個半小時，兩人一起喝茶，詢問她的身體狀況。晚上他不會在她房間過夜。

這個亡靈般的女人理當不會造成母親的痛苦，事實上，是她讓母親動了某個念頭。母親相信自己也受夠折磨，可以擁有自己的家，或許不要去濟南，而是位於東邊地方不大的北戴河區。那是一個漂亮的海濱度假區，露台、花園隨處可見，住著有錢的寡婦。

「我們會有一間自己的房子。」某天，房子周圍的地面都積了雪，她高興地告訴我。她穿著一件新的皮草真絲洋裝，鮮豔的藍綠色就像翠鳥的羽毛一樣。「可能不像這棟房子那麼大，會很小，但我們可以自己住，加上張媽和幾個傭人。吳慶答應我了。」

在冬天最冷的月份，所有人都很無聊，不論大人還是小孩。我們不敢外出，張媽警告我皮膚會結冰，裂成上千片。其他傭人總是聚在一起閒聊每天上街看到的景象：店家後門的樓梯口總會躺著凍死的乞丐，身上早已覆上一層厚厚的雪，看不出性別。

我們每天都待在屋裡，自己找樂子。母親會看外國雜誌，將她喜歡的衣服圖片剪下，下樓跟裁縫師討論怎麼用現成的布料製作出類似的衣服。

我不喜歡跟三太太的女兒一起玩，因為他們遺傳了自己媽媽那種溫潤沉悶的性格。他們會整日看著窗外，滿足地欣賞日出日落。所以我會和張媽把栗子放到小煤爐上烤，一邊吃著這些甜滋滋的零嘴，一邊溫暖手指。我們自然而然地談笑風生，然後我聽見鐘聲，同一段旋律響了起來。張媽用唱戲曲的方式怪聲怪調地跟著唱起來，我們笑成一團，想起昨天傍晚二太太唱歌的樣子。她顫抖的歌聲伴隨著三弦琴，還唱錯很多地方。每個人都因為她度過了痛苦的一晚，直到吳慶開口叫她不要唱了，隨即在椅子上沉沉睡去。在我們談笑間，張媽跟我說了二太太的故事。

「二十年前，她曾是山東很有名的歌女，為人仰慕，尤其是時常光臨茶館的已婚男士。雖然她從不以美貌聞名，但她的聰明令人迷戀。她拿手多種樂器，用悲傷的口吻清晰地唱出古老的故事，手指撫上臉頰，玲瓏的小腳正確地踩出交叉步。

「吳慶提出要納她為妾不是因為愛她，而是為了藉由贏得別人得不到的東西獲得威信。這名歌女在見識他雄厚的財力及無能的妻子後，同意嫁給他做妾。

「從一開始，二太太就知道如何操控吳慶的財產。她知道他怕鬼，因為他一聽見風聲，臉色就變得慘白。大家都知道一個女人要逃離婚姻唯有自殺一途，而且會化身厲鬼，回來復仇，讓財富和好運散光。所以只要他拒絕多給她零花錢，她就會假裝自殺。她吃下一片生鴉片，是足以讓她生病的量，再派自己的女傭去告訴吳慶她快死了。三天後，二太太就拿到比她原本要求的還要多的零花錢。

「她假裝自殺好幾次，我們這些傭人都猜她不再費心吃鴉片，光用演的就很像。她很快就搬進更好的房間，外出有私人的人力車，有一棟房子給她年邁的爸媽住，還有一筆錢可以捐給廟裡。

「但她卻有沒辦法擁有的東西：孩子。她知道吳慶很快就會急著要個兒子，將來肩負祭祖的重責大任，確保他死後靈魂不會消散。所以在吳慶抱怨她沒辦法幫他生兒子前，二太太說：『我找到了一個女生願意做你的妾，為你傳宗接代，她一看就是處女。』她說得沒錯，妳也看到了，三太太長得很醜，甚至沒有裹小腳。

「當然三太太對二太太安排這一切很感激，所以她對誰當家這件事沒意見。雖然二太太不需要動手，但她會監督食物和用品的採買。她批准雇用傭人，節慶會邀請親戚來家中作客，幫三太太為吳慶生下的三個女兒找奶娘。後來吳慶再次失去耐心，開始花錢流連其他城市的茶館，二太太便使計讓妳媽媽成為吳慶第三個妾，也就是第四個妻子！」

張媽將這個故事描繪得活靈活現，讓我不禁為她精彩的結局鼓起掌來。我們持續剝栗子，直到我終於忍不住開口。

「二太太做了什麼讓媽媽嫁給吳慶？」我怯生生地問。

「小孩不懂那些事情啦！」她斥責道。

我隨即低下頭不發一語，直到張媽在這個靜謐的午後再次變得焦躁不安，並聽見自己的聲音說：

「妳媽媽……」她像是自言自語。「太善良了，不適合這個家。」

「五年前，妳爸剛去世一年的時候，我和妳媽媽去了杭州西湖另一端的六和塔參拜。妳爸是個令人尊敬的學者，也致力於此塔所傳的佛教六和敬的意境，所以妳媽媽去到塔裡磕頭，發誓會做到思想與言行合一，不要表達意見並避開財富。我們再次坐船過湖時，對面坐了一對男女，他們就是吳慶和二太太。

「吳慶肯定立刻就覬覦起她的美貌，那時妳媽媽髮長及腰，當天她綁了高馬尾。她的皮膚也很特別，呈現光澤粉嫩的顏色。即使穿著一身白色喪服，她依舊美麗動人！因為她是寡婦，在許多方面都一文不值，也不能改嫁。

「但這卻不能阻止二太太佈下計謀，她已厭倦看到她家的錢被浪費在不同的茶館上，吳慶花的錢已夠他再娶第五名妻子了！她急於斷絕吳慶在外面找女人的慾望，便跟吳慶合謀把妳媽媽騙上床。

「她跟妳媽閒聊，知道她隔日計畫要去靈隱寺，二太太也跟去了。他們再度愉快地聊天後，她邀請妳媽媽共進晚餐。當時妳媽媽很寂寞，想找個人聊聊，便欣然答應。吃完晚餐後，二太太對妳媽說：『妳會打麻將嗎？打不好不要緊，我們只有三個人沒辦法打，除非妳願意明晚加入我們。』

「隔天晚上，打了一整晚的麻將後，二太太打了哈欠，堅持留妳媽過夜。『留下來睡吧！別客氣，妳這麼客氣其實更不方便，幹嘛叫醒車夫呢？』二太太說：『妳看，我的床確實夠兩個人睡。』

「當妳媽在二太太的床上沉睡時，二太太半夜起床，換成吳慶躺了上去。妳媽醒來後發現他把手伸進她的內衣裡，她嚇得跳下床。他抓住她的頭髮，把她扔到地上，用腳抵住她的喉嚨，逼她脫衣服。在他對妳媽媽逞慾時，她沒有哭叫。

「隔天一早，她便搭人力車離開了。她披頭散髮，眼淚滾落臉頰。這件事她只告訴了我，但二太太到處向人抱怨某個不知羞恥的寡婦誘惑吳慶跟她上了床。一個毫無身家的寡婦要怎麼指控一個貴婦撒謊呢？

「當吳慶要妳媽媽做他的第三個妾，為他生兒子時，她又有什麼選擇？她早已像妓女一樣低賤不堪，後來她回到自己的哥哥家，磕頭三次道別，她哥哥踹她，母親也禁止她再踏入家門一步，這也是為什麼妳一直到外婆過世才見再到妳媽媽。妳媽去到天津生活，用吳慶的財產將自己的羞愧藏起來。三年後，她生下一個兒子，二太太把他搶了過去說是自己親生的。

「這就是我搬進吳宅的過程。」張嫣得意地總結道。

也因此，我知道了少棣真的是母親的孩子，我的親弟弟。

的確，張嫣把發生在母親身上的事告訴我並不明智。祕密不該讓孩子知道，就像湯鍋蓋上鍋蓋，才能避免沸騰過頭，不小心吐露事實。

自從張嫣告訴我這些事後，我開始目睹一切，也聽見先前從不了解的事。

我看見了二太太的本性。

她常常給五太太錢回去她出生的窮村莊，鼓勵這個蠢女孩向朋友及家人炫耀自己的財富。當然她回村的舉動總是提醒著吳慶五太太出身低的事實，以及被她年輕的肉體誘惑有多麼愚蠢。

我看見二太太向一太太磕頭，表達對她深切的尊敬，卻讓她吸食更多鴉片。我才知道為什麼一太太的力量會被消耗殆盡。

我看見二太太告訴三太太古時候妾室被趕出門的故事，令三太太害怕不已。我才知道三太太為什麼要照顧二太太的健康和心情。

我還看見母親的痛苦，當二太太把少棣抱在腿上，親吻她的親生兒子，對他說：「只要我是你媽媽，你就永遠不用過窮日子，永遠不需要吃苦，你長大後會繼承這個家，照顧我的晚年。」

我才知道為什麼母親常常躲在房裡哭。吳慶許諾給她作為他獨子的親生母親的一棟房子的願望，在二太太又一次假裝自殺後煙消雲散。母親心裡清楚她對此無能為力。

張媽告訴我發生在母親身上的事後，我受盡折磨。我想要母親對吳慶大吼，頂撞二太太，怪罪張媽不該對我說那些事。但母親根本沒權利這麼做，她別無選擇。

農曆新年前兩天，張媽在天色未明時叫醒我。

「快！」她喊道，在我神智未清時，便把我拉起來。

母親的房間燈火通明，我一走進去便看到她。我跑到她床邊，站在一個腳凳上。她仰躺在床上，手腳來回抽搐，像軍人行軍一般不知要走去哪兒，頭左右擺動。而後她的身體突然變得直挺挺的，上下伸展彷彿要脫殼而出。她下顎鬆弛，我看見她的舌頭腫起來，她一直劇烈咳嗽，想把舌頭吐出來。

「起來！」我輕聲說，我轉頭看見所有人都站在原地：吳慶、張嫣、二太太、三太太、五太太還有醫生。

「她吃太多鴉片了。」張嫣哭說：「醫生說他無能為力，她是服毒自殺的。」

所以他們什麼也沒做，就只是等她死，我也跟著等了好幾個小時。

房裡唯一的聲音是掛鐘裡的女孩在拉小提琴。我想朝掛鐘大吼，讓那毫無意義的噪音安靜，但我沒有。

我看著母親在床上抽搐，想說些讓她身體和靈魂停止騷動的話。但我就只是跟其他人一樣，站在那兒等待，不發一語。

然後我想起她告訴我關於烏龜的故事，牠說不能哭。我想對她大吼那樣做根本沒用。我早已流了許多淚，努力地將淚珠一顆一顆吞進肚裡，但眼淚流得太快，終於衝破我緊閉的齒關，令我嚎啕大哭。我一直哭個不停，讓房內所有人都吞下我的眼淚。

我傷痛欲絕昏了過去，他們把我抱回張嫣的房間。那個早晨，在我母親奄奄一息時，我陷入夢境當中。

我從天空落到了地面，掉進池子裡，變成一隻住在水底的烏龜。我看見上方有數以千計隻喜鵲把鳥喙伸進池裡喝水。牠們一邊喝水，一邊快樂地鳴叫，灌飽雪白的肚子。我哭得很用力，流了很多眼淚，但牠們數量很多，一直拚命喝，直到我淚流乾了，池塘也沒水了，一切都像荒漠一樣乾涸。

後來張嫣告訴我母親聽了二太太的話假裝自殺。她錯了！說謊！母親絕不會聽信這個令她痛不欲生的女人。

我知道母親是聽從自己的心聲，不想再裝了。不然為什麼她在農曆新年前兩天過世？為什麼要詳細地計畫自殺，使其變成一個武器？

農曆新年前三天，她吃了元宵，一種有黏性的甜丸子，是慶祝時吃的食物。她吃了一個接一個，我記得她語焉不詳地說：「妳看見這種生活了，永遠有吃不完的苦。」而她所做的就是吃下包著毒藥的元宵，裡面並非甜甜的內餡，或張嫣和其他人猜測能帶來麻木快樂的鴉片。當毒藥入侵她的身體時，她輕聲對我說，她寧願毀掉自己脆弱的靈魂，也要使我變得強壯。

由於黏性依附在她體內，他們無法清除她體內的毒素，所以她死了，就在新年前兩天。他們將她放到走廊一個木板上，穿著比她生前的衣服還華麗的壽衣。不穿沉重的毛皮外套，絲綢的襯衣也能讓她身體保暖；以金線縫製的絲袍，加上繡有黃金、青金石和翡翠的頭飾，還穿上一雙精緻的拖鞋，有最柔軟的皮革鞋底，腳尖分別鑲有一顆大珍珠，為她點亮去往極樂世界的道路。

最後向她告別時，我撲到她身上，她慢慢睜開眼睛。我不害怕，我知道她看得見我，以及她做了什麼。所以我用手指為她蓋上眼睛，在心裡對她說：我看得到真相，我也變得強大了。

大家都知道，死後第三天，死者的靈魂會回來算舊帳。以我母親為例，就會在農曆新年當天。因為是新年，所有債務都必須償還，不然災難和不幸會隨之而來。

所以那一天，吳慶害怕母親的靈魂會來復仇，穿上最粗糙的白色純棉喪服，答應她的亡靈會把我和少棣當作他最疼愛的子女好好扶養，並尊她為他的元配，唯一的妻子。

那一天，我把二太太給我的那條假珍珠項鍊在她面前用腳踩碎。

那一天，二太太的頭髮開始變白。

也正是那一天，我學會了大吼。

＊＊＊

我知道過著如夢一般的生活是什麼感覺。去聆聽和觀察，在醒來後嘗試了解發生了什麼事。

妳不需要靠心理醫師就能辦到，心理醫師不希望妳醒過來，他會要妳做更多夢，找到一個池塘，流更多的淚，因為他只是另一隻以苦痛為食的鳥。

我母親活得很痛苦，她把臉丟盡了，努力想掩蓋一切，最後卻只受到更大的痛苦，最終再也隱藏不了。其實沒什麼好說的，那就是中國，那就是以前的人會做的事。他們別無選擇，無法為自己發聲，也逃脫不了，那是他們的命運。

但現在他們可以有別的選擇，他們不再需要將淚水往肚裡吞，或是忍受喜鵲的嘲諷。我知道是因為我在中國雜誌上看到這個新聞。

上面說，數千年來鳥類一直困擾著農民。牠們成群結隊地飛來，觀察農民在田裡彎腰工作，挖著硬土，對著犁溝哭泣以澆灌種子。當人們直起腰桿時，這些鳥就會飛下去喝他們的淚水，吃光種子，讓孩子們沒飯吃。

直到有一天，全中國疲憊的農民在各地聚集起來，看著那些鳥吃飽喝足，然後說：「我們受折磨、沉默得夠久了！」他們紛紛拍起手來，用棍子敲著鍋盆，大吼：「去死！去死！去死！」

所有鳥展翅高飛，對新出現的憤怒感到警戒與不解。牠們拍著黑色的翅膀，盤旋上空，等待噪音停止。隨著人們的吼叫聲越來越激昂憤慨，那些鳥逐漸耗盡力氣，沒地方棲息，也沒食物吃。農民持續了好幾個小時，甚至好幾天，直到所有的鳥——上百、上千然後數百萬隻——全掉下來死光，全身僵硬，天空中再也看不見鳥的蹤影。

如果我告訴妳的心理醫師，我在雜誌上看到這個報導，便高興得大喊起來，他會怎麼說？

潛伏樹林間

瑩影．聖克萊爾

我女兒讓我睡在她新家最小的房間。

「這裡是客房。」琳娜用美國人得意的語氣說。

我面露微笑，但用中國人的思維去想，客房應該是最好的房間，也就是她和她丈夫睡的那一間。我沒有跟她說這件事，因為她的常識就像無底池塘，丟一塊石頭進去，便會沉入黑暗中，而後消失。她回望的眼神沒有反映出任何東西。

儘管我愛我的女兒，還是不免有這種想法。她跟我曾經是一體的，她有一部分的想法來自於我。但自從她出生後，她就像隻滑溜溜的魚從我身上跳出來游走了。在她整個人生，我都像站在岸的另一邊看著她。現在我一定要告訴她我的過去，唯有這樣才能滲透到她的內心，將她拉到可以得到救贖的地方。

這個房間的天花板往床頭的方向傾斜，四周牆壁近得彷彿棺材似的。我應該提醒我女兒不要讓嬰兒睡在這個房間，但我知道她不會聽我的勸告。她早已表示她不想生小孩，她和她的丈夫一直忙著為其他人畫房子的設計圖。我無法把那個可以形容他們倆的英文字說出口，那很難聽。

「庸俗。」有一次我跟我小姑提起這個詞。

我女兒聽說後笑了出來。在她小時候，我應該在她不尊重長輩時，讓她多挨幾個耳光，但現在已經太遲了。她和她丈夫現在會給我孝親費，增加我不多不少的安全感，所以，當我的手偶爾產生一股灼熱感，我必須忍住，把這股感覺悶在心裡。

畫著漂亮的建築，卻住著沒用的房子裡有什麼好？我女兒不缺錢，但她家的每個擺設都虛有其表，甚至稱不上好看。看看這張茶几，白色沉重的大理石桌面有著黑色纖細的桌腳。沒有人會想把很重的包包放上去，不然桌子會垮掉。唯一能擺上桌的是一個黑色的高花瓶。那個花瓶就像蜘蛛腳，瓶身纖細到只能插進一朵花。只要搖晃桌子，插了花的花瓶就會倒下。

我在這整棟房子都看到了預兆，我女兒睜著眼睛卻視而不見。這棟房子將支離破碎，我是怎麼知道的？我總能在事情發生前有所察覺。

＊＊＊

小時候住在無錫時，我很厲害。我的個性不受拘束，也很固執，臉上總是掛著詭祕的笑容。我因為太聰明了，所以聽不進別人的話。我的個子嬌小玲瓏，一雙小腳讓我很自負。如果我的絲綢便鞋髒了，我會直接扔掉。我穿著昂貴的進口牛皮鞋，帶有淺淺的鞋跟。我在鋪著鵝卵石的庭院裡跑來跑去，弄壞了好幾雙鞋，也弄髒好幾雙襪子。

我常常把綁起來的頭髮拆開，披頭散髮的。母親會看著我打結的頭髮，斥責我：「唉呀，瑩影，妳就像沉在湖底的女鬼。」

有些女人會因為受辱而投湖自殺，披頭散髮地出現在活人的房子裡，表示他們永無止盡的絕望。母親說我會把恥辱帶進這個家中，但在她用長長的髮夾幫我盤起頭髮時，我卻只是咯咯地笑出聲來。她非常愛我，所以生不起氣來。我就像她一樣，所以她為我取名瑩影，意即清澈的倒影。

我們家在無錫算是望族。家裡有很多房間，每個房間都擺了一張又沉又大的桌子。每個桌上都擺著一個用玉蓋密封的玉罐，罐裡是沒有濾嘴的英國菸，總是裝著剛好的量，不多不少。那些罐子的目的就是為了裝香菸，我對罐子其實沒什麼想法，它們對我來說毫無價值。有一次我和哥哥偷偷抱走一個玉罐，把香菸倒在院子裡。我們跑到街上一個大洞裡，下面有水流過。我們和住在排水溝旁的孩子一起蹲在那裡，舀了好幾杯髒水，希望找到魚或不知名的寶藏。我們什麼也沒找到，衣服上很快地都沾滿泥巴，街上的小孩都認不出我們來。

我們住的房子裡有許多值錢的東西：絲綢地毯、珠寶、珍稀的碗和象牙製品。每當我回想過去時，卻很少想起那個玉罐，那個被我抱在懷裡，沾滿泥巴的寶物。

我清楚地記得那棟房子裡還發生過一件事。

那年我十六歲，就在我小姑媽結婚的那個晚上。她和她的新婚丈夫早已搬進夫家的豪宅，跟她的婆婆和其餘家庭成員住在一起。

很多前來拜訪的家族成員留在我們家不走，圍坐在主廳的大桌旁，每個人都在笑，一邊吃花生、剝橘子，笑聲不斷。一個鄰鎮的男子跟我們坐在一起，他是我姑媽新婚丈夫的朋友，年紀比我大哥大，所以我叫他叔叔。他的臉因為喝了威士忌變得紅通通的。

「瑩影。」他站了起來，用沙啞的嗓音喚我的名字。「妳肚子還餓著吧？」

我環顧桌上的每個人，因為成為目光的焦點，對大家微微一笑。我以為他手伸進一個大麻袋是要送我一個特製點心，我希望是甜甜的餅乾，但他卻拿出一顆西瓜，「碰」的一聲放到桌上。

「開瓜嗎？」他說，將一把大刀抵著那顆完好的水果。

隨著他用力一壓，刀子陷了進去，他咧開嘴大聲笑了出來，嘴裡的金牙也映入眼簾。桌上的每個人都哈哈大笑，我的臉因為尷尬紅了起來，因為那時候我還不知道那是什麼意思。

的確，我是個不受拘束的女孩，但同時我也涉世未深。我不知道他在切開那顆西瓜時的邪惡思想。直到六個月後我嫁給這個男人，他醉醺醺地撲向我時，我才明白他準備好要開瓜了。

這個人非常壞，時至今日我都無法將他的名字說出口。我為什麼會嫁給這個人？因為在我小姑媽舉行婚禮的那個晚上後，我開始能在事情發生前便察覺到。

大部分的親戚隔天一早就離開了。到了傍晚，我和我兩個繼妹覺得無聊，坐在同樣那張大桌前，邊喝茶邊嗑瓜子。我妹妹們大聲聊著天，我則坐著嗑瓜子，把裡面的白肉堆成一堆。

我妹妹們都幻想嫁給身世不比我們家的年輕窮小子。他們不曉得如何達到很高的成就，因為他們是妾生的孩子，而我母親是父親的元配。

「他媽媽會把妳當傭人對待……」一個妹妹在聽了另一人的選擇後插嘴道。

「他叔叔家很瘋狂……」另一個妹妹反駁道。

當他們鬥嘴鬥累了後，轉而問我想嫁給誰。

「我不知道。」我不屑地說。

男生並非對我沒興趣，我知道該怎麼吸引別人目光，並受到仰慕。但我很愛慕虛榮，想不出有哪個男生配得上我。

那就是我的想法。但想法分為兩種，一種是自出生後便深植腦內的信念，來自父母及祖先；另一種則來自於他人的影響。或許是因為我在嗑瓜子，我想起昨晚那個大笑的男人，就在那時，一陣風從北方吹來，桌上的花莖突然折斷，掉到我的腳旁。

我沒有騙人，彷彿有一把刀把花切掉作為徵兆。那時候，我就知道我會嫁給這個男人。我腦中浮現這個念頭時並不高興，而是驚訝於我知道這件事。

很快地，我便從父親、叔叔和姑媽的新婚丈夫口中聽見這個男人的名字。晚餐時，他的名字和湯一起舀到我的碗裡。我發現他站在叔叔的庭院盯著我，笑著說：「你看，她沒辦法移開視線，她已經是我的了。」

他說的沒錯，我沒有轉身。我跟他對視，昂首聽著他的聲音，聽他跟我說父親可能不會給他需要的嫁妝，字裡行間都散發出惡臭。我把我會跟他結婚、睡在同一張床上的想法狠狠拋開。

我女兒不知道好幾年前我曾嫁給這個男人，那是在她出生二十年前。

她不知道我嫁給這個男人時正值青春年華，我比我女兒還漂亮，她有一雙大腳，以及遺傳自她爸爸的大鼻子。

即使是現在，我的皮膚依舊平滑，身形就像少女般。但因為我時常微笑，嘴角出現深刻的溝壑。還有我可憐的腳，以前是多麼小巧漂亮！現在腫脹不堪，長了一層厚繭，腳後跟出現龜裂的痕跡。我的眼睛在我十六歲時是如此澄明剔透，現在卻泛黃混濁。

但我仍然將一切看得澈底。當我想重拾記憶時，就彷彿看著一個碗裡，發現沒吃完的飯粒。

我和這個人結婚後不久後，有一個下午，我們在太湖，我記得我就是在那時愛上了他。他把我的臉轉向傍晚的夕陽，抬起我的下巴，親吻我的臉頰，然後說：「瑩影，妳有一雙老虎的眼睛。白天目光如炬，夜晚閃爍金光。」

我沒有笑，儘管這首詩讀得差強人意。我感動得喜極而泣，內心一陣慌亂，彷彿小鹿衝撞而出，同時又渴望待在裡頭。這就是我對那個人付出的愛意。當有個人與妳的心靈契合，妳也有部分心情不顧自己的意志想跟他在一起。

我變得連自己都不認識，我幾乎是屬於他的。如果我要穿便鞋，我會選一雙能夠取悅他的鞋。我每晚都會梳九十九下頭髮，為我們的婚床帶來好運，以期能懷上兒子。

他讓我受孕的那個晚上，我再一次事先就預料到了。我知道我肚子裡的是個男孩。我可以預見他在我子宮裡的模樣。他有一雙跟我丈夫一樣的眼睛，大大的、眼距較寬，他有纖長的手指、胖嘟嘟的耳垂、一頭俐落的頭髮，露出光潔的額頭。

就是因為我曾經如此高興，現在才會產生那麼多恨意。但即使我很開心，我仍然擔憂起來，這些想法顯現在眉梢之間。這股擔心後來侵入我的內心，讓我感覺事情即將成真。

我丈夫開始很常去北方出差，我們剛結婚不久他就開始有出差的情形，在我懷孕後時間就變得更長了。我記得那陣帶來我運氣和丈夫的北風，所以他不在家的夜晚，我會把房間窗戶大開——即使當天很冷——讓風將他的心神帶回我身邊。

我不知道的是北方吹來的風十分寒冷，它會直沁入心，將溫暖帶走。那陣風聚集了強大的力量，將我的丈夫吹過我的房間，從後門遠走。後來，我便從小姑媽的口中得知他拋下我，跟一個戲曲歌女同居了。

過了一陣子，當我克服了悲傷，內心除了深惡痛絕外什麼也沒留下時，小姑媽又告訴我他有了別人。舞者、美國人、妓女和我們家族其中一個堂妹，她在我丈夫消失沒多久後，便悄悄前往香港。

所以我會告訴琳娜我的恥辱。我曾經是有錢人家的漂亮女兒；我條件很好，沒人配得上我；我最終被人拋棄。我會告訴她美貌到了十八歲便從我的臉上流失。我想過像其他顏面盡失的女人一樣投湖自殺。我還會告訴她，因為我太恨那個人了，所以我親手殺了我的孩子。

我在生下孩子前，便把他從子宮拿出來。過去在中國，墮胎不算壞事。但在當時，我仍覺得這麼做很糟糕，因為這個孩子——我丈夫的長子——滿身仇恨血淋淋地從我身體流了出來。

當護士問我該怎麼處理這個死胎時，我扔下一張報紙，要他們把屍體像魚一樣包起來，扔到湖裡。我女兒以為我不知道不想要一個孩子的感受。

當我女兒看著我時，她看到一個瘦小的老嫗。因為她只用肉眼去看，她不聰明，無法看透事物的本質。如果她很聰明，她就會看到一個老虎般的女人，她會感到敬畏。

我是在虎年出生的。在那一年出生並不好，但在那一年屬虎卻是件好事。因為那正是邪靈入侵的一年。鄉下的人們在炎炎夏日中像雞一樣死去，城市的人們成為影子，躲進家裡，消失得無影無蹤。生下的孩子養不胖，瘦成皮包骨，最終死去。

邪靈在那四年間持續在人間徘徊，但我的靈魂比較強壯，所以我活了下來。這是母親在我懂事時，告訴我為什麼我的心如此強大的緣故。

然後她告訴我為什麼老虎是黃黑條紋，有兩個原因。黃紋來自牠勇猛的心臟，可撲向獵物；黑紋則是牠的狡詐，能屏住氣息，潛伏樹林間，將牠黃色的毛皮隱藏起來，虎視眈眈伺機而動。直到那個壞男人離開我後，我才學會運用我黑紋的性格。

當時，我就像那些投湖自殺的女人一樣，用白色衣服蓋住房間的鏡子，避免看見我悲傷的臉。我失去了力氣，甚至無法拿起髮夾整理頭髮。我就像落葉浮在水面上，飄出婆婆的屋子回到娘家。

我搬到上海郊區，和遠房親戚一家人住在一起。我在這棟鄉下房子待了十年。如果妳問我這麼漫長的歲月裡我做了什麼，我只能回答我潛伏在樹林間。我睜一隻眼、閉一隻眼地觀察一切。

我沒有去工作，遠房親戚一家人待我很好，因為我們家會送錢給他們。那棟房子很簡陋，一共擠了三個家庭。住在那兒不算舒適，但那就是我想要的。寶寶和老鼠一起席地而臥，雞來來去去就像我親戚家粗魯的客人。我們都在瀰漫著油耗味的廚房裡吃飯，還有蒼蠅！就算碗裡只剩幾粒飯，也會發現上面蓋滿飢餓的蒼蠅，看起來像是活生生的黑豆湯。鄉下就是窮困到這種地步。

十年後，我準備好了。我已不再是女孩，而是成長為一個奇怪的女人——一個沒有丈夫的已婚女子。我兩眼睜得雪亮前往城市。街上就像把碗裡的黑蒼蠅倒出來似的，人潮絡繹不絕。陌生的男子推著陌生的女人往前，而沒人在乎。

我用家裡寄來的錢買了新衣服——一件新潮的直筒西裝。我跟隨流行剪掉一頭長髮，像個年輕男孩。我厭倦了這麼多年來無所事事，決定找個工作，便在商店做起了店員。

我不需要學習怎麼奉承女人，我知道他們想聽到什麼話。老虎有辦法從胸腔深處發出細柔的咕嚕聲，就連兔子也會覺得安全而滿足。

即使我已經是個成年女子，我依然變漂亮起來。這是一種天賦，我穿著比店裡賣的還高級昂貴的衣服，這會讓女性顧客買下店裡的便宜貨，因為他們會以為能變得跟我一樣漂亮。

我就是在這家店裡，像農夫一樣辛勤工作時，遇見柯利佛．聖克萊爾。他是一個身材高大的美國白人，來店裡買便宜的衣服寄往海外。我是在聽到他的名字時，知道我將會嫁給這個人。

「米斯塔．聖克萊爾。」他用英文向我自我介紹。

接著又用毫無抑揚頓挫的中文補充道：「跟光明天使同名。」

我既不喜歡他也不討厭他，我對他毫無感覺。但我知道，我的黑紋很快就會消失不見。

聖克萊爾以他奇怪的方式追了我四年，即使我不是店老闆，他總會跟我打招呼，用力地跟我握手。他總是流手汗，就連我們結婚後也不例外。他很愛乾淨，相處起來也很舒服，但他身上有外國人的體味，一種洗不掉的羊騷味。

我不是很難相處的人，但他實在太客氣了。他會送我廉價的禮物：玻璃娃娃、多邊角的玻璃胸針和一個銀色打火機。他會假裝這些禮物沒什麼大不了，就像他是一個有錢人，送一個鄉下姑娘中國買不到的東西。

但我看見他看著我打開盒子時的表情帶著焦慮和討好。他不知道那些東西對我而言沒什麼，因為我們家有錢到他無法想像的地步。

我總是客氣地收下這些禮物，分寸拿捏得恰到好處。我沒有鼓勵他，但由於我知道這個人將會成為我的丈夫，所以我把這些毫無價值的小飾品小心地放進盒子裡，每個都用衛生紙包起來。我知道未來的某一天他會想看看這些東西。

琳娜覺得是她爸爸將我從那個我聲稱出身的窮村莊救了我。從某種程度來說，她是對的。我女兒不知道的是他耐心等待了四年，像隻狗狗等在肉店前。

我是怎麼終於走出來，願意嫁給他的？我等著我知道即將到來的預兆，也就是在一九四六年的時候。

我收到從天津寄來的信，不是以為我已經死了的家人寄的，而是我的小姑媽。就算我還沒拆開信，我也知道我的丈夫死了。他很久以前便離開那個戲曲歌女，跟一個沒價值的女孩在一起，一個年輕女傭。但她內心很強大，個性比他魯莽。當他試圖離開她時，她用早已磨利的菜刀刺死他。

我本以為這個人很久以前就讓我的心麻木不仁了，但我內心有什麼強烈和苦澀的東西在流動，讓我感覺哪裡又空了一塊。我大聲咒罵他，讓他聽見：你就像一隻狗，有人呼喚你就撲上去圍著他，現在你追著自己的尾巴跑。

於是我決定了，決定嫁給聖克萊爾。這對我來說很容易，我是元配的女兒。我用顫抖的聲音說話，變得慘白病態，瘦得不成人形，我讓自己成為受傷的小獸，我吸引獵人前來，將我變成老虎的亡靈。

我自願放棄我的氣——讓我如此痛苦的靈魂。

現在我是一隻不會撲向獵物也不懂潛伏樹林的老虎，我成為一個隱形的亡靈。

聖克萊爾帶我回到美國，住進一個比那棟鄉下房子還小的地方。我穿著大尺寸的洋服，做著傭人的工作。我學習西方人的生活方式，粗聲粗氣地說話。我生了一個女兒，站在海岸的另一邊看著她，接受她的美國人作風。

這些東西我都不在乎，因為我失去了靈魂。

我能告訴女兒我愛她的爸爸嗎？這個男人晚上會替我按摩腳，會稱讚我煮的菜。在我把為了對的那一天而收藏起來的禮物拿給他看時，他真摯地哭了出來。就在我懷了女兒的那一天，一個虎年出生的女兒。

我怎麼能不愛他？但這份愛是來自一個亡靈。我雙臂環繞卻無法觸碰，碗裝了滿滿的飯，我卻沒有胃口吃。既不感到餓，也沒有飽足感。

現在聖克萊爾成了亡靈，我們總算可以平等地愛對方。他知道這些年來我一直藏在心裡的事。現在我必須將一切告訴我女兒，跟她說她的媽媽是一個亡靈，她沒有氣。這是我最大的恥辱，我怎麼能在給她靈魂前離世呢？

所以我會這麼做。我會仔細審視我的過去，看見早已發生的事，那讓我丟失靈魂的痛苦。我會緊緊抓住那股疼痛，直到疼痛具體化並閃閃發光。然後我勇猛的一面就會回來，我的黑黃條紋。我會用這道鋒利的痛苦刺穿我女兒堅硬的皮膚，解放她的老虎靈魂。她會與我搏鬥，因為這是老虎的天性。但我會打贏，把我的靈魂傳給她，這便是一個母親愛自己女兒的方式。

我聽見女兒和她丈夫在樓下說話的聲音。他們的爭吵毫無意義，兩個人死氣沉沉地坐在同一個房間裡。

我能在事情發生前就知道結果。她會聽見花瓶和桌子倒塌的聲音，她會上樓來，進到我的房間。她的眼睛在一片漆黑中什麼也看不到，而我會潛伏在樹林間。

雙面

鍾林冬

我女兒想去中國度二次蜜月，卻開始害怕起來。

「萬一我融入得太好，被他們認為是自己人怎麼辦？」薇芙莉問我：「萬一他們不讓我回美國呢？」

「妳去到中國……」我告訴她：「根本不必開口，他們就知道妳是外國人了。」

「妳在說什麼啊？」她問。我女兒習慣回嘴，她喜歡質問我說的話。

「唉呀。」我說：「就算妳穿得跟他們一樣，不化妝、不戴花俏的飾品，他們還是知道。從妳走路的姿勢，臉上的表情，他們就知道妳不屬於那裡。」

她聽見我說她看起來不像中國人並不開心。她露出美國人生氣的表情。噢，若是在十年前，她可能會拍手，高喊萬歲！彷彿聽見什麼好消息似的。但現在她又想成為中國人，這是一種潮流。我知道已經太遲了，這些年來，我一直想教她！她跟我學習中國人的生活方式是在學會獨自出門上學前。

所以現在她唯一會說的中文是噓噓、火車、吃飯、關燈和睡覺。用這些詞要怎麼跟中國人交談？她怎麼會覺得她可以融入其中？她只有皮膚和頭髮看起來像中國人，除去外表，她完完全全是美國製造。

她會變成這樣都是我的錯。我希望我的小孩能有最好的組合：美國的環境和中國的性格。我怎麼知道這兩個因素無法融合在一起？

我教她認識美國的環境。在這裡，就算出身貧窮，也不會被恥笑一輩子；妳可以首當其衝拿到獎學金；從屋頂掉下來也不用感到難過，妳可以提起告訴，要求房東修理；妳不用動也不動地坐在樹下，讓鴿糞掉到頭上，妳可以買一把雨傘，或者進入一間天主教堂躲避。在美國，不會有人要妳屈服於別人帶來的環境。

她學會了這些事，但我無法教她中國人的性格。如何聽父母的話，聆聽母親的想法。如何不要透露自己的想法，把感覺放在面子後面，就可以利用隱藏的機會。為什麼輕鬆的事不要做，如何知道自己的價值並好好琢磨，而不要像廉價的戒指四處炫耀。還有為什麼中國思維是最好的。

但她並沒有把這些想法聽進去。她忙著嚼口香糖，把泡泡吹到比臉頰還大，只有那種想法會根深蒂固。

「把咖啡喝完。」昨天我對她說：「別把祝福丟掉了。」

「別老古板了啦，媽。」她對我說，把咖啡倒進洗碗槽裡。「我已經獨立了。」

然後我想，她怎麼可以獨立？我什麼時候不要她了？

＊＊＊

我女兒就要再次結婚了。所以她要我去她的髮廊找那個有名的羅里先生做頭髮。我知道她的意思，我的外表讓她覺得丟臉。她丈夫的爸媽和重要的律師朋友看到這個老古板的中國婦女會怎麼想？

「我可以請安梅阿姨幫我剪。」我說。

「羅里很有名。」我女兒說，彷彿沒聽見似的。「他技術很好。」

所以我現在坐在羅里先生店裡的剪髮椅上，他把椅子調上調下，直到調到正確的高度。我女兒當著我的面批評我，就好像我不存在一樣。「看這邊多塌。」她批評我的髮型。「她要剪和燙，幫她染這個紫色，她都自己染，從來沒有給專業人士染過。」

她透過鏡子看向羅里先生，他則看著鏡中的我。我過去曾看過這種專業的表情，美國人跟別人交談時，不會真的看向對方。他們跟對方的倒影說話，他們只在沒人注意時，才會看向別人或自己。所以他們永遠不知道自己真正的樣子，他們看見自己抿嘴微笑，或是轉向看不見自己缺點的那一邊。

「她想剪怎樣的造型？」羅里先生問，以為我聽不懂英文。他的手指在我頭髮上方比劃，展示讓我的頭髮變得更濃密更長的魔法。

「媽，妳想剪怎樣？」為什麼我女兒覺得需要幫我翻譯？我還沒回答，她便代我說出我的想法：

「她想剪自然的大波浪，不要太短，不然就會變成小捲參加婚禮，她不想要看起來很奇怪。」

然後她扯著嗓門跟我說話，好像我聽力不好似的。「對不對？媽，不要燙小捲？」

我面露微笑，擺出我的美國人臉孔。這是美國人以為中國人會露出的表情，他們無法理解的表情。但我內心覺得很丟臉，我為她覺得丟臉而感到羞愧。因為她是我女兒，我以她為榮；我雖然是她的媽媽，她卻以我為恥。

羅里先生再次拍拍我的頭髮。他看了看我，又看向我女兒，接著對我女兒說出讓她很不開心的話。「你們兩個長得真像。」

我不覺莞爾，這次戴上我的中國人臉孔。但我女兒瞇起眼睛，嘴角也垂了下來，像是貓在攻擊前壓低身體的模樣。就在這時，羅里先生走開了，讓我們兩人思考這件事。我聽見他彈了下手指。「洗頭！下一位是鍾太太！」

我和我女兒被單獨留在這個擁擠的髮廊中，她對鏡中的自己皺了皺眉頭，發現我在看她。

「一樣的臉頰。」她說，指著我的臉，又戳了戳自己的臉。她把臉頰肉吸進嘴裡，她的臉頰凹了進去，看起來像是飢荒的災民。她把臉貼在我的臉旁，我們看著鏡中彼此的樣子。

「我們可以從自己的臉看出個性。」我不假思索地對女兒說：「能夠看到未來。」

「什麼意思？」她問。

現在我必須抵抗我的感覺。看著這兩張臉，我心想，多像呀！它們有一樣的快樂、一樣的悲傷、一樣的好運和一樣的錯誤。

我看見我和母親，那是在我小時候，發生在中國的事。

＊＊＊

母親，也就是妳的外婆，曾經向我訴說我的命運，我的個性會怎麼造就我的人生。她坐在有一面大鏡子的梳妝台前，我站在她身後，下巴靠在她的肩膀上。隔天就是新年伊始，我虛歲將滿十歲，所以對我來說很重要。或許是這個原因使然，她沒有嚴厲地糾正我，而是看著我的臉。

她摸了摸我的耳朵。「妳很幸運。」她說：「妳的耳朵跟我很像，耳垂大而飽滿，代表滿滿的祝福。有些人出身貧窮，他們耳垂很薄，長得很靠近臉頰，永遠聽不見好運降臨的聲音。妳有一雙好耳朵，但妳得傾聽自己的機會。」

她纖細的手指滑過我的鼻子。「妳的鼻子遺傳到我，鼻孔沒有很大，錢財不易散落；鼻梁直而且平滑，是個好兆頭。女生有鷹勾鼻代表不幸，總是跟隨錯誤的人事物，運氣不好。」

她接著點了下我和她的下巴。「不會太短也不會太長。我們會活得夠長，不會太快離開，也不會活太久，成為別人的負擔。」

她撥開我前額的頭髮。「我們是一樣的。」母親總結道：「妳的額頭可能比我寬，所以妳更聰明，妳的頭髮也更厚，髮際線較低，代表妳早年的生活會遇到一些困難。我也是一樣，但妳看我的髮際線，變高了！代表晚年會很有福氣。以後妳就會開始擔心掉髮的問題了。」

她抬起我的下顎，把我的臉轉向她，直視我的眼睛。接著把我的臉轉向一邊，又轉向另一邊。「妳有一雙誠實渴望的眼睛。」她說：「一直跟著我的視線表示尊敬，不會因為羞愧垂下視線，也不會反抗看別的方向，妳會成為一個好妻子、好媽媽和好媳婦。」

母親跟我說這些事時，我年紀還小。即使她說我們長得很像，我卻想更像一點。如果她的眼睛往上表示驚訝，我也想照做。她如果嘴角垮下來不開心，我也不想要開心。

我跟母親真的很像，直到環境將我們分開為止。一場大水導致家人把我拋下；我的第一段婚姻，嫁進一個嫌棄我的家族；到處都在戰亂中；以及後來飄洋過海前往另一個國家。她沒能看見這些年來我的臉產生的變化，我的嘴角下垂，我日漸憂心卻仍然沒有掉髮問題。我的眼睛養成美國人的習慣。她沒有看到我在舊金山的公車上，擠到鼻子都歪了。那是在我和妳爸爸前往教堂途中發生的事，而在感謝上帝保佑之餘，但我不得不挪出一些空間為我的鼻子祈禱。

在美國很難維持中國人的臉孔，我在一開始尚未抵達前，就必須把真正的自己隱藏起來。我付錢給一個當時住北京，卻是在美國長大的中國女孩，請她教教我。

「去到美國後——」她說：「不能說自己想一直住在那兒。如果妳是中國人，妳要說妳很欣賞他們的教育，喜歡他們的思考模式。妳要說妳想成為老師，學成後回國教中國人。」

「我要說想學什麼?」我問:「萬一他們問我問題,我答不出來……」

「宗教,妳要說妳想研究宗教。」這是聰明的女孩說:「所有美國人對宗教都抱持不同的看法,沒什麼是非對錯。妳要跟他們說,妳是奉上帝的旨意,他們就會對尊敬妳。」

我花了另一筆錢,從女孩那兒拿到了一份寫滿英文單字的表格。我一遍又一遍抄寫這些單字,讓這些單字深植在我腦海裡。在「NAME」旁邊的空格,我填上林冬.鍾;「BIRTHDATE」旁,我寫了一九一八年五月十一日,女孩堅持那是農曆新年三個月後;「BIRTHPLACE」旁,我寫中國太原,而「OCCUPATION」的答案則是神學生。

我又付更多錢拿到一份舊金山地址的名單,都是手握關係的人。最後,女孩免費教我怎麼改變當前的處境。「首先呢。」她說:「妳得找個人結婚,最好是美國公民。」

她看見我驚訝的表情,很快補充道:「華裔!當然要找華裔,『公民』不代表白人。倘若他不是美國公民,妳就要趕快實施備案,要生一個小孩。在美國生男生女不重要。反正到了晚年都不會照顧妳,不是嗎?」我們都笑了起來。

「但妳要小心。」她說:「美國政府機關會問妳現在有沒有小孩,或有沒有計畫懷孕。妳絕不能承認。妳要裝出真誠的樣子說妳未婚,因為妳很虔誠,很清楚未婚懷孕是錯的。」

我一定面露困惑,因為她再度解釋道:「想想看嘛,未出生的小孩怎麼會知道什麼不能做?妳的孩子出生後,就是美國公民。他可以做任何事,媽媽也就可以留下來,不是嗎?」

但這不是我疑惑的原因，我在想她為什麼要說我必須裝出真誠的樣子，既然說的是實話，還能裝出別的樣子嗎？

妳看我的臉現在依舊真誠，妳怎麼沒有遺傳到這個部分？為什麼妳總是跟妳朋友說，我是從中國坐船千里迢迢來到美國的？這不是真的，我沒那麼窮，我是搭飛機來的。我把前任夫家送我離開時給我的錢存了下來，加上我做了十二年電話接線生的錢。但我搭的的確不是最快的航班，我飛了三個星期才到美國。那班飛機每個地方都停：香港、越南、菲律賓和夏威夷。所以當我抵達美國時，看起來並沒有很開心。

為什麼妳總是告訴別人我和妳爸爸是在華園酒家認識的？妳說我打開一個幸運餅乾，裡面的紙條說我會嫁給一個皮膚黝黑、英俊的陌生人。當我抬頭來，看見一個服務生站在那兒，就是妳爸爸。妳為什麼要開這種玩笑？這段話是假的，並非事實！妳爸爸不是服務生，我也從未去那家餐廳吃飯。華園酒家外有個招牌寫著「中華料理」，所以那裡在被拆掉以前，只有美國人會光顧。現在那個地方開了一家麥當勞，用很大的中文招牌寫著：麥東樓——「麥子」、「東方」和「樓房」，全是亂寫的。為什麼妳只對胡說八道的中文感興趣？妳應該要了解我真正的遭遇。我是怎麼來的、怎麼結婚、怎麼失去中國人的臉孔，以及為什麼妳會變成現在這樣。

我剛來美國時，沒人對我有疑問。政府機關審視我的文件後，便蓋章讓我過海關。我決定先去北京女孩給我的名單上的地址。公車帶我到一條有纜車系統的寬闊街道上，這裡就是加利福尼亞街。

我走上坡看見一棟高聳的建築物，那就是舊聖母主教座堂。教堂標誌下方是手寫的中文字，是後來才加上去的。「拯救騷動靈魂的中國儀式，上午七點到八點。」我把這個資訊背下來，免得政府問我在哪裡做禮拜。然後我在對街看見另一個招牌，就漆在一棟濱水建築外面：「為明天做好打算，美國銀行。」我心想，這裡就是美國民眾信仰的地方。看，就連在當時我也沒那麼笨！時至今日，教堂沒什麼改變，但原本銀行低矮的建築已成了高樓大廈，有五十層樓高。妳和妳的未婚夫就在那裡工作，看低其他人。

我女兒聽到我這麼說後笑了起來，覺得原來她媽媽也會開玩笑。

我持續往坡上走，看見兩座塔，豎立在街道的兩側，彷彿是一個浩瀚佛寺的入口。但我仔細一看，才發現其實那兩座塔樓只是有磚瓦屋頂的建築，沒有牆壁，下方什麼也沒有。我對他們建造出一個看似古老帝國城市或帝陵的地方感到很訝異，但如果從假塔的兩側看過去，就會發現街道變得狹窄擁擠，籠罩在陰影下，而且很髒亂。我心想，為什麼他們只選擇中國最糟糕的部分作為內部？為什麼不建花園和池塘呢？噢，外面看起來到處都是著名的古窟洞或中國戲曲的影子，內部卻總是一樣粗俗。

所以當我去北京那個女孩給我的地址時，我就知道不要抱太大希望。那個地址是一棟高大的綠色建築，四周很吵雜，孩子們在樓梯和走廊上跑來跑去。到了四〇二號室，一個老婦人馬上向我抱怨她等了我整整一星期。她很快地寫下一些地址交給我，我從她手中接過字條後，她仍伸著手，我便塞給她一美元紙鈔。她看了一下說：「小姐，我們現在是在美國，這點錢還不夠乞丐吃飯呢。」於是我又給了她一張，她說：「唉，妳以為可以輕輕鬆鬆就拿到情報嗎？」我再增加一張，她才收手閉上嘴巴。

我去到這個老婦人給我的地址，那是在華盛頓街的一棟廉價公寓。就跟其他地方一樣，公寓座落在一家小商店樓上。透過這張價值三美元的清單，我找到一份時薪七十五分美元的爛工作。噢，雖然我試圖找店員的工作，但首先要會說英文。我還找過另一份中國女侍者的工作，但他們希望我跟那些外國男客人有肢體接觸，當下我便明白那工作就跟中國的三陪小姐差不多！所以我用黑筆把那個地址塗掉。有一些其他的工作又需要有特殊的關係。那些工作是由來自廣州台山市和老四區家族經營的，這些南方居民好幾年前來到這裡賺錢，至今仍掌握在他們子孫手裡。

所以母親說得沒錯，我的確過得很辛苦。在餅乾工廠的工作是最糟糕的一個。黑色的大型機械整天不停地運作，將薄薄的煎餅倒在移動的圓烤盤上。我和其他女工坐在高腳凳上，隨著小煎餅一一捲過，我們要在餅皮變成金黃色前，從熱烤盤上拿下來；接著要把紙條放到煎餅中間，將餅皮折成一半，在餅皮變硬前把兩側彎到後方。如果太快把煎餅拿起來，手就會被又熱又濕的麵團燙到，若是動作太慢，煎餅就會變硬，連第一步驟都完成不了。然後就要把做壞的餅乾丟到一個桶子裡，這些餅乾的錢都會從薪水裡扣，因為老闆只能把這些餅乾以瑕疵品出售。

第一天結束後，我的十根手指都被燙得紅通通的。這份工作不適合頭腦駑鈍的人，因為必須學得快，不然手指會腫得像炸香腸一樣。所以隔天我只有眼睛被熱氣薰到，因為我一直盯著煎餅不移開視線。再過一天，我的手臂因為等著正確時機拿煎餅而痠痛不已。但我做了一個星期後，這項工作變得輕而易舉，我還可以適時放鬆，注意自己前後的同事。其中一個女人年紀比我大，她總是不苟言笑，生氣時會用廣東話自言自語，她講話瘋瘋癲癲的；坐我另一邊的同事年紀跟我差不多。她的桶子裡很少瑕疵品，但我懷疑她把餅乾吃了，因為她滿胖的。

「欸，小姐。」她在機器的巨大噪音中叫我。聽見她的聲音我很開心，因為我發現我們兩個都會說普通話，雖然她的方言有些粗俗。「妳有想過自己的力量大到可以決定他人的命運嗎？」她問。

我不懂她的意思，她隨即拿起一張紙條大聲唸出來，首先用英文：「不要在公眾場合同時打架和曬衣服，贏了會把衣服弄髒。」接著翻成中文重述一遍。

我仍然不知道她想說什麼，她又拿了另一張紙條，用英文念道：「錢是萬惡的根源，環顧四週挖深一點。」然後換成中文：「錢有不好的影響，會讓人陷入不安絕境。」

「妳在說什麼啊？」我問她，把那些紙條放進口袋裡，心想我應該讀一讀這些經典的美國俚語。

「這些是好運。」她解釋道：「美國人認為這些話是中國人說的。」

「但我們才沒這麼說！」我說：「這些話毫無道理，才不是好運，是不好的指示。」

「錯了，小姐。」她笑了笑說：「我們的不幸是在這裡做這些餅乾，其他人的不幸是花錢買了這些餅乾。」

這就是我認識許安梅的經過。對啦，就是妳安梅阿姨，她現在變得非常老古板。我和安梅現在想到那些紙條上的厄運仍覺得好笑，後來卻在我結婚這件事上有很大的幫助。

「呃、林冬。」安梅有一天工作時對我說：「週日一起跟我上教堂吧，我丈夫有個朋友想找不錯的中國人為妻。他不是美國公民，但我很確定他知道怎麼成為公民。」那就是我第一次聽到妳爸爸的名字，提恩・鍾。完全不像我第一段婚姻，一切都是安排好的。這一次我有選擇的權利，我可以選擇嫁給妳爸爸，或者不要嫁給他，回去中國。

我第一次看到他時就覺得不太對勁：他是廣東人！安梅怎麼會覺得我能嫁給這樣的人？她卻僅僅表示：「我們現在不在中國，妳不需要嫁給同村的男生，在這裡，大家都來自同一個地方，即便他們生於中國不同地區。」看看妳安梅阿姨現在跟那時候變化有多大。

一開始我和妳爸爸都很害羞，我們沒辦法自然地用自己家鄉的方言交談。我們一起去上英文課，用新學的語言聊天。偶爾會在紙上寫下中文，表達自己的意思，至少我們能用一張紙維繫感情。但當一個人語言不通時，實在很難表示結婚的意願。比方說一些戲弄、跋扈和冷酷之類的話，才會知道對方是否認真。但我們只能用英文老師教我們的東西溝通——我看見貓，我看見老鼠，我看見帽子。

但很快我就發現妳爸爸有多喜歡我。他會假裝演戲告訴我他的意思。他來回跑動，跳上跳下，用手抓頭髮，所以我知道他是想表達——*忙死了！*妳爸爸在太平洋電信這種忙碌的公司上班。妳不知道妳爸爸有這一面，妳知道他是一個好演員嗎？妳也不知道妳爸爸頭髮曾經很茂盛吧？

噢，後來我發現他的工作根本不像他形容的那樣，當時業績並不太好。即使是現在，我已經能用廣東話跟妳爸爸交談，我總是問他為什麼不找別的工作，他卻仍表現得像過去那段日子似的，一副聽不懂我在說什麼的樣子。

有時候我會想為什麼我會跟妳爸爸結婚。我覺得是安梅讓我有了這個念頭。她說：「電影中，常常會有男生和女生上課交換紙條的場景，然後他們就會惹上麻煩。妳必須先製造麻煩，讓男生了解他自己的心意。不然，妳等到天荒地老，他都不會有所察覺。」

那天晚上，我和安梅在工作時，從一堆幸運餅乾紙條中搜尋，試著找到適合的指示讓妳爸爸看。安梅會大聲唸出來，把可能有用的放到一旁。「鑽石是女生的摯友，絕不要滿足於朋友。」、「如果有了這個想法，是時候該結婚了。」、「孔子說女人勝過千言萬語，告訴妻子她用光了額度。」

那些話讓我們大笑，但我在讀的時候就知道要選哪個了。「家裡無伴侶就不算家。」這次我沒有笑，我把字條包進一個煎餅裡，全心全意彎著餅乾。

隔天下課後，我手伸進包包裡，皺了皺眉頭，彷彿被老鼠咬到手似的。「這是什麼？」我嚷道，把餅乾拿出來遞給妳爸爸。「噁！餅乾太多了，只要看到就讓我想吐，給你吧。」

我知道儘管如此，他的個性也是不會浪費。他打開餅乾，用嘴巴咬碎，然後讀了字條。

「上面寫什麼？」我問，一副無所謂的口吻。但當他仍然沒說話時，我說：「翻譯給我聽。」

當時我們正在花園角散步，空氣中飄著霧氣，我穿著薄外套，覺得很冷，所以我希望妳爸爸快點跟我求婚。但他卻露出一個認真的表情，說道：「我不認得『伴侶』這個詞，今天晚上我會查字典。明天再告訴妳是什麼意思。」

隔天他用英文問我：「林冬，妳能伴侶我嗎？」然後我笑了起來，跟他說他用錯那個字了。於是他開了孔子式的玩笑，說如果他用的字是錯的，那他的目的也是錯的。我們就像這樣整天互相打趣和開玩笑，這就是我們決定結婚的經過。

一個月後，我們在初見面的第一華人浸信會舉行婚禮。九個月後，我和妳爸爸有了屬於公民的證明——一個男寶寶，妳大哥溫斯頓。我幫他取名溫斯頓，是因為我喜歡「贏」和「噸」兩個字[13]。我希望養大一個能夠贏得很多東西的兒子，像是稱讚、錢財和美好的生活。那時候我心想，我終於得到想要的一切了，我很開心，我不覺得我們很窮，我只看見我們擁有的。我怎麼會知道溫斯頓後來會死於車禍呢？他還那麼年輕！才十六歲！

溫斯頓出生兩年後，我懷了妳二哥文森。我為他取名文森，聽起來像是「贏錢」[14]。因為我開始覺得我們沒有很富有，我在搭公車時撞到了鼻子。之後很快妳就出生了。

我不知道是什麼造成我的改變，或許是我的歪鼻子讓我的思想走偏，或許是看見還是嬰兒的妳跟我很相像，讓我對自己的人生產生不滿足。我想要給妳更好的生活，希望妳能擁有最好的環境，所

13 Winston（溫斯頓）拆開就是 Win（贏）和 ton（噸）兩個單字。

14 Vincent（文森）音似 win cent（贏錢）的意思。

以我為妳取名薇芙莉。這是我們當時住的街道名稱。我希望妳會想：這是我的歸屬。但我也知道如果我用街道名為妳取名，妳很快就會長大，然後離開這個地方，帶著屬於我的一部份。

＊＊＊

羅里先生幫我梳頭髮，烏黑柔順。

「妳看，很好看耶，媽。」我女兒說：「來參加婚禮的人都會覺得我們是姊妹。」

我看著髮廊漂亮鏡子中的自己——我的倒影。我看不見我的缺點，但我知道它們依然存在。我女兒也遺傳到這些缺點，我們有同樣的眼睛、同樣的臉頰、同樣的下巴；她的個性來自我的生長環境。我看著我女兒，第一次注意到這件事。

「唉呀！妳鼻子怎麼了？」

她看向鏡子，什麼也沒看到。「什麼意思？沒事啊。」她說：「跟以前一樣啊。」

「但妳鼻子怎麼歪了？」我問。她一側的鼻翼變低了，臉頰也跟著往下垂。

「什麼啊？」她問：「妳也是這樣，我鼻子是遺傳妳的。」

「怎麼可能？妳的鼻子歪了，妳要去做手術矯正回來。」

但我女兒就像是沒聽見我的話似的，把她的笑臉貼在我擔心的臉旁。「別傻了，我們的鼻子沒那麼難看。」她說：「讓我們看起來心思迂迴。」她感覺很開心。

「『心思迂迴』是什麼意思？」我問。

「就是說我們看著一個方向，卻又往另一邊走。我們支持一件事，卻也贊同另一件。我們說著內心的話，卻另有意圖。」

「一個人的臉上可以看出這個意思？」我問。

我女兒笑了笑。「不是看出所有想法，他們只會知道我們是有兩張臉孔的人。」

「這樣好嗎？」

「如果能達到目的就是好事。」

我思索著我們的兩張臉孔，我想著我的意圖，哪一張是美國人？哪一張是中國人？哪一張比較好？如果妳表現一個，一定會要犧牲另一個。

就像去年我回去中國，我已經四十年沒回去了。我沒有戴花俏的首飾，不穿鮮豔的衣服，我講的是中文，使用當地的貨幣。但他們還是知道我的臉孔不是百分之百中國人，他們仍用觀光客的價錢賣東西給我。

所以現在我想，我失去了什麼？又拿到什麼作為回報？我會問問我女兒的想法。

兩張機票

吳菁妹

火車一出香港邊境進入中國深圳，我就覺得不對勁。我感覺頭皮一陣發麻，血脈賁張，骨子裡透出一股熟悉的痛楚。我心想，媽媽說得沒錯，我正在成為中國人。

「沒辦法。」媽媽說。那年我十五歲，堅決否認自己有一丁點中國血統。當時我就讀於舊金山的伽利略高中二年級，我的所有白人朋友都認為我就跟他們一樣，不像個中國人。但媽媽以前讀的是上海一所護理名校，她很了解基因學。所以不管我認不認同，在她心中毫無疑問只要出生為中國人，就會對中國人產生認同感，擁有相同的思維。

「總有一天妳會明白。」媽媽說：「這個基因是與生俱來的，等待被釋放出來。」

聽了她的話，我幻想自己就像變身為狼人，突然觸發DNA的變異標籤，分裂複製一種潛伏性的症狀，產生一連串中國人行為的跡象，媽媽做過所有讓我覺得丟臉的事——跟店老闆討價還價、在公共場所用牙籤剔牙、看不出檸檬黃和淡粉色的衣服跟冬天不太搭。

直到今天，我才發現我從來不知道作為中國人的真正含意。我現在三十六歲，媽媽不在了，而我在火車上，乘載她回鄉的夢想前往中國。

我們首先要去廣州，我和七十二歲的爸爸坎尼．吳要去那兒拜訪他的姨媽。從他十歲後，兩人就再也沒見過面。我不知道是因為他要跟自己的姨媽重逢，還是因為回到了中國，他現在看起來就像個小男孩，單純而快樂。我很想幫他扣上毛衣的釦子，再拍拍他的頭。我們隔著一張小桌子面對面坐著，桌上放著兩杯冷掉的茶。這是我印象中第一次看見爸爸眼眶噙著淚。他望向火車窗外，只看到一片分成黃、綠和棕色的田地，一條狹窄的運河從鐵軌下方穿過，低矮的山丘，以及三個身穿藍色外套的人在這個十月清晨坐在牛車上。我同樣控制不住自己，眼前也是一片模糊，彷彿好久好久以前我曾見過這樣的景象，差一點就遺忘了。

不出三個小時，我們便抵達廣州。我的旅遊書上說這幾年廣州的英文拼音改了。感覺我聽過的所有城市都改變了拼法，尤其是上海。這麼做大概是想表達中國在其他方面也起了變化。重慶和桂林也無一倖免。我查了這些地名，因為去廣州看完姨婆後，我們就要飛去上海，第一次與我的兩個同母異父姊姊見面。

他們是媽媽第一段婚姻生下的一對雙胞胎女兒。一九四四年，她在從桂林逃往重慶的途中，被迫將兩個小嬰兒遺棄在路邊。關於這兩個女兒，媽媽只告訴我這件事，所以在我的想像中他們依然是嬰兒的模樣。這麼多年來縮在路旁，聽著遠方傳來的轟炸聲，孜孜不倦地吸著紅透的拇指。

不過就在今年，有人找到了他們，並來信告知這個喜訊。一封來自上海寄給媽媽的信。第一次聽見他們還活著的消息時，我的姊姊在我的想像中，從嬰兒搖身一變成了六歲的姊妹花。兩人緊挨著彼此坐在桌前，輪流拿筆寫字。其中一人會寫下一行整齊的中文字：**親愛的媽媽，我們還活著**。往上撥了下輕薄的瀏海後，把筆遞給另一個，她會接著寫道：**請快點來找我們**。

當然他們不知道媽媽三個月前就過世了，因為她腦部的一條血管突然破裂。前一秒，她還在跟爸爸說話，抱怨樓上的住戶，想辦法假裝中國親戚要搬過來住，並叫他們離開；下一秒，她便扶著自己的頭，眼睛緊閉，摸索到沙發上，而後雙手抽動倒在地上。

所以爸爸是第一個拆開那封信的人。結果是封長信。他們叫她媽媽，並表示一直尊她為真正的母親。他們有一張她的照片，還拿去裱了框。信裡寫了他們的生活，從媽媽離開桂林後在路邊最後一次看見他們，到他們最後被人發現。

爸爸看了那封信後心碎不已。這兩個女兒正在呼喚來自另一段人生的媽媽，而且是他所不知道的。他把信交給媽媽的老朋友林冬阿姨，請她幫忙回信，盡可能委婉地告訴我姊姊媽媽已經過世的消息。

林冬阿姨卻在喜福會期間拿出那封信，跟瑩姨和安梅阿姨討論該怎麼做，因為他們很多年前就知道媽媽在找她雙胞胎女兒的事了，他們是她無窮的希望。接二連三的打擊讓林冬阿姨和其他人哭了，媽媽三個月前走了，現在感覺又再一次失去了她。他們忍不住期待奇蹟發生，能有一些方法讓她起死回生，讓媽媽實現她的夢想。

於是，他們回信給我遠在上海的姊姊：「親愛的女兒，不論在我心中或記憶深處，我都從未忘記過你們。我不曾放棄希望，一直相信我們會再次快樂地重聚。很抱歉讓你們等了這麼久，我很想跟你們分享後來我經歷的一切，我會帶著家人去中國看你們，當面跟你們說……」後面署名是媽媽的名字。

直到他們回信後，他們才把這關於我姊姊和他們來信回覆的事告訴我。

「這樣他們就會以為她要去。」我喃喃地說。我想像我的姊姊大概十、十一歲的年紀，手牽著手，開心地蹦蹦跳跳，一頭雙馬尾隨著動作上下飛舞，對他們的媽媽要來感到很興奮——他們的媽媽，而我媽媽已經死了。

「我怎麼能在信上寫她不會去了。」林冬阿姨回我：「那是他們的媽媽，也是妳媽媽，這個消息應該由妳告訴他們才對。多年來，他們日夜夢想著見到她。」我想她說得沒錯。

但後來我也開始做夢。我夢見媽媽和我的兩個姊姊，以及我去到上海會是怎樣的情形。這些年來，他們一直等著被發現，而我跟媽媽住在一起，然後失去她。我想像在機場見到兩個姊姊的畫面，他們引領盼望，面露焦慮的神情，在我們下飛機後，目光掃過一個又一個黑頭髮的人。然後我會立刻認出他們，臉上帶著同樣擔心的神情。

「**姊姊、姊姊**。我們來了。」我幻想自己用蹩腳的中文喊道。

「媽媽呢？」他們問，一邊四下張望，兩張泛紅殷切的臉上始終掛著微笑。「她躲起來了嗎？」這很像媽媽的作風。她會退後一點，小小地惡作劇，讓別人心臟急得快跳出來。我搖搖頭，跟姊姊說她沒有躲起來。

「噢，那就是媽媽吧，不是嗎？」我一個姊姊會興奮地低語，指著某個被一疊禮物完全淹沒的嬌小婦女。媽媽的確會像那個人一樣，帶了成山的禮物、食物、小孩的玩具——全是特價時買的。她會說不需要道謝，這些禮物沒什麼，之後又掏出標籤給我姊姊看。「這是 Calvin Klein 的，百分之百羊毛。」

我想像自己開口：「姊姊，對不起，我必須一個人來……」我還來不及說出口——我的臉色早已透露一切——他們便哭了出來，拽著自己的頭髮，嘴唇因悲痛而扭曲，從我面前跑走。然後我看見自己登上回程的飛機。

在我夢見這個場景很多次，看著他們絕望的表情從恐懼轉為憤怒後，我請求林冬阿姨再寫一封信。起初她並不答應。

「我要怎麼說她死了？我下不了筆。」林冬阿姨一臉固執地說。

「但讓他們相信她會飛去找他們很殘忍。」我說：「如果他們看到只有我去，他們會恨我的。」

「恨妳？不會啦。」她皺著眉說：「妳是他們的親妹妹，他們唯一的家人。」

「妳不明白。」我反駁道。

「不明白什麼？」她問。

我輕聲說：「他們會覺得是我的錯，她死了是因為我沒有好好照顧她。」

林冬阿姨的臉上頓時露出滿意又悲傷的神色，就好像我說的是事實，而我終於明白了一樣。她坐了一個小時，等到她起身後，她交給我一封兩頁的信，淚水在她眼眶裡打轉，我才意識到她替我做了我一直以來害怕的事。所以就算她是用英文寫下媽媽的死訊，我也沒有勇氣讀它。

「謝謝。」我低語道。

窗外風景變成一片灰色，到處都是低矮的水泥建築和老舊工廠，更多的鐵軌上行駛著跟我們一樣的火車，與我們擦肩而過。我看見月臺擠滿了人，穿著顏色單調鮮豔的洋服：小孩穿著粉紅和黃色、紅色和桃紅色，軍人一身橄欖綠和紅衣服，老太太穿著灰色上衣搭配七分褲。我們到廣州了。

火車尚未停穩，乘客就紛紛從座位上方把行李拿下來。有一段時間，車廂內隨處可見沉重的行李箱如陣雨般落下，裡面是給親戚的禮物，破掉的盒子用線捆起來，免得東西落滿地，還有裝著毛線、蔬菜、乾香菇和相機套的塑膠袋。然後我們被人流推擠著往前進，直到發現自己來到了十幾條正等著出海關的隊伍中間，我感覺像在舊金山搭乘三十號市德頓街公車。我提醒自己我現在是在中國，不知怎地，擁擠的人潮不再讓人心煩。這麼做感覺沒問題，我也開始推擠起來。

我拿出海關申報表和護照。上面寫著「吳」，下方則是「朱恩·梅」，一九五一年生於美國加州。

我在想海關人員是否會質疑我跟照片上的是不同人。那張照片上的我留著下巴長度的短髮，挽到耳後，有精心打扮過，戴著假睫毛、塗了眼影和唇線筆，臉頰打上古銅色腮紅營造凹陷的效果。但我沒料到十月的高溫，所以現在我的頭髮因為濕氣塌了下來，沒有化妝。在香港時，我的睫毛膏已融成黑色一圈，其他妝也花了，臉上感覺像塗了一層油。所以今天我素顏，除了額頭和鼻子上覆了一層薄亮的汗水外什麼也沒有。

即使沒有化妝，我也永遠無法像個真正的中國人。我身高一百七十公分，高出人群一個頭，視線只能與其他觀光客平視。媽媽曾經跟我說我的身高遺傳自外公，他是北方人，可能混了些蒙古血統。「這件事是有一次妳外婆告訴我的。」媽媽解釋道：「但現在來不及問她了。妳的外公外婆、舅舅舅媽都過世了，還有他們的小孩，全都死於戰爭。空襲時炸彈掉到我家的房子，一次死了很多人。」

她說話的口氣很平淡，我以為她早已克服傷痛。我很納悶她怎麼知道他們全都不在了。

「或許炸彈落下時他們逃出來了。」我提出可能性。

「不。」媽媽說：「我們整個家族的人都死了，就剩妳和我。」

「但妳怎麼知道?他們有些人可能逃出來了啊。」

「不可能。」媽媽說，這一次語氣近乎憤怒。然後她皺眉的表情變成一副茫然的樣子，接著她開口說話，彷彿試著回想她放錯的東西在哪裡。「我回到老家，一直在找房子的所在地，但那裡沒有房子，只有一片天空。在我腳下是四層樓被燒毀的磚瓦和木頭，以及我們家全部的生活。然後我看見一旁有東西被吹進庭院裡，沒什麼特別的。有一張曾經有人睡覺的床，只是一個金屬架，扭曲地擺在角落。還有一本書，我不知道是什麼書，因為書頁都被燒光了。我看到一個茶杯，雖然完好無缺卻覆滿煙灰。然後我找到我的娃娃，手腳都被炸斷，頭髮也燒光了……我小時候看見它孤單地被放在店櫥窗內，就哭著要買那個娃娃，我母親買給了我。那是一個洋娃娃，有一頭金髮，手跟腳的關節可以轉動，眼睛也會上下眨。我結婚後搬出娘家，把這個娃娃送給我的小姪女，因為她跟我很像。只要娃娃不在身邊，她就會哭。妳懂了嗎？如果她當時在那棟房子裡，她爸媽就跟她一起，其他人也一樣，等待空襲過去，因為我們家就是這個樣子。」

站在海關櫃檯的女人盯著我的文件，然後稍微瞥了我一眼，很快地蓋了兩下章，表情嚴肅地對我點個頭讓我通過。很快我和爸爸兩個人便到了一個寬廣的空間，到處都是行李和人。我感覺迷惘，爸爸也是一臉無助。

「不好意思。」我問向一個看起來像美國人的男人：「你知道哪裡可以搭計程車嗎？」他喃喃地說著聽起來像瑞典或荷蘭話。

「小雁！小雁！」我聽見身後傳來一個尖銳的叫聲。一名老太太穿著淺黃色針織外套，提著一個粉紅色的塑膠袋，裡面裝滿了包好的小飾品。我猜她是想跟我們推銷東西。但爸爸盯著這個嬌小的女人，直視她的眼睛。然後他的眼睛忽地睜大，臉亮了起來，像個小孩般露出燦爛的笑容。

「阿姨！阿姨！」他輕柔地叫道。

「小雁！」我的姨婆叫道。我覺得她叫爸爸「小雁」很好笑，這一定是他小時候的乳名，為了防止惡鬼抓走小孩取的。

他們拍著彼此的手，沒有擁抱，就這麼握著，輪流問：「看看你！你這麼老了，你看你變得真老啊！」他們兩人又哭又笑，我咬著下唇，努力憋著不要哭出來。我害怕受他們的喜悅感染，因為我在想明天去到上海的情況會有多不一樣，會有多尷尬。

姨婆指著一張爸爸拍的拍立得快照，微微一笑。爸爸很明智地在告知我們要來的信上附了照片。看她有多聰明，她在比較爸爸跟照片時似乎嚴肅了起來。爸爸在信上說我們到了飯店會打給她，所以他們來接我們其實是個驚喜，我心想不知道我的姊姊們是否也會到機場。

這時我才想起相機，我原本打算在爸爸跟他阿姨重逢時幫他們照相，還來得及。

「來，站過來這裡。」我說，拿著我的拍立得相機。按下快門後，我把快照遞給他們。姨婆和爸爸仍靠在一起，每人各拿著相片的一邊，看著他們的影像開始現形。他們幾乎虔誠地安靜。姨婆只比爸爸大五歲，她大概七十七歲。但她看起來老得多，骨瘦嶙峋。她單薄的頭髮是純白色的，牙齒因為腐爛而污黃。我心想，描寫中國婦女永保青春的故事就到此為止了。

而後姨婆朝我低聲說：「**長大了**。」她抬頭看我，打量我全身，然後看向她的粉紅色塑膠袋。我才發現那裡面是給我們的禮物，她彷彿在想要送什麼給我好，因為現在我已經長那麼大了。然後她用像鉗子般的力道抓住我的手，讓我轉圈。一對五十幾歲的男女正在跟爸爸握手，大家都笑著打招呼：「你好！你好！」那兩個人是姨婆的大兒子和他的妻子，旁邊還站了四個人，年紀跟我差不多，然後是一個年約十歲的小女孩。他們很快地自我介紹，我只知道他們是姨婆的孫子和他的妻子，另一人是她的孫女及其丈夫，那個小女孩名叫麗麗，是姨婆的曾孫女。

姨婆和爸爸用小時候的普通話方言交談，但其他人只會說他們村莊的廣東話。我只聽得懂普通話，但不太會說。所以姨婆和爸爸用普通話閒聊，談著關於他們老村莊的一些消息，偶爾會停下來跟我們其他人說話，有時候是廣東話，有時候用英語。

「噢，我猜到了。」爸爸說著轉向我。「他去年夏天過世了。」而我早就知道了，只是我不知道李恭這個人是誰。我感覺自己像在聯合國，而翻譯完全失控。

「妳好呀。」我對小女孩說：「我叫菁妹。」小女孩卻把頭撇向一邊，她爸媽尷尬地笑了笑。我試著從先前在唐人街跟朋友學的廣東話中，擠出幾個可以跟她交談的詞，但我卻只想得到廣東話的髒話、身體器官之類的詞，還有「好吃」、「難吃」和「她真醜」之類的短語。然後我想到一個計畫：我拿起寶麗來相機，向麗麗招招手。她很快蹦了過來，把手放到腰上，做出時尚模特兒的姿勢，挺直胸襟，對我露齒微笑。我一拍好照片，她便來到我旁邊，一邊蹦蹦跳跳，一邊咯咯地笑著看她的影像出現在綠色底片上。

我們叫了計程車準備前往旅館時，麗麗緊緊抓著我的手不放，一直拉著我。

計程車上，姨婆說個不停，所以我沒有機會問她車子外頭的景象。

「你信上寫說你們只會待一天。」姨婆激動地跟我爸爸說：「一天！你怎麼能只跟家人見一天面！從深圳到台山要開好幾個小時。還有你說要到飯店才打給我們，真是亂七八糟，我們沒有電話。」

我的心跳瞬間加快，不知道林冬阿姨是否在信上寫了我們到上海後，會從飯店打電話？

姨婆持續怪我爸爸。「我急到不行，你問我兒子，我試著想出辦法來，幾乎要翻天覆地了！所以我們決定最好的辦法就是從台山搭公車到深圳，直接來見你們。」

計程車不斷穿梭在卡車和公車間，持續按著喇叭，我屏住呼吸。我們好像開上了某條高架道，就像一座橋橫跨城市上方。我看到一排排的公寓，每一層陽台都掛著正在曬乾的衣服。我們開過一輛公車，裡面擠滿了人，臉幾乎都要貼到窗戶上。然後我看見城市的天際線，那裡一定就是深圳市區。遠遠望去很像美國的主要城市，四處高樓林立。當我們開進城市較擁擠的地方時，車速了慢下來，我看見光線昏暗的小商店，兩旁分別是櫃台和貨架。然後是一棟建築，前面架著用竹子和建築膠條綁成的鷹架。男人和女人站在狹窄的平台上，沒戴安全帽或頭盔便進行刮去表面的工作。噢，職業安全和健康管理局大概會很高興來這裡。

姨婆尖銳的聲音再次響了起來。「可惜你們沒辦法看到我們的村莊和房子，我兒子很有成就。他在自由市場賣我們種的菜，這幾年賺夠了錢就蓋房子，三層樓，全是新的磚瓦，我們一大家子住都綽綽有餘。現在每年越賺越多，不是只有你們美國人知道怎麼變有錢！」

計程車停了下來，我猜我們到飯店了，然後我往外看，看到一個比凱悅飯店規模更大的地方。「這裡是共產主義中國？」我滿腹狐疑。然後我朝爸爸搖搖頭。「我們一定來錯飯店了。」我很快拿出我們的行程、機票和預訂資料。我很明確跟旅行社說要訂三十到四十美元間便宜的飯店，我記得很清楚，我們的行程表上寫著：位於環市東路的廣州花園酒店。我們的旅行社最好準備吞下額外的費用，我只能這麼說。

這家飯店棒呆了。一個身穿制服、戴著折邊帽的行李員上前，幫我們把行李提進大廳。飯店內部看起來像是購物商場的狂歡聚會，餐廳全都是花崗岩和玻璃。比起飯店給我的深刻印象，我很擔心住宿的花費，還有姨婆對我們的觀感——我們這些有錢的美國人就連一個晚上不奢華都不行。

然而，當我走到櫃檯準備面對訂錯飯店的情況時，櫃台職員確認了訂房，每間房三十四美元。我感到很尷尬，姨婆和其他人似乎對我們暫時的住所感到很滿意。麗麗睜大了眼睛看著滿室街機遊戲的電子遊樂廳。

我們全部人擠進一個電梯，門房人員朝我們揮揮手，表示他會在八樓跟我們見面。電梯門一關上，大家頓時安靜下來。當門終於打開時，每個人都立刻說話，聽起來像是鬆了口氣。我感覺姨婆和其他人從未搭電梯到很高的樓層。

我們的房間是相鄰的，格局完全一樣。地毯、窗簾、床罩都是灰褐色的。兩張單人床間的燈桌上有一台彩色電視，配有搖控面板。浴室的牆壁和地板都是大理石。我發現調酒櫃桌裡有一個小冰箱，裡面有海尼根啤酒、可口可樂、七喜汽水、約翰走路紅牌的樣品酒、百加得蘭姆酒和皇冠伏特加，加上一包M&M's巧克力、蜂蜜烤腰果和吉百利巧克力棒。我再次脫口而出：「這裡是共產主義中國？」

爸爸走進我的房間。「他們說我們在這裡聚聚就好。」他聳了聳肩。「那樣會少一些麻煩，還有更多時間聊近況。」

「那晚餐呢？」我問。好幾天前我就在幻想到中國的第一餐了，一個盛大筵席，有冬瓜湯、窯烤雞、北京烤鴨。

爸爸走過來，拿起放在《旅行+休閒》雜誌旁的客房服務菜單。他很快地翻著頁，指著一個菜單。「他們想吃這個。」爸爸說。

所以就這樣決定了，今晚我們要叫客房服務，跟家人一起分享漢堡、薯條和最流行的蘋果派。

在我們梳洗打理自己時，姨婆和她的家人去逛了商店。一路上坐在悶熱的火車車廂裡，我很想洗個澡，換上清爽的衣服。

飯店為每個客人準備了小包裝的洗髮精，我打開後，發現稠度和顏色跟濃湯很像。這樣才對嘛，我心想。這就是中國。我把洗髮精倒在淋溼的頭髮上。

站在蓮蓬頭下，我意識到這是這幾天下來我第一次獨處。但比起鬆了口氣，我更覺得孤單。我想起媽媽說的，關於讓我的基因活化變成中國人，不知道她是什麼意思。

媽媽剛過世那段時間，我思考了很多事，都是一些無法解答的問題，讓自己更加痛苦。就好像我想藉由沉浸在悲傷中，證明我很在乎一樣。

但現在我問問題大多是因為我真的想知道答案。她以前常做的那道吃起來很像木屑的豬肉料理是用什麼做的？在上海去世的舅舅叫什麼名字？她這些年都做過什麼關於她女兒的夢？每當她生我的氣時，她真的都在想他們嗎？她會不會希望我變成他們？我是不是讓她後悔了？

＊＊＊

凌晨一點，窗戶傳來的敲打聲把我吵醒，我一定是睡著了，我感覺自己的身體處於放鬆的狀態。我坐在地上，靠著其中一張單人床，麗麗就躺在我身側。其他人也睡著了，躺在床上和地上。姨婆坐在一張小桌前，看起來很疲倦，爸爸則盯著窗外，手指敲著窗玻璃。我睡著前最後聽見的是爸爸在跟姨婆說他離開後的生活。他怎麼考上燕京大學，在重慶一家報社任職，在那裡結識了媽媽——一個年輕的寡婦。後來他們又是怎麼逃到上海尋找媽媽的家人，但什麼也沒找到，最後他們去了廣州，再到香港，然後是越南的海防市，最後飛往舊金山……

「宿願沒跟我說這些年來，她一直在找她女兒。」他平靜地說：「通常我們不會談及她女兒的事。」

我覺得她對自己拋下他們感到很羞愧。」

「她把他們留在哪兒？」姨婆問：「他們是怎麼被找到的？」我已經完全醒了，雖然我曾從媽媽的朋友口中聽過一部分的故事。

「當時日軍佔領了桂林。」爸爸說。

「日軍佔領桂林？」姨婆說：「不可能啦，日本人從未進入過桂林。」

「報紙是這樣說的沒錯。我知道是因為當時我在報社工作，國民黨常指示我們什麼該說，什麼不該說。但我們知道日軍進入了廣西省，我們得到他們控制了武昌至廣州的鐵路，還有他們是怎麼登陸、飛速擴張、直達省會的消息。」

姨婆一臉震驚。「如果人民都被蒙在鼓裡，那宿願怎麼知道日軍要來？」

「一名國民黨軍官私下通知她的。」爸爸解釋道：「宿願的前夫是軍官，大家都知道軍官和他的家人會第一個被殺，所以她草草打包行李，在半夜帶著兩個女兒，徒步離開了。那時小孩還不足一歲呢。」

「她怎麼能拋下小孩！」姨婆嘆息道：「還是雙胞胎女兒，我們家就沒有這樣的福氣。」說著，她再次打了個哈欠。

「他們叫什麼名字？」她問。我很注意聽，本來我打算用普通的「姊姊」叫他們，但現在我想知道他們的名字怎麼唸。

「他們跟親生爸爸姓王。」爸爸說：「名字是春雨和春花。」

「那是什麼意思？」我問。

「啊。」爸爸在窗戶上用手寫出中文。「一個意思是『春天的雨水』，另一個則是『春天的花朵』。」他用英文解釋道：「因為他們是在春天出生的，當然先下雨才開花，代表他們出生的順序。不覺得妳媽媽很像詩人嗎？」

我點點頭。我看見姨婆也點了頭，但卻停住不動，發出深沉的呼吸，她睡著了。

「那媽媽的名字是什麼意思？」我輕聲問。

「『宿願。』」他說，又在窗玻璃上寫下更多隱形的中文字。「她用中文是這樣寫的，意思是『積久的願望』，很時髦的名字，不像花名那麼普通。妳看第一個字，意思類似『永不忘記』；但中文還有另一個『宿怨』，發音一模一樣，意思卻相反。」他的手指畫出另一個中文字。「前一個字一樣是『永不忘記』，加上後面那個字，意思就變成了『長久的仇恨』，妳媽媽很生氣，因為我說她名字的意思應該是仇恨。」

爸爸看著我，眼睛蒙上一層霧氣。「我很聰明，對不對？」

我點點頭，但願我能找到方法安慰他。「那我的名字呢？」我問：「『菁妹』是什麼意思？」

「妳的名字也很特別。」他說：「『菁』代表了優良的意思，不只是好，而是更純淨、品質最好的。菁代表了去蕪存菁，就是把黃金、米或鹽去除雜質後，剩下來的最純粹的東西。而『妹』，就是普通

『妹妹』的意思。」

我思索爸爸說的話，媽媽積久已深的願望，我這個本該屬於其他人菁華的妹妹。我再度感到來自過去的傷痛，心想媽媽不知道有多失望。姨婆瘦小的身軀突然顫了一下，她的頭抬起來往後仰，嘴巴打開彷彿回答我的問題。她在沉睡中發出嘟囔聲，深陷在椅子裡。

「那她為什麼把嬰兒丟在路邊？」我必須知道實情，因為我也被拋下了。

「我也想過這個問題很長一段時間。」爸爸說：「但後來我看了她女兒從上海寄過來的信，然後我跟妳林冬阿姨和其他人談了後，我才知道，妳媽媽沒有做什麼愧對別人的事。」

「發生什麼事了？」

「妳媽逃離——」爸爸用英文開口。

「等一下，你用中文說吧。」我打岔道：「我聽得懂的。」

他仍然站在窗邊，看著窗外的夜色，開始敘述那段故事。

＊＊＊

逃離桂林後，妳媽媽步行了好幾天，試著走回主要幹道。她的打算是攔下卡車或馬車搭便車，靠這種方式抵達丈夫的駐紮地——重慶。

她在衣服的襯裡縫上錢和珠寶，心想這樣就夠她一路上搭便車了。她想如果幸運的話，就不用把沉甸甸的金鐲子和玉戒指拿去交換。那是她母親給她的，也就是妳的外婆。

到了第三天，她什麼都沒換出去。路上都是人，大家腳步匆忙，懇求路過的車輛載他們一程。卡車很快地開過去，不敢停下來。所以妳媽媽找不到搭便車的機會，還因為痢疾開始感到肚子發痛。

她的兩邊肩膀因為綁著背巾揹兩個嬰兒隱隱作痛，手掌因為提著兩個皮箱磨出水泡，水泡磨破後開始流血。不一會兒，她便丟下皮箱，只留下食物和幾件衣服，後來她也丟下裝麵粉和米的袋子，繼續步行走了好幾里，哼歌給她女兒聽，直到因為疼痛和悶熱而抓狂。

最後她終於走不動了，已經沒有力氣繼續帶著兩名嬰兒往前進。她跌坐在地上，她知道她遲早會病死、渴死或餓死，或是被追在後頭的日軍殺死。

她把女兒從背巾抱出來，放到路邊，然後躺在他們身旁。她說：「你們兩個真乖，不吵不鬧。」他們也對著她笑，將胖胖的小手伸向她，等她再次將他們抱起。她知道她無法忍受看見自己的小孩死在面前。

她看見一個家人帶著三名小孩坐著推車經過她。「求求你們帶我的小孩走吧。」她哭著哀求道。但他們用空泛的雙眼盯著她，沒有停下來。

她又看到另一個人經過，再次喊道。這次一個男人轉過身，臉上表情很恐怖，妳媽媽說感覺就像行屍走肉，她渾身顫抖地把臉撇開。

直到路上沒什麼人後，她撕下一塊裙襬，把珠寶塞在一名嬰兒的衣服下方，另一個則塞了錢。接著手伸進口袋裡，拿出一張全家福，那是她和自己的爸媽、丈夫在結婚當天拍的照片。她在照片後面寫下嬰兒的名字，留下同樣一個訊息：「請用這些值錢的東西好好照顧他們。戰爭結束後，若將他們帶來上海衛昌路九號，李家會很開心給予豐厚的報酬。王傅遲和李宿願。」

然後她碰了碰兩個嬰兒的臉頰，要他們不要哭。她會沿途去找吃的，很快就回來。接著她頭也不回地沿著路走遠了。她步伐蹣跚，邊哭邊想著這是最後的希望，她女兒會被某個善心人士發現，那個人會好好照顧他們。她不用去想別的可能性。

她不記得自己走了多遠、往哪個方向、何時昏倒在地，又是如何被人發現的。當她醒來時，發現自己跟幾名生病的人一起擠在顛簸的卡車後面，所有人都面露悲傷。然後她開始尖叫，以為她已經死了，要被帶往地獄。但一名美國修女彎下腰對她微笑，用輕緩的語氣跟她說話，雖然是她聽不懂的語言。但她卻能明白，她被救了，而現在回去救她的寶寶已經太晚了。

當她抵達重慶後，她得知自己的丈夫於兩週前死了。她後來跟我說她聽見軍官告訴她這個消息時笑出聲來，她因為悲慟和氣憤陷入瘋狂。她一路走了這麼遠，失去了一切，結果什麼也沒找到。

我是在醫院遇見她的，她躺在病床上，幾乎無法動彈，因為罹患痢疾變得很瘦。我去醫院是因為我的腳，我的腳趾被一片掉下來的瓦礫割斷。她喃喃地對自己講話。

「看看這些衣服。」她說，我看見她身上穿著一件不合時宜的衣服。絲緞材質，非常髒，但無疑是件很漂亮的衣服。

「看看這張臉。」她說，我看到她臉髒兮兮的，雙頰凹陷，一雙眸子閃著黑亮。「你看見我愚昧的希望了嗎？」

「我以為我失去了一切，除了這兩樣東西。」她喃喃地說：「我在想接下來還會失去什麼？衣服或者希望？希望還是衣服？」

「但現在，你看這裡，看看發生了什麼。」她說著笑了起來，彷彿她的祈禱有了回答，然後她拔著自己的頭髮，就像把新麥從濕泥地中拔起一樣輕鬆。

發現他們的是一個老農婦。「我怎麼能拒絕？」那名農婦在妳姊姊長大後跟他們說。他們仍維持妳媽媽離開後緊緊靠在一起的姿勢，看起來就像小仙女皇后等著他們的馬車抵達。

那個女人梅青和她丈夫梅漢住在一個石穴裡。那裡有很多像桂林內外的洞穴，非常隱密，很多人一直到戰爭結束前都躲在那裡。梅氏夫婦每隔幾天會出來撿留在路邊的食物，有時候他們會發現兩人都覺得留在原地很可惜的東西。有一天，他們將一幅精美彩繪的飯碗帶回洞裡，另一天又帶回一張有天鵝絨墊的腳凳和兩個全新的婚禮毛毯。還有一次是妳的姊姊們。

他們是穆斯林，有虔誠的信仰，相信雙胞胎會帶來雙重好運。而他們那天傍晚發現這兩個嬰兒帶來的價值後更是深信不疑。這對夫婦從未見過那樣的戒指和鐲子。他們看著那張照片，知道這兩個寶寶來自一個富有的家庭。他們兩人都不識字，直到好幾個月後，梅青才找到某個能看懂照片背後訊息的人。當時，她對待這對雙胞胎女嬰就像親生女兒一樣。

一九五二年，丈夫梅漢去世。那對雙胞胎已經八歲了，梅青決定是時候尋找妳姊姊的親生家庭了。

她讓他們看了他們媽媽的相片，跟姊妹倆說他們生於一個富有的家庭，她會把他們帶回親生媽媽和祖父母身邊。梅青告訴他們報酬的事，但她發誓她會婉拒。她非常愛這對小姊妹，她只希望他們能重拾屬於自己的東西，過更好的生活、住進漂亮的房子並受教育。或許那家人會同意她留下作女孩們的阿嬤，她很確定他們會堅持這麼做。

當然等她去舊法租界找到衛昌路九號時，早就人事已非。那裡是一家新蓋的工廠，沒有一個工人知道房子被燒毀的那家人去了哪裡。

梅青理所當然不知道妳媽媽和作為她第二任丈夫的我，早在一九四五年就回到同一個地方，希望找到她的家人和女兒們。

我和妳媽媽在中國待到一九四七年。我們去了很多城市，回到桂林，又到長沙，最南到過昆明，她總會用眼角餘光尋找那對雙胞胎小女孩的蹤影。後來我們去了香港，最後在一九四九年前往美國。我想就連在船上她也在找他們。但當我們到美國後，她不再提起他們了。我心想，他們最後死在了她的心裡。

當中國和美國終於開放通信後，她立刻寫信給在上海和桂林的朋友。當時我不知道她做了這件事，是後來林冬跟我說的。但當然，那時所有街道的名字都變了。有些人過世了，其他人也搬走了，所以她花了很多年才取得聯繫。而當她找到一個老同學的地址，寫信央求她幫忙找她女兒時，她朋友回信表示這根本是天方夜譚，就像大海撈針一樣。她怎麼知道她女兒在上海，而不是中國的其他城市？她的朋友當然沒問出口——妳怎麼知道妳女兒還活著？

所以她的同學沒有幫忙找。想找到在戰時失蹤的嬰兒實在是不切實際的幻想，她也沒時間做這件事。

但每一年，妳媽媽都寫信給不同的人，而就在去年，我想她腦中有一個很大的計畫，她要親自去中國尋找。我記得她跟我說：「坎尼，我們得在太老走不動前去一趟，不然就來不及了。」我跟她說我們早就已經老了，已經太遲了。

我以為她只是想去觀光！我不知道她是想去找她女兒。所以當我說太遲了，她的腦海裡一定浮現可怕的念頭——她女兒或許已經死了。我覺得這種可能性在她腦裡越滾越大，直到害死了她。

或許是妳媽媽死去的靈魂引領她在上海的同學找到她的女兒。因為就在妳媽媽過世後不久，她同學在因緣際會下看到了她女兒。當時她正在南京東路的第一百貨買鞋子。她說她就像做夢一樣，看到兩個長得一模一樣的女性一起下樓，他們的表情讓她想起了妳媽媽。

她很快地走向前叫他們的名字，當然他們一開始沒有察覺到，因為梅青替他們換了名字。但媽媽的同學非常確定，她堅持道：「妳們不是王春雨和王春花嗎？」她問。然後這兩個長得一樣的女性突然興奮起來，想起寫在照片背後的名字，他們仍然很尊敬那張照片上的年輕男女。他們摯愛的親生父母在死後變成亡魂，依然在世間徘徊，尋找他們。

＊＊＊

到了機場後，我感到疲累不堪。昨晚我根本睡不著，姨婆在凌晨三點跟著我回到房間，很快就在其中一張單人床上睡著，發出伐木工人般的打呼聲。我躺在床上，腦袋清醒地想著媽媽的過去，這才意識到我有多麼不了解她，很難過我和姊姊都失去了她。

現在，在機場跟所有人握手揮別後，我思索著各種不同的離別方式。在機場開心地揮手道別，知道我們再也不會相見；將寶寶留在路邊，希望此後能再見面；從爸爸說的故事中尋找自己的媽媽，在我還來不及更了解她以前，便開口道別。

在我們等著登機通知時，姨婆對我微笑。她年歲已老，我一隻手摟著她，另一隻手則摟著麗麗。他們體型似乎同樣嬌小。而後該登機了，我們再一次揮手道別，進入候機區。我感覺自己就像是從一個葬禮前往另一個葬禮。我的手裡握著兩張去上海的機票，兩個小時後，我們就會到那兒了。

飛機起飛了，我閉上眼睛，心想：我要怎麼用我的破中文跟他們訴說媽媽的人生？我該從何說起？

「醒醒，我們到了。」爸爸說，我心臟猛地一顫，醒了過來。我看向窗外，飛機已經停在跑道，外面一片灰濛濛的。

我走下飛機的舷梯，走到停機坪，進入大樓。我心想，要是媽媽能活久一點，代替我走這段路就好了。我緊張到幾乎感覺不到自己的腳在動，但我知道我在移動。

有人喊道：「她到了！」然後我看見了她。她留著一頭短髮，身軀瘦小，臉上是那一樣的表情。她用手背緊緊地摀住嘴巴，她哭得很厲害，彷彿剛經歷一次嚴峻的考驗。

我知道她不是我媽媽，但她臉上的表情卻和媽媽在我五歲那年消失了一下午後露出的表情一樣，那時候媽媽一直以為我死了。當我奇蹟似地出現，睡眼惺忪，從我的床底下爬出來時，她又哭又笑，咬著自己的手背，確認自己不是在做夢。

而現在我又看到她了，兩個她，正在朝我揮手。其中一人抓著一張照片，是我寄給他們的拍立得快照。我一出海關，我們便奔向彼此，三個人擁抱在一起，將所有的躊躇和期盼拋諸腦後。

「媽媽、媽媽。」我們都喃喃地說，彷彿她就在身邊似的。

我姊姊一臉自豪地看著我。「妹妹長大了。」一人驕傲地對另一人說。我再次看向他們的臉，已看不見一點媽媽的影子，但他們還是給我很熟悉的感覺。我也看見了自己屬於中國人的那個部分，非常明顯地，那就是我的家人，就存在於我們的血脈裡。這麼多年來，我終於可以放心了。

我和兩個姊姊站在原地，環抱著對方，邊笑邊把眼淚從彼此臉上拭去。相機的亮光一閃而過，爸爸把一張快照遞給我。我和姊姊靜靜地看著，殷切地期待影像顯現。

灰綠色的背景產生變化，變成我們三人明亮的影像，輪廓分明而深刻。雖然我們沒有交談，但我知道我們都看到了：我們看起來都像媽媽，有著同樣的眼睛，同樣的嘴巴，終於驚喜地看見了她積久的願望。

高寶書版集團
gobooks.com.tw

RR 023
喜福會
THE JOY LUCK CLUB
作　　者　譚恩美 Amy Tan
譯　　者　陳思華
責任編輯　陳柔含
封面設計　林政嘉
內文排版　賴姵均
企　　畫　何嘉雯

發 行 人　朱凱蕾
出　　版　英屬維京群島商高寶國際有限公司台灣分公司
　　　　　Global Group Holdings, Ltd.
地　　址　台北市內湖區洲子街 88 號 3 樓
網　　址　gobooks.com.tw
電　　話　(02) 27992788
電　　郵　readers@gobooks.com.tw（讀者服務部）
　　　　　pr@gobooks.com.tw（公關諮詢部）
傳　　真　出版部 (02) 27990909　行銷部 (02) 27993088
郵政劃撥　19394552
戶　　名　英屬維京群島商高寶國際有限公司台灣分公司
發　　行　英屬維京群島商高寶國際有限公司台灣分公司
初版日期：2020 年 04 月

國家圖書館出版品預行編目 (CIP) 資料

喜福會 / 譚恩美 Amy Tan 作；陳思華譯 . -- 初版 . --
臺北市：高寶國際出版：高寶國際發行 , 2020.04
　面；　公分 . -- (Retime; RR 023)

譯自：The joy luck club

ISBN 978-986-361-806-5(平裝)

874.57　　109001212